英美現代詩選　余光中　編譯

此書敬獻給恩師梁實秋教授

CONTENTS

目 錄

美國篇

《英美現代詩選》新版序

　　《英美現代詩選》出版問世，早在一九六八年，已經是半世紀之前了。現在擴版重新印行，收入的新作有七十九首之多，但當年的〈譯者序〉長逾萬言在新版中仍予保留，作為紀念。新版的譯詩到了末期，我因跌跤重傷住院，在高醫接受診治半個月（七月十六日迄八月一日），出院後回家靜養，不堪久坐用腦之重負，在遇見格律詩之韻尾有abab組合時，只能照顧到其bb之呼應，而置aa於不顧，亦無可奈何。

　　所幸我有一位得力的助手：我的次女幼珊。她是中山大學外文系的教授，乃我同行，且有曼徹斯特大學的博士學位，專攻華茲華斯。《英美現代詩選》新版的資料蒐集與編輯，得她的協助不少。在此我要鄭重地向她致謝。

—— 二〇一六年九月

譯者序

　　二十世紀的第二個十年（decade），或間接或直接受了一次大戰的影響，人類對於自己的環境，有了新的認識，對於生命的意義，也有了新的詮釋。在這樣的背景下，美感經驗的表現方式，也起了異常重大的變化。在西方，一些劃時代的作品，例如史特拉夫斯基的〈春之祭〉，畢卡索和布拉克的立體主義繪畫，和艾略特的〈普魯夫洛克的戀歌〉等發表於這個時期。在中國，緊接在一次大戰之後，五四的新文學運動也蓬蓬勃勃地展開。從那個時期肇始的現代文學和藝術，到現在，無論在西方或東方，都已經有半個世紀的歷史了。

　　以英美現代詩而言，第一次大戰也是一條重要的分水嶺。一次大戰之前的二十年間（約自一八九〇至一九一〇），我們可以武斷地說，幾乎沒有什麼重要的詩作出版。到了一八九〇年左右，英國的丁尼生、白朗甯、安諾德、羅賽蒂、霍普金斯，美國的愛默森、惠特曼、狄瑾蓀等等，或已死去，或將死去，或已臻於創作的末期而無以為繼了。在漫長的二十年間，只有哈代、浩司曼、葉慈、羅賓遜（E. A. Robinson, 1869-1935）等寥寥幾位詩人，能繼續創作，維持詩運於不墜。其中最重要的作者葉慈，雖然成名很早，但他較為重要的一些作品，像〈為吾女祈禱〉、〈再度降臨〉、〈航向拜占庭〉等，都完成於一次大戰之後。狄瑾蓀

的一千七百七十五首詩，陸陸續續出版，一直要到一九五五年，才全部出齊。霍普金斯的詩，一直要等到一次大戰的末年（一九一八），才開始與世人見面。

事實上，英國的所謂現代詩，大半是由美國人促成而且領導的。一九○八年，一個美國的小伙子闖進了倫敦的文學界，以他的詩才、博學、語言的知識，和堅強的個性，激發了同儕與先輩的現代敏感，和革新文字的覺醒。葉慈終於能從前拉菲爾主義的夢幻與愛爾蘭神話的迷霧中醒來，一半是龐德淬礪之功。龐德在倫敦一住住了十二年，儼然成為美國前衛文藝派駐歐洲的代表，即稱他為現代主義的大師兄，也不為過。一九一五年，他最得力的後援抵達倫敦，那便是艾略特。這位師弟後來不但取代了師兄的地位，甚至成為英美現代主義的大師。晚年的艾略特一直定居在倫敦，他的批評左右一代的詩風甚至文風。冥冥中，歷史似乎有意如此安排：在美國國內一直鬱鬱不伸的三十八歲的佛洛斯特，也於一九一二年遷來英國。他最重要的詩集《波士頓以北》一九一四年在英國出版，使他在英國成名。在同一年，一位出身新英格蘭望族的波士頓女士，也飄海東來，她的名字叫阿咪・羅威爾。不久她就成為英美詩壇上所謂意象主義（Imagism）的領袖。

但是美國的天才並沒有完全「外流」到歐洲去。一九一二年，孟羅女士（Harriet Monroe）主編的《詩》月刊在芝加哥創刊，中西部幾枝傑出的筆立刻向它集中。桑德堡、林賽、馬斯特斯，是早期的《詩》月刊上最引人注意的三個名字：三位詩人都是在伊利諾易州長大的中西部青年，都崇拜林肯，師承惠特曼，都植根於密西西比河流域的土

壤，且擁抱農業美國廣大人民的現實生活。這種風格，在小說方面，早有馬克吐溫遙遙先導；同輩之中，更有德萊塞、安德森、劉易士等和他們並駕齊驅。如果我們杜撰名詞，把旅英的艾略特、龐德、艾肯和詩風趨附他們的作者（例如一度旅法的麥克里希）稱為「國際派」，則桑德堡一群作者，我們不妨稱為「民族派」。這樣的區分，每每失之武斷，當然不足為訓。可是這兩群詩人間的相異，並不全是地理上的；前者的貴族氣質，後者的平民作風，前者的驅遣典籍俯仰古今，後者的寓抒情於寫實的精神，前者的並列數種文字和兼吞異國文學，後者的樂於做一個美國公民說一口美國腔的英語，在在都形成鮮明的對照。

芝加哥成為美國中部文學的中心，但是它畢竟不能取代紐約。當國際派在歐洲漸漸興起，與英國的休姆（T. E. Hulme），愛爾蘭的喬艾斯，甚至前輩葉慈分庭抗禮的時候，在美國東部，以紐約為中心的一群青年詩人也相繼出現了。威廉姆斯、瑪蓮‧莫爾、史悌文斯、康明思、哈特‧克瑞因、米蕾等等，都是歷經時間的淘汰而迄今仍屹立的名字。他們之間的差異，正如一切富於獨創性的詩人之間的差異一樣，是非常巨大的，例如，同為女詩人，瑪蓮‧莫爾的冷靜、犀利、精細，和米蕾的狂放、熾烈，可以說形成尖銳對比。但是和「國際派」比較之下，這些紐約的詩人似乎又異中有同：消極地說，他們皆不熱衷於歷史與文化，也無意以學問入詩，總之，他們雅不欲使美國詩攀附歐洲的驥尾；積極地說，他們都嘗試將美國現代口語運用到自己的作品裏去，且將它鍛鍊成鮮活而富彈性的新節奏。主張美國化最力的威廉姆斯是如此，即深受法國文學影響的史悌文斯，也是

如此。

相對於中西部和新英格蘭的作者，也就是說，相對於北方的詩壇，美國南方也出現了一群現代詩人，那就是所謂「亡命者」。蘭遜是這些南方詩人的導師，他在梵德比爾特大學的兩個學生，泰特和華倫，是這一派的中堅份子。這一派的詩風雖饒有南方的地域性，在歷史的淵源和社會背景上，卻傾向農業與貴族的英國。在文學思想上，他們接受英國傳來的所謂「新批評」，棄歷史的詮釋而取結構的分析；在傳統的師承上，他們接受艾略特的啟示，反英國的浪漫主義而取法於十七世紀的玄學派，也就是說，捨抒情而從主知；在創作的手法上，他們大半憑藉玄學派所擅長的「機心」與「反喻」。

超然於這些宗派與運動之外，尚有像佛洛斯特和傑佛斯那樣獨來獨往的人物。傑佛斯一度成為批評家溢美之詞的對象，佛洛斯特一度是朝野器重而批評界漠視的名家。現在兩人都已作古，塵土落定，時間說明，前者畢竟只是現代詩的一道偏鋒，後者才是晚成的大器。至少有一點是兩人相同的：他們生前既不屬於嫡系的現代主義，現代主義所特有的晦澀，也就不曾侵蝕到他們的作品，傑佛斯明快遒勁的敘事詩，佛洛斯特親切自如的對話口吻，都是值得稱道的。實際上，像康明思、史悌文斯一類的詩人，也都是飄然不群的個人主義者。將他們納入紐約的一群，只是為了地理區分的方便罷了。

在英國，在艾略特、龐德、葉慈（沒有一個是英國人）形成的「三雄鼎立」出現之前，詩的生命可以說一直在衰退之中。維多利亞時代的詩，大致上只能說是兌了水的浪漫主

義，技巧雖然愈益精進，但那種充沛而亢奮的精神卻愈來愈柔馴了。拿丁尼生和華茲華斯相比，我們立刻發現，前者在音律的多彩多姿上，固然凌駕後者，但在氣象的宏偉和渾成自如的新鮮感上，前者就不免遜色了。所以從一八二〇年到一九二〇年的一百年間，雖有白朗甯、哈代、霍普金斯等作逆流而泳的努力，英國詩的境界日隘，感覺日薄，語言也日趨僵化，終於淪為九十年代（the nineties）的頹廢和本世紀初所謂「喬治朝詩人」（Georgian poets）的充田園風。現代英詩名家輩出，但是像戴拉美爾、梅士菲爾、席特威爾等等名家，卓然自立則有餘，涵煦一代則不足：戴拉美爾與生活的距離太遠，梅士菲爾與生活的距離太近，席特威爾過分偏重音律的技巧，總而言之，他們對於當代現實的處理，不足以代表廣大知識份子的「心象」（vision），因此他們的地位不足以言「居中」（central）。

　　一次大戰的慘痛經驗，激發了一群所謂「戰爭詩人」的敏感。這原是素來與歐陸隔離的島國，在文學創造上的一個轉機。不幸一些甚富潛力的青年詩人竟在大戰中捐軀了。論者常常嘆息，說如果歐文和愛德華‧湯默斯當時不即夭亡，則艾略特的國際派也許不致管領一代風雅至於壟斷，而現代英國詩發展的方向也容或不同。

　　是以艾略特成了現代英美詩「正宗」（orthodoxy）的領袖。於一九二五年到一九五五年的三十年間，他的權威是無可倫比的。佛洛斯特、桑德堡、康明思，可能更受一般讀者的歡迎，但是批評界的推崇和學府的承認，使艾略特在核心的知識份子之間成為一個代表人物。艾略特的領導地位是雙重的：他的影響力既是創作上的，也是批評上的。一位作

家，如果同時又是一位批評大師，往往會成為他那時代的文學權威。朱艾敦如此，頗普、約翰生博士、安諾德、艾略特也是如此。艾略特的詩創作到一九四四年就結束了，但他的批評文字一直維持到晚年。二十世紀前半期的文學思潮，消極地說，是反浪漫，積極地說，是主知。艾略特的批評，正當這種文學思潮的主流。傳統的延續，歷史的透視，古典的整體感，文化的價值觀念等等，艾略特對這些的重視與倡導，對於晚一輩的詩人，尤其是三十年代崛起於英國詩壇的奧登，影響至為深遠。

三十年代的英美詩壇，正如當時世界各地的文壇一樣，左傾的社會思想盛行一時。在英國，牛津出身的「詩壇四傑」，奧登、史班德、戴路易斯、麥克尼斯，和里茲大學出身的詩人兼批評家李德等，無論在創作的主題和批評的觀點上，都深受馬克斯思想的影響。其中史班德和戴路易斯更曾經參加過共產黨。未幾史班德從西班牙的內戰回來，變成西方反共最力的作家之一；戴路易斯在二次大戰時甚至進入政府的新聞部工作，今年更繼續梅士菲爾之後，接受了桂冠詩人的任命。在當時，這些青年詩人和艾略特之間的關係是很有趣的：他們學習艾略特的新技巧，但是排斥艾略特的社會思想。在美國，普羅文學在詩中的表現不如在散文中強烈。《新群眾》（*The New Masses*）雜誌上發表了無數的詩，歌頌馬克斯和共產黨，並暴露美國社會的種種病態，但現在回顧起來，只有費林（Kenneth Fearing）的諷刺詩略具藝術價值，其他的劣作都已隨時間而湮沒了。

正當三十年代普羅文學盛行的時候，歐美的文藝界又興起了所謂「超現實主義」。超現實主義原來是從達達主義

的純粹虛無中蛻化來的。不同的是：達達主義只是一團混亂，而超現實主義要有系統地製造混亂。超現實主義創立於一九二四年，當時的西歐正值一次大戰之餘，西方文化正處於空虛迷惘的狀態；超現實主義者遂振振有辭地說：文藝反映時代，混亂的時代便產生混亂的文藝，分裂的社會便產生分裂的感受。這一派的作者要解放無意識，同時要驅逐理性，排斥道德上和美學上的一切標準，最終的目的是要創造未經理性組織的所謂「自動文字」。超現實主義在本質上是虛無的，它堅持一切價值的崩潰。共產主義在取得統治權之前，也預期一切（至少是布爾喬亞的）價值的崩潰。這一個共同的信念，也真奇怪，竟使超現實主義一度與共產主義合流。薩特在〈一九四七年作家的處境〉一文中指出：早期的超現實主義曾宣稱自己是具有革命性的，並聲援共產主義。但是這種聯盟是註定了要分解的，因為法國的共產黨雖願利用超現實主義，但超現實主義充其量只能攪亂布爾喬亞的價值觀，卻無法贏得一個無產階級的讀者。薩特在同一文中又說：「超現實主義者並不關心什麼無產階級專政，所謂『革命』在他們看來，只是純粹的暴力，絕對的目的；然而共產主義所持的目的卻是奪取政權，且假此一目的之名來大事殺伐；此一事實，蘊藏了（超現實主義與共產主義之間的）誤會的最深根源。」

到了四十年代，超現實主義亦曾風行於英美的詩壇，但是在英美，它沒有什麼政治上的意義，對詩人們的影響毋寧是創作技巧的啟發。在英國，這種新浪漫主義的傾向，在文字上表現為「填滿（詩行）以爆炸性的狂放的母音」。這種傾向，一方面是對法國超現實主義的響應，另一方面也是

對艾略特的主知主義的反動。艾略特的本質是古典的，他認為詩中應該「無我」；狄倫・湯默斯的本質是浪漫的，他的詩中洋溢著「我」。遇到該說「我」的時候，艾略特寧可自遁於「我們」；在早期的作品如〈普魯夫洛克的戀歌〉中，「我」常是模稜而囁嚅的，到了晚期的〈四個四重奏〉時，第一人稱幾乎只有複數形式的「我們」了。除了狄倫・湯默斯的部分作品可以傳後以外，自稱為「新啟示派」（The New Apocalyptics）的青年作者們，也已隨時間逝去了。

與狄倫・湯默斯同受超現實主義影響而聲名略遜的巴克爾（George Barker），近年來地位日見重要。另一位新浪漫主義的作者繆爾，風格比較沉潛，但對於神祕感的探索仍與超現實主義遙相呼應。近年來，頗有些批評家認為繆爾和巴克爾已可當大詩人之稱而無愧，但這種崇高的地位似乎尚未臻於公認。另一位重要詩人，在艾略特雄視文壇的時代一直鬱鬱不伸且有意在現代詩主流之外另立門戶的，是格雷夫斯（Robert Graves）。他的成就已漸漸引起批評界的重視，但他做大詩人的地位仍然見仁見智。論者指出，格雷夫斯恆將他潛在的力量局限在狹小的形式之中，因而未能像葉慈、艾略特、佛洛斯特、史悌文斯那樣，集中力量，作一次持續而強烈的表現。

從文學史的發展過程，我們得知「每一次革命都是針對上一次革命而發」。一個時代的文學思潮，很奇怪，與其說積極地要建樹什麼，不如說是消極地要避免或反對什麼。例如浪漫主義的興起，可以視為對十八世紀理性主義的反動，而艾略特等的現代主義，又是對於浪漫主義的反動。在英國，由於文化的條件比美國集中，文學上所謂的運動比較

方便，且容易造成一股力量。牛津和劍橋仍然是青年詩人薈萃之地，倫敦的出版商、英國廣播公司、《旁觀報》等等，則是崛起的新人爭取的對象。五十年代中英國興起了一群年輕詩人，將自己的運動直截了當地稱為「運動」（The Movement）。他們的詩選集《新路線》（New Lines）出版於一九五六年，一共刊出九位作者的詩。這些新人皆出身於牛津或劍橋，其中有幾位頗受艾略特大弟子安普森的主知詩風影響，但他們的結合，毋寧是由於對一般的前輩同具反感。他們不但反對四十年代「新啟示派」的晦澀和混亂，也反對狄倫·湯默斯的夢幻世界，甚至也不滿意葉慈、艾略特、龐德、奧登等前輩。他們或公開或含蓄地表示，英國詩的血緣，在一個愛爾蘭人和兩個美國佬的旗下，竟然被法國的象徵派玷汙了。年輕的這一代認為，詩必須訴諸一般明智的讀者，而不得太奇僻，太陷於個人的生活，太耽於奧祕的象徵。在形式方面，他們力主嚴謹，甚至偏好三行聯鎖體（terza rima）和六行迴旋體（sestina）。「運動」派九人之中，以艾米斯（Kingsley Amis）、拉爾金（Philip Larkin）、戴維（Donald Davie）、耿湯（Thom Gunn）、魏因（John Wain）五位最引人注目，年齡也相仿，最年長的不超過四十六歲，最年輕的才三十九。艾米斯在《五十年代的詩人》（Poets of the 1950s）中宣稱：「誰也不會再要詩去歌詠哲人、繪畫、小說家、畫廊、神話、異國的城市，或者別的詩了。至少我希望沒有人要這類詩。」拉爾金在同一本書中也說：「對於『傳統』或者公用的玩具或者在詩中興之所至影射別的詩或詩人什麼的，我一概不加信任。」這種態度，對於效顰艾略特的偽古典派和模仿狄倫·湯默斯的

偽浪漫派，不無廓清之功。但是矯枉常會過正，「運動」派在逃避前輩的缺點之餘，每每連前輩的美德亦一併揚棄。他們有意脫離歐洲文學的大傳統以自立，但他們的作品，往往變得太實事求是，太常識化，太平淡無奇，太陷於英國的一切了。「運動」派有意挽好高騖遠之頹風，而逕自低眼界，不免貶抑了詩的功能。拉爾金甚至公然表示他如何討厭莫札特，而且患有「淡淡的仇外症」。對他而言，詩的功能只是「使孩子不看電視，老頭子不上酒店」（Keep the child from its television set and the old man from his pub.）。

　　緊接在「運動」派之後，英國又出現一群新人，自命「遊俠」派（The Mavericks）。這一派為數也是九人。在一九五七年出版的選集《遊俠》的序言中，他們斥「運動」派的作風為違背詩之本質，並倡導自然之流露與浪漫之精神。但不久這些詩派的爭吵也就漸漸冷了下來，真正獨創的作者仍然各按自己的個性去發展，不甘受宣言或信條之類的束縛。一九六三年，「運動」派的作者康奎斯特（Robert Conquest）又編印了《新路線第二號》，其中作者陣容頗有改變，例如原屬「遊俠」派的史坎諾（Vernon Scannell）被收了進去，而原屬「運動」派的哈洛威（John Holloway）卻被除名了。

　　當代美國的詩壇，情形與英國頗不相同。第一，以葉慈、艾略特、龐德為核心的國際派，亦即現代主義之正宗，其影響力雖已逐漸消逝，但在美國的餘威反而比在它的發源地英國更為顯著。在英國，國際派的傳人仍不絕如縷，出身劍橋而現在布里斯陀大學任教的湯靈森（Charles Tomlinson）就是一個例子。可是「運動」派既興之後，

當代英詩的方向，已經與國際派那種注重文化專事象徵的路子背道而馳了。在美國，國際派的傳統詩觀雖然不無修正，調子也不像舊日那麼高昂，卻仍然是一個活的傳統，旗下幾乎囊括了學府中的重要作者。所謂「學院派」（The Academics）與「野人們」（The Wild Men）的對立，往往是很粗略甚至武斷的二分法，可是對於談論美國詩的現狀，也不失為一種方便。數以千計的美國大學和學院，已經取代了古代的貴族階級和工業革命以來的中產階級，而成為文藝的一大主顧和贊助者。形形色色的創作獎金和研究津貼，講授詩創作與批評的教席，學院的刊物和出版社，演說及朗誦的優厚酬金，以及學府的自由氣氛等等，都是促使詩人集中在學府的條件。既享盛名的詩人，更有不少大學延攬為所謂「駐校詩人」（poet in residence）。美國大學對於現代文藝多持開明甚至倡導的態度。英文系的課程之中，現代詩占了相當重要的比例，詮釋的方式也大半採用艾略特、李威斯、瑞恰茲、蘭遜等的「分析的批評」。英國的大學，則除劍橋以外，對於現代詩一向任其自生自滅，不願納入課程之中。

美國的學院派詩人之中，除了已故的羅斯克（Theodore Roethke），原籍英國而歸化美國的奧登，現在達特默斯學院任教的艾伯哈特等屬於六十歲的一代外，其餘的多在壯年。沙比洛（Karl Shapiro）、羅貝特・羅威爾（Robert Lowell）、魏爾伯三人可以視為壯年一代的代表。沙比洛是二次大戰期間成名的軍中詩人，早年詩風追摹奧登，後來漸漸強調自己的猶太族意識，轉而攻擊反猶的國際派，並歌頌民族派的惠特曼和威廉姆斯。羅威爾出身於新英格蘭的書香世家，是十九世紀名作家傑姆斯・羅素・羅威爾的後裔，女

詩人阿咪·羅威爾的遠房堂弟。他的作品在在流露一個清教徒的良心對於罪惡的敏感和自拯的願望；在形式上，他力矯所謂「自由詩」的流弊，致力於嚴謹而緊密的表現方式，使內容與形式之間產生一股張力。羅威爾畢業於哈佛和坎延學院，是蘭遜的及門高足，近年來，他已經批評界公認為奧登以降最重要的詩人。魏爾伯缺乏羅威爾的道德感和熱情，而以匠心與精巧見長，也是學院派一個傑出的代表。

其次，美國當代詩壇和英國不同的是：前者已經形成了與學院派多少相對的一個在野黨，即所謂野人們。前文所謂的「民族派」作者，例如威廉姆斯，在「國際派」當權的時期，一直只能在所謂小雜誌上發表作品。威廉姆斯一生奮鬥的目的，是要將詩從象徵和觀念中解放出來，來處理未經文化意義薰染過的現實生活，要喚醒詩人真正睜開眼來看周圍的自然，並真正豎起耳朵聽日常語言的節奏。對他而言，艾略特的引外文入詩且大掉書袋，龐德的借古人之口說自己的話，葉慈的修辭體和神話面具，都是現代詩美國化運動的阻礙。一句話，威廉姆斯認為詩應該處理經驗，而不是意念。他的奮鬥，一直要到五十年代才贏得廣泛的注意。野人們興起於五十年代的時候，一方面直接乞援於威廉姆斯和桀傲不馴吐詞俚俗那一面的龐德，一方面遙遙響應從惠特曼到桑德堡的民族傳統，另一方面又嚮往東方的禪，中國和日本的詩。野人們散佈美國各地，而以北卡羅萊納州的黑山學院、紐約，和舊金山三處為活動的中心。五十年代初期，奧爾森（Charles Olson）、鄧肯（Robert Duncan）、克瑞利（Robert Creeley）等在黑山學院任教。他們主辦的《黑山評論》刊登該校師生和校外作者的詩，一時成為野人

們的大本營。紐約的一群以艾希伯瑞（John Ashbury）和佛蘭克‧奧哈拉（Frank O'Hara）為主，作風近於現代法國詩，也甚受繪畫中抽象的表現主義的影響。舊金山的一群聲勢最為浩大，呼嘯也最為高亢。這群作者自稱「神聖的蠻族」（The Holy Barbarians）或「敲打派」（Beatniks）。無視道德價值、性的放任、大麻劑和LSD等麻醉品的服用，浪遊無度，歌哭無常，加上對於超現實主義、享樂主義、爵士樂、禪等等的喜愛，構成了他們的生活形態。在作品中，他們所表現的大半是私人的強烈好惡和對於社會的敵意，不太注意鍛鍊形式。他們的語言雖以口語為基礎，卻往往流於片斷的呼喊。金斯堡（Allen Ginsberg）、凱如阿克（Jack Kerouac）、費林格蒂（Lawrence Ferlinghetti）是這一群的領導人物。金斯堡近年來已成為野人們最有名的代表作家，他的詩集《呼號》（*Howl*）已經成為文化浪子必讀的名著了。凱如阿克雖是「敲打派」的核心人物，他的作品卻以散文為主。費林格蒂在大學生中擁有廣大的讀者，他的選集《心靈的康尼島》（*Coney Island of the Mind*）到一九六六年為止已達十六萬冊的銷路。近年來，費林格蒂似已與正統的「敲打派」分道揚鑣，主張詩人不能逍遙於社會與責任之外，而詩必須能朗朗上口，訴於聽覺。野人們對學院派的敵意是顯然的；矛盾的是，最後接受他們的詩的，仍是大學生。兩年前，金斯堡在坎薩斯大學極為成功的訪問和朗誦，便是最雄辯的例子。

半世紀來，英美的現代詩歷盡變化，目前似乎已經完成了一個發展的週期。以葉慈、艾略特、龐德、奧登為核心的現代主義，是二十世紀前半期發展的主流。大致上說來，

這個時期的思潮是反浪漫的、主知的、古典的；在創作的風格上，是諷刺的、反喻的、機智的、歧義的，或者象徵的。典型的現代詩人，在心理狀態上，是與社會隔絕的：他看不起孳孳為利的中產階級，更無法贏得勞動大眾的了解。在一個分工日繁而大眾傳播日漸壟斷國民心靈生活的工業社會之中，詩人的聲音既不具科學家的權威性，又不如電影、電視、廣播、報紙那樣具有普遍性；既然大眾不肯聽他，他索性向內走，在詩中經營個人的心靈世界。在三十年代，詩人們或崇拜馬克斯的繆思，或乞援於佛洛伊德的繆思。普羅文學消沉之後，他們多半捨馬克斯而趨佛洛伊德，於是超現實主義盛行一時，而現代詩晦澀之病益深。奧登是一個極為有趣的例子。在三十年代，他對馬克斯和佛洛伊德同感興趣，曾思在詩中兼有二者，將社會意識和心理分析熔為一爐，但近年來他又步艾略特之後塵，皈依宗教的信仰了。

造成現代詩晦澀的一大原因，正是這種信仰的紛歧甚至虛無。自從十九世紀工業社會取代農業社會，基督教的信仰因進化論與新興的科學思想而動搖以來，詩人與社會，詩人與詩人之間，遂缺乏共同的價值觀念而難以互相了解。每一位作家必需自己去尋找一種信仰，以維繫自己的世界。於是葉慈要建立私人的神話系統，龐德要遁於東方和中世紀，艾略特要乞援於天主教和但丁，狄倫・湯默斯要利用威爾斯的民俗，奧登變成了西方文化的晴雨計，凡二十世紀流行過的思想，無不反映在他的詩中。要溝通這些相異的價值觀，對於一個普通的讀者，也實在是太困難了。可是，無論在現代的社會信仰多麼困難而混亂，無論曾經有多少次的運動宣稱傳統已經崩潰而一切信仰皆不可靠，沒有一位詩人，至少沒

有一位大詩人，是能夠安於混亂且選擇虛無的。無論選擇的過程多麼痛苦，一位詩人必須擁抱他認為最可靠的信仰，對它負責，甚至為它奮鬥。龐德、威廉姆斯、史悌文斯、佛洛斯特、瑪蓮、莫爾、康明思、羅威爾，以迄費林格蒂，哪一位嚴肅的詩人能夠逃避這種選擇呢？艾略特以〈荒原〉的虛無始，但以〈四個四重奏〉的肯定終。費林格蒂在一九五九年毫不含糊地指責「敲打派」不肯負責的自私態度。他說：「敲打派」一面自命私淑存在主義，一面又對社會採取「不介入」（disengagement）的態度，是矛盾而虛偽的，因為「薩特是在乎的，他一直大聲疾呼，說作家尤其應該有所執著。『介入』便是他愛說的髒話之一。對於什麼『不介入』和『敲打世代的藝術』，他只會仰天長笑。我也一樣。而那位現代詩『可惡的雪人』，金斯堡，也可能表示同樣的意見。只有死人才是一無牽掛的。」

現代詩晦澀的傾向，到了五十年代，終告結束，而為明朗的風格所取代。無論是英國的「運動」派，或是美國的「野人們」，作品都遠較艾略特或狄倫‧湯默斯明朗易解。只有美國的學院派作者仍多少維持現代主義正宗那種奧祕的詩風。無論奧祕或者明朗，都可能做得過分，而使奧祕成為故弄玄虛，明朗成為不耐咀嚼。學院派的詩，在內容上，過分引經據典，鋪張神話，在形式上，過分炫弄技巧，結果固然令讀者窺豹捫象，不得要旨；「運動」派和「野人們」的詩也往往失之於露，話說到唇邊，意也止於齒間，平白無味。羅貝特‧羅威爾曾分詩為「爛」和「生」兩種：過爛和太生，恐怕都不便咀嚼吧。

至於形式的變遷，似乎也已經到了一個週期的終點。

五十年前，意象派所倡導的自由，對於浪漫派以後的那種「詩的用語」，那種游離含混的意象，機械化的節奏，和籠統的概念，不無廓清之功。自由詩在詩的發展上所起的作用，略似立體主義之於現代繪畫。可是任何運動都必有濫竽充數之徒。自由詩的作者往往誤會沒有限制便是自由。實際上，絕對的自由是消極而且不著邊際的：在擺脫前人的格律之後，新詩人必須積極地創造便於自己表達的新形式，而創造可用的新形式無疑是遠比利用舊格律為困難的。許多自由詩的作者幻想自由詩比較好寫，結果他們面臨的不是自由，是散漫。其實從惠特曼起，英美詩人之中，寫自由體而有成就的，除桑德堡、傑佛斯、勞倫斯、威廉姆斯、馬斯特斯、史悌芬・克瑞因等之外，也就所餘無幾了。其他的重要作者，或一意利用傳統的格律，如葉慈、羅賓遜、佛洛斯特、蘭遜、泰特、羅貝特・羅威爾；或在傳統格律的背景上作合於自己需要的變化，如狄倫・湯默斯、康明思、史悌文斯、瑪蓮・莫爾、麥克里希、艾伯哈特。奧登寫過一些好的自由詩，也寫過許多「新」的活潑的格律詩，只是所謂格律者，他多加以自由運用罷了。龐德也是如此。有時候，一位詩人將前一時代用濫了寫油了的格律揚棄，而向更前一時代甚至古代的格律中去發掘「新形式」，也會有所收穫的。例如奧登和龐德就曾利用中世紀的迴旋六行體，而寫出頗為出色的現代詩來。艾略特寫過很自然雋永的自由詩，例如〈三智士朝聖行〉，也寫過很嚴謹的格律詩，例如〈不朽的低語〉；不過在較長的詩中他愛將自由體和格律配合使用，例如〈四個四重奏〉便是如此。

　　我國的部分現代詩人，往往幻想所謂自由詩已經成為

西洋現代詩的主要表現工具，而所謂格律詩已經是明日黃花了。這是不讀原文之病。以西洋詩中最典型的古老格律十四行為例，許多現代詩人，包括葉慈、羅賓遜、佛洛斯特、米蕾、韋莉夫人、康明思、狄倫‧湯默斯、巴克爾等，都是此體的高手。葉慈的十四行〈麗達與天鵝〉，佛洛斯特的十四行〈絲帳蓬〉，和巴克爾同一詩體的〈獻給母親〉，更是英美現代詩選中屢選不遺的傑作。五四以來，我國對於西洋現代詩的譯述，水準不齊，瑕瑜互見，瑕多於瑜，自是意料中事。翻譯原已是一種莫可奈何的代用品，謬誤和惡劣的翻譯更是誤人。中國現代詩在形式上的散漫與混亂，不稱職的翻譯是原因之一。其實格律之為物，全視作者如何運用而定；技巧不純的作者當然感到束手束腳，真正的行家駕馭有方，反而感到一種馴野馬為良駒的快意。英美詩壇大多數的新人，像艾米斯、拉爾金、魏因、魏爾伯、沙比洛、史納德格拉斯、賽克絲敦夫人等等，都自自然然地在寫某種程度的格律詩。

　　這部《英美現代詩選》的譯介工作，主要是近七年來陸續完成的。其中在美講學的兩年——五十三年九月迄五十五年七月——，很矛盾，反而一首詩也不曾翻譯，一位詩人也不曾介紹。書中狄瑾蓀的幾首詩，則遠在四十五年初即已譯出，並在「中央副刊」發表。算起來，前後已經有十二年的工夫了。唯近一年多來，在這本書上耗費的精力，幾乎超過以往的十年，因為書中七萬字以上的評傳和註釋，與四十四首詩的翻譯，都是五十五年夏天回國以後才完成的。

　　這本書中所選，是英美二十一位現代詩人的九十九篇作品；每位詩人必有評傳一篇，較難欣賞或用典繁多的詩必有

一段附註，是以除詩之外，尚不時涉及文學史與文學批評。嚴格地說來，這只是一部詩集，不是一部詩選。詩而言選，則必須具有代表性，而《現代英美詩選》，以入選的詩人而言，尚不足以代表英美現代詩多方面的成就，以入選諸家所選作品而言，也不足以代表該作者的繁富風格。像英國的霍普金斯、哈代、浩司曼、歐文、戴路易斯、麥克尼斯、格雷夫斯、巴克爾，美國的桑德堡、威廉姆斯、瑪蓮‧莫爾、麥克里希、哈特‧克瑞因、羅斯克、羅貝特‧羅威爾等重要作者，都未被納入，實在是一個缺陷。至於五十歲以下的少壯作者，除魏爾伯等少數幾位外，更多在遺珠之列。造成這些缺陷的原因很多。例如，第一，本書篇幅有限，要以四百頁以下的篇幅容納二十世紀波瀾壯闊派別繁富的英美詩，原是不可能的。第二，某些詩人，我雖已譯介過，但一部分已收入香港今日世界社出版的《美國詩選》，另一部分則已收入文星書店出版的《英詩譯註》，不便再納入本書。

至於入選詩人，其作品數量與成就之間，也不成比例。葉慈和傑佛斯差強人意，但其他詩人，例如艾略特、佛洛斯特、奧登等，就不具代表性了。要了解艾略特，即使不讀他的力作〈荒原〉或〈四個四重奏〉，至少也得讀一讀〈普魯夫洛克的戀歌〉，書中所譯四首，充其量只能略為提示他早期和中期的某一面風格罷了。下面我只能舉出兩個理由，聊以解嘲。第一，我個人的時間、精力、學養有限，一首「難纏」的詩往往非三數日之功不能解決。第二，詩的難譯，非身歷其境者不知其苦，非真正行家不知其難。現代詩原以晦澀見稱，譯之尤難。真正了解英文詩的人都知道，有的詩天造地設，宜於翻譯，有的詩難譯，有的詩簡直不可能譯。普

通的情形是：抽象名詞難譯（A thing of beauty和A beautiful thing是不完全一樣的；中文宜於表達後者，但拙於表達前者。）；過去式難譯（To the glory that was Greece/And the grandeur that was Rome.）；關係子句難譯；關乎音律方面的文字特色，例如頭韻、諧母音、諧子音、陰韻、陽韻、鄰韻等，則根本無能為力。狄倫·湯默斯的詩，表面看來似乎非常平易，分析起來，處處都是音律的呼應，幾乎沒有幾行是可以中譯的。這也是為什麼我只譯了他兩首詩的原因。即使在我明知其不可譯而譯之的心情下譯過來的兩首之中，也仍有不少純屬文字特性的地方，令譯者擱筆長嘆。例如〈而死亡亦不得獨霸四方〉中的一行：

With the man in the wind and the west moon;

看來簡簡單單，下筆就可譯成。其實仔細吟誦之餘，才發現west moon的聲音裏原來隱隱約約地含有with the man的迴聲。粗心的譯者根本不會發現這些。粗心的讀者往往就根據這樣粗心的譯文去揣摩英美詩，而在想像之中，以為「狄倫·湯默斯也是不講究什麼韻律的！」我國當代詩人受西洋現代詩的影響至深。理論上說來，一個詩人是可以從譯文去學習外國詩的，但是通常的情形是，他所學到的往往是主題和意象，而不是節奏和韻律，因為後者與原文語言的關係更為密切，簡直是不可翻譯。舉個例子，李清照詞中「只恐雙溪舴艋舟，載不動，許多愁」的意象，譯成英文並不太難，但是像「尋尋覓覓，冷冷清清，悽悽慘慘戚戚」一類的音調，即使勉強譯成英文，也必然大打折扣了。因此以意象取

勝的詩，像史悌芬‧克瑞因的作品，在譯文中並不比在原文中遜色太多，但是以音調、語氣，或句法取勝的詩，像佛洛斯特的作品，在譯文中就面目全非了。也就是因為這樣，我國有不少詩人迄仍認為佛洛斯特的詩「沒有道理」。

翻譯久有意譯直譯之說。對於一位有經驗的譯者而言，這種區別是沒有意義的。一首詩，無論多麼奧祕，也不能自絕於「意義」。「達」（intelligibility）仍然是翻譯的重大目標；意譯自有其存在的理由。然而文學作品不能遺形式而求抽象的內容，此點詩較散文為尤然。因此所謂直譯，在照應原文形式的情形下，也就成為必須。在可能的情形下，我曾努力保持原文的形式：諸如韻腳、句法、頓（caesura）的位置，語言俚雅的程度等等，皆儘量比照原文。這本《英美現代詩選》，可以讓不諳英文的讀者從而接觸英美的現代詩，並約略認識某些作品，也可以供能閱原文的讀者作一般性的參考，並與原詩對照研讀，藉增了解。無論在何種情形下，希望讀者都不要忘記，翻譯原是一件不得已的代用品，決不等於原作本身。這樣，譯者的罪過也許可以稍稍減輕。

書中謬誤，當於再版時逐一改正。至於英美現代詩人，今後仍將繼續譯介，積篇成卷，當再出版二輯，甚或三輯，俾補本書所遺。譯詩甘苦，譬如飲水，冷暖自知，初不足為外人道也。初飲之時，頗得一些「內人」的教益與勉勵，迄今記憶最深者，為梁實秋、宋淇、吳鴻藻、吳炳鍾，及已故的夏濟安諸位先生，因誌於此，聊表飲水思源之情云爾。

—— 一九六八年一月十一日於臺北

英美現代詩選

——英國篇

哈代（1840-1928）

──造化無端，詩人有情

　　哈代成為小說家，是為了維生，他成為詩人，卻是為了興趣。從三十四歲到四十歲，他出版了八部小說，很快成名，收入也很豐盛。後來第七部小說《黛絲姑娘》出版，遭評論家凶猛撻伐。最後一部《微賤的玖德》（*Jude the Obscure*）更遭圍剿，詆之為《下賤的玖德》（*Jude the Obscene*）。哈代一怒，從此不寫小說，改寫詩。這對他而言，非但是一大解脫，更是一大享受。

　　哈代十六歲就習教堂之類的建築，還得過大獎，不過他同時在寫詩，但稿費微薄，他一直不投稿發表。小說受挫之後，他全力回到寫詩，大型詩劇《歷代》（*The Dynasts*）之後他又發表了三部上佳的詩集，遂以詩人身分成名。他和法國印象派大師幾乎是完全同時代的人：他的生卒在一八四〇到一九二八年，莫奈則在一八四〇到一九二六年。歿後他的骨灰葬在西敏寺，但他的心則遵照其遺囑，葬在多切斯特的郊外。

　　哈代身材矮小，還不滿五英呎六吋，他的髮色近於稻草，藍眼睛發出農夫銳利的注視，高聳的鷹鈎鼻使他的面容威武有力。

　　這位作家生於十九世紀與二十世紀之交。論者常云他的小說以英國南部西賽克斯一帶為背景，風格以維多利亞

為主；而其詩則針對二十世紀的問題為探索的對象。他的世紀觀受達爾文進化論影響，不承認人是宇宙的中心。他把科學的進展交付給文學。他認為造化（the elements）既非人類之友亦非其敵。造化根本不在乎人類的命運。宿命論是他對華茲華斯田園理想主義的回應。他對造化太了解了，才不會幻想造化是仁慈的。所以他的詩描寫的是農夫遭受的戰爭，旱災與疾病的悲慘，人與獸終身的掙扎與最後的挫敗。如果有什麼力量在控制，那就是偶然，瘋狂的意外（crass casualty）。不過造化對人類的惡運儘管無動於衷，哈代對人類還是同情的。大家說他是悲觀主義者，他卻說自己只是改革家（ameliorator）。

這位宅心仁厚的改革者，同情的是勇於面對悲劇的人，如此的勇者就升為高貴的人了。哈代在小說中精心刻畫的散文，在詩中卻一變而為赤裸，頓挫而且自然。哈代的詩句有骨而無肉，絕少不必要的裝飾。他的名詩歌詠十九世紀最後一天，有一隻瘦弱的小畫眉，面對風雨的歲晚仍然勇敢地獨唱。他顯然以小鳥自況，可謂動人。

哈代在英國詩壇另有一種意義。在二十世紀的倫敦詩壇久有聖三位一體的現象：葉慈、龐德、艾略特主持詩運近半個世紀，但三人均非英國人。尤其艾略特來自美國，作品中又使用多種外語（polyglot），在西歐儼然成了國際大師。龐德鼓吹許多外國文學（包括中國古典文學），又推崇跨行的藝術家（包括漢明威、畢卡索等），亦儼然國際文藝運動劍及履及的大推手。很自然，英國人對這種「被篡」的情勢不甘忍受。大衛（Donald Davie）的專書《哈代與英國詩壇》（*Thomas Hardy and English*

Poetry）就指陳此種風氣之偏差，並強調哈代詩歌的主題和技巧影響所及，受惠者先後有奧登、拉爾金（Philip Larkin）、湯靈森（Charles Tomlinson）、貝吉曼（John Betjeman）、勞倫斯（D.H. Lawrence）等多人。此外，托爾金（J.R.R. Tolkien）的神話三部曲《魔戒》，用散文詩寫成，也受了哈代的啟發。

冬晚的畫眉

我靠在一扇籬落的門邊，
當寒霜白如幽靈，
而冬晚的殘滓也已遮暗
白晝漸弱的眼睛。
纏繞的枯藤指畫著天心
有如破琴的斷弦，
在鄰近出沒的幢幢人影
都已經回去爐邊。

大地那清癯的面容髼鬆
世紀的屍體橫陳；
沉沉的雲層是他的墳墓，
晚風是輓他的歌聲。
原充滿生機，古老的脈搏
如今已僵硬而乾寒，
地面殘餘的每一影魂魄
都像我一樣地漠然。

忽然我頭頂冷冽的枝條
迸出了歌聲一串，
一首盡情而衷心的晚禱
充滿了無限的狂歡；
一隻老畫眉，纖弱而嶙峋，
披著吹皺的羽裳，
此時卻不惜將他的靈魂
投向漸濃的蒼茫。

環顧四周圍地面的晚景，
無論近處或遠方，
都不足激起孤鳥的豪情
如此忘情地歌唱，
我想在他道晚安的調裏
顫動著一線希望，
只有他自己知道是什麼
而我卻無法猜想。

他殺死的那人

「只要他跟我相逢
在一間老舊的客棧，
兩人就會坐下來，暢飲
老酒，一盞又一盞。

「可是列陣成步兵，
面對面瞪著眼睛，
我就射他，像他射我，
把他射死在敵陣。

「我射死他，只因──
只因為他是敵人，
如此而已，他當然是敵人；
道理很清楚，儘管

「他自認當了兵，也許
一時起意──跟我同命──
一時失業──賣掉了行李──
沒有其他的原因。

「是啊；戰爭真是奇怪！
你殺死的這小子，
換了在客棧你會作東，
或者借他幾角子。」

部下

「可憐的流浪漢，」灰空說，
「我本想給你照明，
但上面有上面的規定，
說這樣實在不行。」

「我不想凍著你，破衫客，」
北風吼道，「我也有本事
吹出暖氣，放慢腳步，
可是我也接受指示。」

「明天我會襲擊你，朋友，」
疾病說。「可是俺
對你的小方舟本無敵意，
只是奉命得登船。」

「來吧，上前來孩子，」死神道：
「我本來不願讓墓地
今天就結束你的朝聖行，
可是我也是奴隸！」

大家都互相向對方微笑，
於是人生再不如
他們坦承其無奈之前
看起來那麼殘酷。

天人合緣
──詠鐵達尼號之沉沒

1
在海底的深處，
遠離人類的自負

與設計造她的世間自豪，她仍潛伏。

2
鋼的艙房，近日喪葬，
她成為火蜥蜴的墳場，
寒潮穿流，有海嘯琴韻之悠揚。

3
許多明鏡原本
要來映照富人
卻由得蝦蟹爬行——怪異，泥汙，冷寂無聲。

4
喜悅設計的珠寶
來取悅感性的頭腦，
黯然無神，失焦，失色，不再能閃耀。

5
目如淡月的魚群
注視鍍金的齒輪，
問道：「這麼虛榮何以在水底沉淪？」

6
哎，翼能破浪這靈物
正打造成形於船塢，
造化運轉，鼓動又催生了萬物，

7

卻為她培養了婚伴，

邪惡——卻龐然可喜歡——

一座冰山，此刻仍太早，完全無關。

8

正當這漂亮的巨船，

身材，風度，色澤都不凡，

影影綽綽，遠處也悄然長著這冰山。

9

他們似乎不相干：

沒有凡目能窺探

日後的故事怎麼會緊密接銲，

10

或者可見何預兆，

兩者的前途真巧，

不久這兩個一半會合成一件噩耗。

11

終於歲月的紡輪

說「到了！」每一半都吃驚，

大限已至，兩個半球撞成刺耳的高音。

海峽練炮
——詠第一次世界大戰

那晚你們的重炮，無意間，
把我們從棺材中震醒；
把聖壇的窗戶也都震破，
我們還以為是末日降臨，

都坐了起來。淒清之中
獵犬都驚醒了，全都在吠；
老鼠失措落下了殘食，
蚯蚓全都退回了墓內。

教會的田裏母牛流涎。終於
上帝叫道，「不，是海上在試炮
正如你們在入土以前
人間的世道仍未改好，

「各國仍拚命把火紅的戰爭
越拚越血紅。簡直像發瘋
各國都不肯聽從基督
正如你們一般地無奈。

「現在還未到審判的時辰，
對戰爭中人還算是幸運
如果真是，就應該為如此威脅

把陰間的地板清掃乾淨……

「哈哈，那時情況就熱得多了
當我吹起號角（萬一當真
我會，只因你們是凡人
而急須安息於永恆。）」

於是我們又躺下，「不知道
人間會不會變得稍醒悟，」
有一位說，「比起當初祂派我們
投這冥府世紀的虛無！」

許多骷髏都直搖其頭，
鄰居隔兩位的牧師說道：
「與其生前四十年傳道，
不如上輩子抽菸又醉倒。」

又一陣炮聲震撼了當下，
咆哮說已到報復的時辰，
聲傳內陸的斯都爾頓塔，
凱洛宮，和星下的古碑石陣。

萬邦崩潰時

只留下一個人在犁田，
步伐緩慢而沉靜，

蹣跚的老馬頭直點，
人馬都似在夢境。

只有一縷煙而無火焰，
從成堆的茅草升起；
此景會一直延續不變，
縱朝代來來去去。

遠處一少女和她情人
路過時情話悄然；
戰爭的歷史會融入夜深，
他們的故事還未完。

盲鳥

你的歌唱得真熱烈！
而這一切的無理，
上帝竟同意，對你！
還沒有飛已盲去，
被火熱的針尖刺中，
我在旁簡直不懂
你的歌唱得真熱烈！

如此委屈而不恨，
也忘了可哀的悲慘，
你的命是永遠黑暗，

注定一生要瞎尋，
自從被劫火所刺傷，
被囚於無情的鐵絲網；
如此委屈卻不恨！

誰真慈悲？唯有此鳥。
誰長受苦而保善心，
並不生氣，縱然失明，
縱然被囚，卻不輕生？
誰對一切仍容忍，希望？
誰不懷惡念，仍在歌唱？
誰才神聖？唯有此鳥。

葉慈 (1865-1939)
——一則瘋狂的神話

「一切都結束了，我終於有暇審視自己的獎章；那獎章，饒有法國風味，顯係九十年代的作品，設計得很可愛，富裝飾性，具學院氣派。畫面顯示一位繆思的立姿，年輕，美麗，手裏抱著一把大七弦琴，旁立一少年正凝神聆聽；我邊看邊想：『一度我也曾英俊像那個少年，但那時我生澀的詩脆弱不堪，我的詩神也很蒼老；現在我自己蒼老且患風濕，形體不值一顧，但我的繆思卻年輕起來。我甚至相信，她永恆地「向青春的歲月泉」前進，像史維登堡靈視所見的那些天使一樣。』」

這是愛爾蘭大詩人葉慈在《自傳》中追述他接受一九二三年諾貝爾文學獎後的一番感慨；時間是同年十二月十日，當時葉慈是五十八歲。他在《自傳》中的自剖並非誇張，因為他的詩神確實是愈老愈年輕。他的許多傑作，例如〈麗達與天鵝〉、〈航向拜占庭〉、〈塔〉、〈學童之間〉等等，都完成於一九二三年以後。他那沛然浩然的創造力，一直堅持到臨終前的數月。有名的〈青金石〉、〈長腳蚊〉、〈馬戲班鳥獸散〉等詩，都是死前一兩年間的作品。那首蒼勁有力的〈班伯本山下〉，更完成於一九三八年九月四日；那時，距他去世只有四個多月了。據說，一直到死前四十八小時，葉慈還忙於最後幾篇未定稿

45

的校訂。

像葉慈這樣堅持創作且忠於藝術以迄老死的例子，在現代英國詩壇上，是非常罕見的。一九六七年逝世的梅士菲爾（John Masefield, 1878-1967），自從一九三〇年任桂冠詩人以後，並無任何傑出的表現。艾略特從接受諾貝爾文學獎到去世的十六年間（一九四八至一九六四），一首詩也沒有寫，而戲劇的創作也呈退步的現象。我國五四人物的表現，也似乎大抵類此。

葉慈在《自傳》中慨歎生命與藝術間的矛盾，慨歎年輕時形體美好而心智幼稚，年老時則心智成熟而形體衰朽。這種矛盾，這種對比，在他的詩中，屢屢成為思考的焦點。例如〈長久緘口之後〉一首，便是討論這個問題。要了解葉慈的深厚與偉大，我們必須把握他詩中所呈現的對比性。這種對比性，在現實的世界裏充滿了矛盾，但是在藝術的世界裏，卻可以得到調和與統一。靈魂嚮往永恆與無限，嚮往超越與自由，嚮往形而上的未知與不可知，但肉身卻執著於時間與有限，執著於生和死的過程，執著於現實的世界。然而一個人，一個完整的生命，既不能安於現實，也不能逃避現實，他應認識這些相反的需要，而在兩者相引相拒的均勢下，保持平衡。想像與現實，心靈與形體，高貴與下賤，美與醜，遂成為葉慈詩中相反相成，相剋相生的必要極端，因此他詩中所處理的，不是平面的單純的思想或情感，而是一種高度綜合的經驗。葉慈曾謂，一個詩人帶進他作品中的應該是「日常的，激情的，思考的自我」。他在作品中表現的，是「全人」的經驗。例如在〈航向拜占庭〉一詩中，他始則歌詠肉體之必

朽與靈魂之超越；繼而歎息自己心靈被繫於衰頹之軀體，是多麼痛苦而不自由，需要解脫；終於又說，解脫之後，肉體已化，精神猶存，猶存於自己作品的藝術中，但自己作品中表現的，仍是人生，仍是「已逝的，將逝的，未來的種種」，也就是說，仍是時間，而不是永恆。又如〈狂簡茵和主教的對話〉一首中，葉慈這種統一矛盾的信念，表現得更為突出。他甚至說：「美和醜都是近親，美也需要醜……愛情的殿堂建立在排汙泄穢的區域；沒有什麼獨一或完整，如果它未經撕裂。」

這種相反因素的對比與統一，在他作品的形式上，也有類似的表現。在早期的作品中，他的文字頗為柔馴，但無力量。中年以後，他的文字兼有狂放與典雅，宏偉的修辭體和明快的口語配合得很富彈性，因而流暢之中見突兀，變化之中見秩序，不是大手筆，是辦不到的。這一點，在譯文裏自然很難覺察。葉慈善於運用傳統的詩體，而又不受前人格律的限制，能在音節和韻腳上爭取自由。例如〈航向拜占庭〉的詩體，原是拜倫最工的「八韻體」（ottava rima），但在葉慈的處理下，因「行內頓」（caesura）與「待續句」（run-on line）的變化，而有全然不同的效果。又葉慈在詩中善鍊長句，吞吐之間，氣完神足。他的一些短詩，從四行到十幾行，一氣貫透，在文法上往往只是一句。十二行的〈催夜來臨〉，便是一個例子。

都柏林、倫敦、斯萊戈（Sligo），是葉慈在中年以前住得最久的三個地方，也是促使他詩風發展的三個因素。從九歲到十八歲，葉慈隨父母住在倫敦，後來才回到都柏

林去。九十年代之間，葉慈在倫敦，和「詩人社」諸作者往還甚密，因而繼承了「前拉菲爾主義」的浪漫餘風，以為詩之能事在於做到夢幻而飄逸的境界。斯萊戈是葉慈母親的故鄉，在愛爾蘭西北部，面海而多山，居民多牧牛捕魚。葉慈的寓所就在庫爾公園附近的巴利利古堡上，周圍的田園生活使他深切地體會到農業社會的現實，和古愛爾蘭的民俗。在都柏林，葉慈生活在愛爾蘭文化和政治的漩渦裏。他討厭用文學來做政治的工具，但是眼見自己的詩成為復興愛爾蘭文化的靈感。葉慈最痛恨都柏林的中產階級，痛恨那些人的毫無文化和蠅營狗苟。他甯可選擇貴族的典雅和農民的純樸。對他而言，都柏林象徵的是暴力，科學，和工業文明。

葉慈的價值觀念，往往相互矛盾。在歷史和文化的發展上，他相信，如果新的要來到，舊的必然崩潰，新舊交替之際，必然有一段狂暴和動亂的時期；那時價值混亂，觀念模糊，每個人只有堅持自己的信仰。在一個信仰式微的時代，艾略特歇斯底里地悲吟著〈荒地〉和〈普魯夫洛克的戀歌〉，葉慈卻思有以超越普遍的幻滅，而建立個人的神話系統和價值觀念。在這方面，葉慈頗似百年前的布雷克。布雷克不信任服爾泰的理性，葉慈也不信任工業文明。葉慈曾非難現代西洋文明為「我們這科學至上，民主第一，袛務事實的，分門別類的文明」。他痛恨一切的暴力和偏激；在私生活上，他寧可遵循安詳的儀式和風俗，像他對自己女兒的祝福那樣。葉慈年輕時曾熱戀愛爾蘭美麗的女伶龔茂德（Maud Gonne），但是茂德致力於愛爾蘭的獨立運動，一意鼓吹暴力革命，葉慈數次求婚而皆為

所拒。葉慈一方面黯然於被棄，另一方面又以為，像茂德這樣姣好的女子，實在不該獻身於政治鬥爭。這件憾事，一直梗在他的心裏，而且經常出現在他的詩中。

現代文學史家，慣將葉慈的創作分成四個或五個時期。第一個時期，是他的前拉菲爾主義時期，也可以說是他的後期浪漫主義時期。這時他耽於唯美的夢幻，詩風朦朧而曖昧，個性不夠突出，文字也無力量，可以〈湖上的茵島〉和〈當你年老〉為代表作。第二個時期，約始於一九〇四年至一九〇八年之間。當時葉慈已經有改變的跡象。〈亞當的災難〉、〈水上的老叟〉幾首詩，已經展示出新的趨向。一九〇八年，年輕的龐德闖進了他的世界，挾新大陸的朝氣和（稍後的）意象主義的運動，迫使中年的葉慈，在半迎半拒的心情下，接受年輕一代的影響。於是葉慈從早期的浪漫主義和愛爾蘭神話之中掙了出來，且展現一種正視現實的簡樸和誠摯詩風。〈一九一三年九月〉、〈華衣〉、〈成熟的智慧〉、〈庫爾的野天鵝〉等詩，可以視為此期的代表作。第三個時期，是他的個人神話時期，約始於一九一七年。那一年，葉慈和喬琪‧麗思結婚，並開始潛心研究神祕主義與通靈術。藉夫人之助，他似乎接受了冥冥中的神諭，復就月之二十八態，推測人的性格，就古典文化與基督教之興衰，推測二千年一輪替的文化週期。這個神話系統，比他早期的帶點懷古幽情的愛爾蘭神話，顯然要繁富得多。不論我們是否重視：這個神話系統，這些信念顯然已成為他此期詩中的中心思想和意象泉源，且使得那些詩充滿了意義和暗示。〈再度降臨〉、〈為女兒祈禱〉、〈航向拜占庭〉、〈麗達與天

鵝〉等，是此期的傑作，一般詩選裏收得最多。第四個時期，自一九二八年以迄他逝世之年，展示他晚年再度掙脫神話與玄想而回到現實生活的風格。這時他悲憤於肉體的不可恃而又不得不持有，遂排開玄思與幻想，再度正視現實，擁抱生命，且發為蒼老而仍遒勁的歌聲。這時，葉慈的智慧已完全成熟，加上近乎口語的坦率，和一個偉大性格的力量，遂形成他最後幾篇傑作中那種不可逼視的狂放和灼熱。例如〈狂簡茵〉八首、〈靈魂與自我的對話〉，〈青金石〉、〈長腳蚊〉諸作，都是葉慈老而愈狂的表現，也是現代英詩中罕見的佳構。

　　大家不一定接受葉慈的社會思想，也不一定相信他的神話系統，但葉慈已經被公認為二十世紀初期英語世界最偉大的詩人。他的詩，結構宏偉，節奏繁富，意象明快而突出，思想性非常濃厚，情感的力量也非常充沛。最動人的，是他那逼視現實懷抱全生命的氣魄。讀他的詩，像看羅丹的雕塑，梵谷的畫，像聽貝多芬和華格納的音樂，總令人感到一股強大的生命力，在現實的壓迫下撞擊，迴旋，不能自已。

　　葉慈開始創作時，正值唯美與頹廢的九十年代。他的晚年，又是普羅文學流行的三十年代。他能掙脫前者，超越後者，且始終保持並發展自己的風格，正說明了他的獨創性和優越性。一九四〇年六月三十日，艾略特在都柏林發表一篇演說，紀念剛去世的葉慈，在結束演說之前，艾略特說：「葉慈生於『為藝術而藝術』流行一時的世界，且活到世人要求藝術為社會服務的世界，竟能在上述兩種態度之間，堅持一項絕非折衷的正確觀點，且昭示我們，

一位藝術家，在十分誠懇地為其藝術工作時，即等於盡力為其國家與全世界服務了。」

下面選譯的二十五首詩，可以代表後期的葉慈，從一八八八年到一九三九年臨終前的不同風格。由於他的詩寓意深遠，用事含蓄，遇有必要時，另於篇末一一點明，以便讀者。

在柳園旁邊

在柳園旁邊和我的情人相見；
她雪白的纖足穿越過柳園。
她勸我愛情要看淡，如葉生樹梢；
但我年輕又痴心，不聽她勸告。

在河邊的田裏和我的情人並立，
她雪白的手扶在我斜倚的肩際。
她勸我人生要看開，像草生堤堰；
但我年輕又痴心，此刻淚漣漣。

湖上的茵島

我就要動身前去，去湖上的茵島，
在島上蓋一座小屋，用泥和枝條來敷：
再種九排豆畦，造一窩蜂巢，
　在蜂鬧的林間獨住。

在湖上我會享一點清靜，清靜緩落到地面，
從早晨的面紗降到蟋蟀的低唱；
子夜是一片渺茫，正午是一片紫豔，
　黃昏充滿紅雀的翅膀。

我就要動身前去，因為日日夜夜，經常
都聽見湖水輕輕拍打著岸邊；
無論我站在路頭，或是在行人道上，
　水聲在心深處都聽見。

當你年老

當你年老，頭白，睡意正昏昏，
在爐火邊打盹，請取下此書，
慢慢閱讀，且夢見你的美目
往昔的溫婉，眸影有多深；

夢見多少人愛你優雅的韶光，
愛你的美貌，不論假意或真情，
可是有一人愛你朝聖的心靈，
愛你臉上青春難駐的哀傷；

於是你俯身在熊熊的爐邊，
有點惘然，低訴愛情已飛颺，
而且逡巡在群峰之上，
把臉龐隱藏在星座之間。

〈在柳園旁邊〉、〈當你年老〉這兩首詩都是葉慈的少作，也都是情詩，詩中的「她」和「你」可能都是葉慈苦戀多年而未能終成眷屬的龔茂德。茂德是演員，美麗而剛烈，熱中於愛爾蘭的抗英愛國運動。她的美麗迷住了葉慈，但她的剛烈葉慈卻受不了。葉慈為她而作的情詩並不止這兩首，在名詩〈為吾女祈禱〉中，詩人甚至期望愛女將來能享受安定而賢淑的家庭生活，不要學慕德的作風。

　　一般學者都認為葉慈的作品老而愈醇，他能成就二十世紀英語世界最偉大的詩人，主要是靠中年以後的「晚作」：因為那些晚作舉重若輕，化俗為雅，能把生活提煉成藝術。對比之下，他的少作優美而迷離，不脫「前拉菲爾派」的唯美意識。這些我完全同意，卻認為他那些少作雖然只有「次要詩人」（minor poet）的分量，其中頗有一些仍是不可多得的精品，值得細賞。〈在柳園旁邊〉（Down by the Sally Gardens）是一首失戀的情詩：詩人悵念當年對情人的迷戀十分認真，但情人似乎不太領情，反而有意擺脫，所以慰勉他要看開一點，不可強求。可是詩人一往情深，不聽勸告，結果當然是自作多情，吃了很多苦頭。此詩向讀者暗示了一則愛情故事，但其細節卻隱在淒美的霧裏，並未開展成為小說。也許如此反而令讀者更感到餘恨嬝嬝。最動人的該是每段的第三行：前半行似甜實苦，說不盡美麗的哀愁；後半行就地取喻，有民謠的風味。末行的「痴心」，原文是foolish，譯作「愚蠢」，當最現成，似乎忠於原文，但是不免拘於字面。英文裏面，真正罵人是說stupid，帶點寬容與勸勉，才是foolish。情人之間，說對方foolish，反而有「看你有多

痴」的相惜之情。事隔多年，詩人猶感餘恨，不過是恨命苦，並非記恨情人。李商隱不是說嗎：「此情可待成追憶，只是當時已惘然。」

〈當你年老〉（When You Are Old）裏面的情人，由第三人稱變成了第一人稱，有趣的是：〈在柳園旁邊〉裏，詩人以我出現，但到了〈當你年老〉裏，我一直在自言自語，卻始終不提「我」了。這就牽涉到末段第二行的「愛情」：原文Love是用大寫，一般是指愛情之為物，亦即愛情之人格化。然則詩人的用意，究竟是指情人老來孤單，追思前緣，不勝惋惜，但那已經是過去的事了，像是傳說，又像是神話；抑或是指愛她的人，亦即詩人（也就是次段第三行的「有一人」），早已遠去，成了傳說，登上了藝術之峰，與燦亮的名家為伍了呢？首段第二行，「請取下此書」（take down this book），是什麼書呢？應該就是詩人正在寫的書了，也就是這首情詩要納入的詩集吧：當你年老，這本詩集就在你的書架上，所以要「取下」。於是你一面讀著，一面就神遊（夢見）往昔，發現當年追求你的人雖多，但真正愛你知你如我者，僅我一人。眾多追求者愛你的青春（韶光）美貌，而我啊，即使你美人遲暮（青春難駐）也仍然愛著你呢。

學者曾指出，此詩起句來自法國十六世紀「七星詩派」領袖洪沙（Pierre de Ronsard）《贈海倫十四行集》（*Sonnets pour Hélène*）之一，其起句為：「當你年老，夜晚在燭光下」（Quand vous serez bien vieille, au soir, á la chandelle）。洪沙之詩大意是：「當你年老，燭光下紡紗，吟著我的詩句，說當你綺年美貌，洪沙曾賦詩讚

你；我已經入土為鬼，躺在桃金孃的蔭下。你也成了老嫗，蹲在爐火旁邊，悔恨自己高傲，錯失我的愛情。與其空待明日，不如愛我今朝。」洪沙的情詩語含威脅，有欠宛轉。葉慈起句學他，但溫柔敦厚，更為體貼，無怨無尤，一結餘韻嫋嫋。

水上的老叟

我聽見老而又老的群叟
說：「萬物皆變，
一個接一個我們將溜走。」
他們的手如爪，他們的膝
扭曲之狀如千年的荊棘
在水邊。
我聽見老而又老的群叟
說：「凡美麗的終必漂走，
如急湍。」

———一九〇三年

成熟的智慧

葉雖有千萬張，根只有一條；
在青年時代說謊的日子裏，
我在陽光下把花葉招搖；
現在我可以萎縮為真理。

催夜來臨

終身是風雨與奮鬥，
她的靈魂盼驕傲之死
帶給她一件禮物，
因而她不能忍受
生命的一般幸福；
她活著，像一個帝王
排滿他大婚的日子
以燕尾旗和長旌，
以號與銅鼓的震響，
與氣炎凌人的禮炮，
將時間匆匆地送掉，
為了催黑夜來臨。

——一九一四年

〈催夜來臨〉是一九一四年發表的作品。此地的
「她」，是指葉慈終生戀慕的愛爾蘭革命女志士龔茂德。
葉慈在詩中用了一個很動人的明喻（simile）說她高潔的
靈魂在革命事業重大的壓力下，希冀最後能進入死亡，而
擁有不朽（即詩中所說驕傲之死帶給她的「禮物」）。這
種情形，葉慈說，就像在大婚之日的帝王，為了迎接夜，
以及夜所帶來的幸福（皇后），乃用旌旗、鼓號，與禮炮
將白晝驅走，俾黑暗早早降臨。這個明喻運用得既有氣
派，又很貼切：用旗鼓與禮炮比擬轟轟烈烈的革命，用帝
王比擬靈魂，黑夜比擬死亡，復用新娘比擬不朽，真是再

動人不過了。

華衣

為吾歌織華衣，
遍體皆繡花，
繡古之神話，
自領至裾；
但為妄人所攫，
且衣之以炫人，
若親手所紉。
歌乎，且任之，
蓋至高之壯志，
在赤體而行。

——一九一二年

　　〈華衣〉是葉慈一九一四年出版的詩集《責任》壓卷之作。在詩中，葉慈責備時人爭相效颦他早年的風格，並毅然宣稱，他將揚棄那一套古色古香的華麗神話，在前無古人的新境域中重新出發；因此批評家往往引用這首短詩，來印證葉慈風格的轉變。

一九一三年九月

既然想通了，還有何必要，
除了摸索油膩的錢櫃，

在辨士之外加添半辨士，
而且顫顫地禱了又再禱，
直到骨頭搾乾了骨髓？
世人生來不過許願並存錢：
浪漫的愛爾蘭一去不回，
隨著奧利瑞已進了墓間。

可是那些人卻非我同類，
惡名嚇得你不敢兒戲，
他們闖世界像一陣風，
忙得沒空停下來安祈，
絞刑吏織繩以待的囚犯，
他們能夠，天保佑，救得了誰？
浪漫的愛爾蘭一去不返，
隨著奧利瑞已進了墳堆。

難道雁群會因此張開
灰翅俯撲向潮去潮來；
難道因此會引起殺戮，
因此犧牲了費茲傑洛，
還有艾默和沃夫·東恩，
一切勇士的極端狂喜？
浪漫的愛爾蘭一去無蹤，
隨著奧利瑞已進了墓裏。

但如果歲月能重新開始，

召回那些亡魂啊如故，
帶著往日的寂寞與悲痛，
你會歎，「有些女人的金髮楚楚
教每個母親的健兒失魂」：
他們獻出的自認不足惜。
但別再提了，已一去無影，
正陪著奧利瑞進了墓地。

——一九一三年

學者

光顧們恍惚於自己的罪過，
老邁，博學，可敬的光顧
編輯且詮釋一些章句，
讓年輕人，夜間輾轉反覆，
在愛情的絕望中吟哦，
取悅無知的美底耳朵。

皆囁嚅；皆在墨水中咳嗽；
皆用鞋履將地氈磨損；
皆思想他人所有的思想；
皆認識鄰人認識的人。
嗚呼，他們該怎麼解釋？
加大勒行路是否那方式？

——一九一五年

葉慈一向看不起那些只知書本不知生活的曲士，腐儒。「皆在墨水中咳嗽；皆用鞋履將地氈磨損」；可以說將腐儒們那種蒼白、閉塞，而卑瑣的生活，用最具體的形象把握住了。而腐儒們最可悲的一點，便是沒有自己的思想，凡事必須攀附在他人或前人的身上。加大勒（Gaius Valerius Catullus）是公元前一世紀傑出的抒情詩人，所作給情人萊思比亞的情詩，甚為馳名。第一節中所言「編輯且詮釋一些章句，讓年輕人……在愛情的絕望中吟哦」，可能指一般的情形，也可能特指加大勒的作品。

有人要我寫戰爭的詩

我想在我們這時代，一個詩人
最好將自己的嘴閉起，實際上，
我們也無能將政治家糾正；
詩人管別人的事已夠多，又想
討好少女，在她睏人的青春，
又想取悅老叟，在冬日的晚上。

重誓

他人，因為你當初違背
那重誓，變成了我的朋友；
但每次，我面對死亡，
每次我攀登夢境之崔巍，
或是興奮於一杯美酒，

猝然，我就瞥見你臉龐。

——一九一九年

此地的「你」是指龔茂德。前二行用了一個插入句法，不諳英文文法的讀者可能因此感到費解。理順後，散文的次序是：「因為你當初違背那重誓，他人（出於同情，竟）變成了我的朋友。」

庫爾的野天鵝

群樹穿著秋天的美麗，
林中的幽徑何乾爽；
在十月的微光裏，湖水
反映著寂靜的穹蒼。
在飽滿的水面，在石間，
五十九隻天鵝何翩翩。

第十九個秋天已經來到，
自從我首次數鵝群。
當時未數完，我曾經看見
它們忽然都飛昇，
且四散迴旋，龐大但不成圈，
且撲著翅膀，騷然。

我立望那些燦爛的生命，
此刻我的心很悽慘。

61

一切都變了，自從我初在岸上，
在黃昏時分聽見
它們的巨翼在頭頂如撞鐘，
那時我步伐較輕鬆。

仍未困倦，情人伴著情人，
天鵝群划泳著冷冷
而可親的流水，或飛上空中。
它們的心尚年輕；
無論漂去何處，熱情或野心
仍然與它們為伍。

此刻天鵝群在靜水中徜徉，
神異莫測而美妍。
但將來去何方的叢葦築巢，
去什麼湖濱，池畔
娛人之目，當我有一天醒來，
發現它們已飛開？

——一九一六年

愛爾蘭一空軍預感死亡

我知道我終將面對命運，
在那上面，在飄渺的雲間；
與我戰鬥的，我並不仇恨，
受我保護的，我也不眷戀；

我的國家是基大頓的通衢，
我的同胞是基大頓的貧民；
任何後果不會使他們更憂鬱，
也不會使他們比從前歡欣。
不為法律，也不為責任而戰，
不為諸公，也不為歡呼的群眾，
好寂寞的一陣喜悅的靈感
驅我直上這騷動的雲中；
我思前想後，一切與一切，
未來的歲月像虛度的日子，
虛度的日子是以往的歲月，
比起這樣的生來，這樣的死。

再度降臨

旋轉又旋轉著更大的圈子，
獵鷹聽不見放鷹人的呼喚；
一切已崩潰，抓不住重心；
純然的混亂淹沒了世界，
血腥的濁流出閘，而四方
淳厚的風俗皆已蕩然；
上焉者毫無信心，下焉者
滿腔是激情的狂熱。

必然，即將有某種啟示；
必然，即將有再度的降臨。

再度降臨！這句話才出口，
便自宇宙魂昇起一巨影，
令我目迷：在沙漠的某地，
一個形象，獅其身而人其首，
一種凝視，空茫殘忍如太陽，
正緩緩舉足，而四面八方，
憤然，沙漠之鳥的亂影在輪轉。
黑暗重新降下；但現在我知道
沉睡如石的二十個世紀，當時
如何被一隻搖籃搖成了惡夢，
而何來猛獸，時限終於到期，
正蹣跚跛向伯利恆，等待誕生？

——一九二一年

　　葉慈認為文化的發展有其週期，且以二千年為一個週期；葉慈稱之為「大年」（Great Year）。他認為，第一個週期始於公元前二千年的巴比倫，而終於希臘羅馬文化的式微。第二個週期是基督教的文化，到了二十世紀，也已面臨崩潰，且將被另一不同類型的文化所取代，但新舊交替之際，必然有價值混亂暴力橫行的現象。所謂「再度降臨」（Second Coming），原指《新約・馬太福音・第二十四章》基督所預言的聖地遭劫，世界末日來臨，以及假基督偽先知之出現；但在詩中，似乎又聯想及於啟示錄中所載，能以妖術惑眾之怪獸號「反基督」（Antichrist）者。根據啟示錄所載，此獸十角七首，望之若豹，熊足獅口，權威如龍。不少基督徒認為這便是基

督重降前的「罪人」；或附會歷史，以為是指尼羅王、拿破崙、威廉二世、希特勒，或史達林。葉慈亦自述，屢在夢中見一怪獸，形如史芬克獅。

葉慈對於時間的觀念，無論那是歷史的或個人生命的時間，恆是迴旋式的。這種觀念，形之於詩中意象，或為旋風，或為線球，或為迴旋梯。此處他用獵鷹在空中盤旋，來象徵文化的運轉，但獵鷹盤旋的圈子愈放愈大，終於超逸了地面放鷹人的控制。文化的重心既失，代表那文化的一切價值也就渙然潰散了。「純然的混亂」，「血腥的濁流」，「下焉者滿腔是激情的狂熱」諸句，指一九一七年的俄國革命。這首詩發表於一九二〇年，但多年後，葉慈亦承認此詩於冥冥中成為法西斯蒂的預言。在三十年代中，有一位朋友寫信給葉慈，要他公開表示反極權的立場。葉慈回信說：「別想勸我做政治人物，即使在愛爾蘭，我想，我也不會捲入政治了……這些年來，我並未沉默，我所用的是我的唯一工具──詩。如果你手頭有我的詩，可以翻閱一首叫〈再度降臨〉的詩。那是我十六、七年前寫的作品，其中所預言的，正是今日發生的一切。從那時起，我曾經再三寫過這題材。」

「宇宙魂」（Spiritus Mundi）一詞的拉丁原文，來自十七世紀柏拉圖派學者亨利・莫爾；但在英文中，葉慈稱之為「大記憶」（Great Memory）。它容納人類過去的種種記憶，像一間貯藏室，供應個人的夢與想像；其說略近容（C. G. Jung）的「集體無意識」。篇末所謂「搖籃」，指基督之誕生結束了第一個大年的異教文化。然則在基督文化崩潰之際，是否也有什麼將在新的搖籃裏誕

生？葉慈似乎有意將那「猛獸」寫得蠢蠢而動，魯莽、曖昧，可疑而又可怖，因為下一個類型的文化，誰也不明白究竟是什麼形態。一切文化，葉慈相信，莫不始於殘暴，漸臻於成熟，而終於衰退、瓦解。

為吾女祈禱

暴風雨重新在咆哮，但是半掩
在搖籃的帳頂和被單下面，
我的女嬰仍酣睡。　唯一的屏障
是歸葛里森林和荒禿一山崗，
擋住那狂風，風自大西洋吹來，
能撲翻乾草堆，掀走屋頂；
我徘徊又祈禱了一個時辰，
因心中籠罩一大層陰霾。

我為這嬰孩徘徊而祈禱
一小時，且聽海風在塔上呼號，
呼號，在拱起的橋洞下面，
在漲水的河上那榆樹林間；
在激動的沉思中我幻想
未來的年代已降臨，
且應著瘋狂的鼓聲
奮舞，從致命的無知之海上。

願冥冥能賜她美麗，但是不必

美得令一個陌生人目迷；
或令她自己對鏡時太沉醉，
這種女孩，生得太美，太美，
會幻想，美便是足夠的目的，
遂喪失天賦的仁慈，甚至
流露真心的那種相知，
竟選擇錯誤，永不能獲得友誼。

海倫入選，感生命平凡而單調，
終於又為了一個痴人而煩惱；
而那偉大的女王，海浪所生，
沒有父親，一切該稱心，
卻選中跛腳的鐵匠做夫婦。
多少美好的婦人總是
胡思亂想，命運差遲，
豐年的羊角，遂因此被誤。

首先，我要她學習謙恭；
有些女子不全憑美容，
心靈非天賜，乃修養所致；
多少女子自誤於麗質，
終因魅力而贏得慧心：
多少可憐的流浪漢，
愛過，且誤會曾被愛戀，
對這種仁慈的女性最動情。

願她像株隱形樹，繁柯密葉，
所有的心事像一隻紅雀，
唯一的任務是四方散播
那種豪豪爽爽的清歌，
為了遊戲，才繞樹飛逐，
為了遊戲，才鬥嘴。
啊，願她長成青青的月桂，
植根於永永可親的泥土。

因為我曾經愛過的一些心靈，
我欣賞的那種美，皆不幸運，
我的心靈近日也已經涸乾；
但我知道，如果讓仇恨填滿，
在一切邪惡中為惡最深重。
如果心中沒有敵意，
則風之侵犯與襲擊
決不能將紅雀驅出葉叢。

思想上的仇恨為害最深，
讓她明白凡偏見都可憎。
我豈未目睹最可愛的女子
從豐年的羊角中降世，
卻堅持自己頑固的意向，
將那羊角，和安詳的性格
都了解的每一種美德，
去交換一隻怒颺的老風箱？

設想，一切恨意被逐盡，
靈魂恢復原始的天真，
而終於領悟它能夠自娛，
能夠自慰，也能夠自懼，
而它溫柔的心意便是天意；
她仍能夠，雖眾人怒眉，
雖多風的地帶皆狂吹，
雖風箱盡迸裂，仍能自怡。

願她的新郎領她回家去，
而一切已井然，一切合禮；
因傲慢與仇恨莫非商品，
任人叫賣，在市場中心。
如果不遵守儀式與風俗，
天真與美如何能養成？
儀式，以之名羊角之豐盈，
風俗，以之名欣欣之桂樹。

——一九一九年

葉慈結婚很晚，做父親更晚。他的女兒安·勃特勒·葉慈（Anne Butler Yeats）在一九一九年二月廿六日出世時，做爸爸的詩人已經五十四歲了。同年六月，葉慈寫了這首有名的〈為吾女祈禱〉。當時他和夫人住在愛爾蘭西海岸的戈爾威，寓所是數百年前諾爾曼式的古堡，叫做巴利利塔（Thoor Ballylee），一九一七年，葉慈買下它後，曾加以修建。以後這古堡時常出現在他的詩中，成為

69

迴旋上昇的生命通向未知與黑暗的象徵。塔在庫爾公園附近，臨海而且多風。

第二段末三行所言，可以參閱〈再度降臨〉的首節。葉慈認為，基督教的文化崩潰時，「純然的混亂淹沒了世界，血腥的濁流出閘」。海濤怒吼，遂引起他的聯想。第四節所謂「痴人」是指誘帶海倫私奔的巴里斯王子。「偉大的王后」指海浪所生的愛神維納絲，嫁給彎腿而醜陋的天國鐵匠服康，而又不安於室，與戰神馬爾斯相戀。「豐年的羊角」（Horn of Plenty）為滿盛瓜菓與鮮花的大羊角，用以象徵豐衣足食；相傳希臘天神宙斯幼時曾就山羊吸乳，故用羊角為象徵。葉慈引申此意，使之更象徵美好生活之秩序與風雅。

葉慈認為，過分美麗與偏激，均非女子之福。他認為女子最高的美德是謙遜與仁慈，至於容貌，清秀已足，何必傾城。第八節所謂「最可愛的女子」指龔茂德。末節所言種種，顯示葉慈的理想生活形態，是井井有條的貴族式的農業社會。

全詩十節，韻腳依次為AABBCDDC。譯文因之，惜未能工。

麗達與天鵝

> 猝然一攫：巨翼猶兀自拍動，
> 扇著欲墜的少女，他用黑蹼
> 摩挲她雙股，含她的後頸在喙中，
> 且擁她無助的乳房在他的胸脯。

70

驚駭而含糊的手指怎能推拒，
她鬆弛的股間，那羽化的寵幸？
白熱的衝刺下，被撲倒的凡軀
怎能不感到那跳動的神異的心？

腰際一陣顫抖，從此便種下
敗壁頹垣，屋頂與城樓焚毀，
而亞嘉曼農死去。
　　　　　　　就這樣被抓，
被自天而降的暴力所凌駕，
她可曾就神力汲神的智慧，
乘那冷漠之喙尚未將她放下？

——一九二八年

〈麗達與天鵝〉寫於一九二三年，初稿刊於翌年，定稿發表於一九二八年，是葉慈最有名的短詩之一。我們可以用它解釋希臘文化的誕生，也可以用它來解釋創造的原理。根據希臘的神話，斯巴達王丁大留斯（Tyndareus）的妻子麗達（Leda）某次浴於猶羅塔斯河上，為天神宙斯窺見。宙斯乃化為白天鵝，襲姦麗達，而生二卵：其一生出卡斯托（Castor）與克萊坦娜斯特拉（Clytemnestra），其一則為帕勒克斯（Pollux）與海倫。後來卡斯托和帕勒克斯成為一對親愛的兄弟，死後昇天為雙子星座。克萊坦娜斯特拉謀殺了丈夫，邁西尼王亞嘉曼農。海倫成為傾城傾國的美人；由於她和巴里斯王子的私奔，特洛邑慘遭屠城之災。所以本詩第九行至十一

行，是指麗達當時的受孕，早已種下未來焚城及殺夫的禍根。

葉慈認為，無論希臘文化或耶教文化，皆始於一項神諭（Annunciation），而神諭又藉一禽鳥以顯形。在耶教中，聖靈遁形於鴿而諭瑪麗亞將生基督；在希臘神話中，宙斯遁形於鵠而使麗達生下海倫。

另一方面，宙斯也是不朽的創造力之象徵。但即使是神的創造力，恍兮惚兮，也必須降落世間，具備形象，且與人類匹配。也就是說，靈仍需賴肉以存，而靈與肉的結合下，產生了人，具有人的不可克服的雙重本質：創造與毀滅，愛與戰爭。最後的三行半超越了希臘神話而提出一個普遍問題，那就是：一個凡人成了天行其道的工具，對於冥冥中驅遣他的那股力量，於知其然之外，能否進一步而知其所以然？究竟，是什麼力量，什麼意志在主宰人類天生的相反傾向，使之推動歷史與文化？

本詩在格律上是一首莎士比亞體的十四行，唯後六行韻腳的安排不拘原式，近於彼特拉克體。

航向拜占庭

那不是老人的國度。年輕人
在彼此的懷中；鳥在樹上
——那些將死的世代——揚著歌聲；
鮭躍於瀑，鯖相摩於海洋；
泳者，行者，飛者，整個夏季頌揚
誕生，成長，而死去的眾生。

惑於感官的音樂，全都無視
紀念永生的智慧而立的碑石。

一個老人不過是一件廢物，
一件破衣掛在木杖上，除非
靈魂拍掌而歌，愈歌愈激楚，
為了塵衣的每一片破碎；
沒有人能教歌，除了去研讀
為靈魂的宏偉而豎的石碑；
所以我一直在海上航行，
來到這拜占庭的聖城。

哦，諸聖立在上帝的火中，
如立在有鑲金壁畫的牆上，
來吧，從聖火中，盤旋轉動，
且教我的靈魂如何歌唱。
將我的心焚化；情慾已病重，
且繫在垂死的這一具皮囊，
我的心已不識自己；請將我納入，
納入永恆那精巧的藝術。

一旦蛻化後，我再也不肯
向任何物體去乞取身形，
除非希臘的金匠所製成
的那種，用薄金片和鍍金，
使欲眠的帝王保持清醒；

不然置我於金燦的樹頂，

向拜占庭的貴族和貴婦歌詠

已逝的，將逝的，未來的種種。

——一九二八年

　　拜占庭（Byzantium）是東羅馬帝國（三九五——一四五三）的京城和文化中心，現名伊斯坦堡。對於葉慈，它代表與生物世界相對的藝術世界，它是心靈的國度，永存於時間的變化之外，很像先知詩人布雷克所說的「想像之聖城」（holy city of the Imagination）。葉慈認為，拜占庭文化不但代表基督教文化的全盛期，更代表一種和諧而幸福的生活方式，和支離破碎的現代工業社會截然不同。在《心景》一書中，葉慈說：「我想，如果能讓我離開此時此地，任擇一處，去古代生活一個月的話，我願生活在拜占庭，那時代，應稍稍在周斯提年皇帝開放聖莎菲亞大教堂並封閉柏拉圖學院之前（按約在公元五三五年左右）……我想，在早期的拜占庭，宗教的，藝術的，和日常的生活合為一體，而建築家和工匠以金銀為媒介訴諸大眾；這在歷史上也許是空前絕後的。畫家、鑲嵌匠、金銀匠、聖經彩繪師，幾乎都是全心全意貫注他們的題材，也就是全民的心景之上，既非孤立的，也無各營所營的自覺。」

　　在葉慈的這首詩中，拜占庭不但是地理上的，更是心靈上的存在，象徵著不隨肉體以俱朽的藝術。葉慈寫這首詩時（一九二七年），已經六十二歲了。肉體的衰退，死亡的威脅，以及對於時間的敏感，迫使老詩人向藝術的世

界尋求安全感，因為只有藝術能完美地存在於時間以外。因此，在主題上，這首詩頗近濟慈的〈希臘古瓶歌〉。

首節前六行，形容海陸空各界生物活動於其中的現實世界。那當然不是老人的世界，因此葉慈要離開它，而航向不朽的聖城。所謂「紀念永生的智慧而立的碑石」，是指文學和藝術的傑作。第三節中所用的，是葉慈最喜歡的意象：一種表現緊張情緒的迴旋運動。唯此地的迴旋運動是在火中進行，更具壯麗之感。作者要求創造的聖火焚去他的滓渣，他的情慾和塵軀，也就是說，淨化他的靈魂，且將之納入藝術之中。第三節第三行末的辭句，原文是 perne in a gyre，譯文作「盤旋轉動」，未能傳神。Perne 原意是「線球」，在此作「繞線」或「放線」解，以之摹狀迴旋的運動，是再有力不過了。關於末節所言希臘金匠種種，葉慈曾說：「我曾在一本書中讀到一段記述，說在拜占庭的皇宮裏，有一株金銀打造的樹，人工的鳥在樹上唱歌。」有生者必有死。藝術不生於自然，故亦不在自然中死去。「人工的鳥」不生於自然，即所以象徵藝術。但是，無論多偉大的心靈，或是多美好的思想，仍不能不賴形體以存；這形體便是藝術，不與肉身的形體共存共歿於時間的形體。然而不朽的心靈所寄託的藝術，一方面超越時間，另一方面卻必須處理時間之中的現象：生命；所以「人工的鳥」唱來唱去，仍不免以「帝王，貴族，貴婦」（象徵人類）為對象，而歌的主題，仍是「已逝的，將近的，未來的種種」（時間的變易）。

長久緘口之後

啟齒，在長久的緘口之後原應該，
當別的情人都已經疏遠或死亡，
無情的燈光在燈罩裏隱藏，
窗簾下垂，將無情的夜遮蓋，
應該，讓我們討論復討論，
討論歌與藝術至高的主題；
形貌衰而心智開；想往昔
我們年輕而相愛，噩噩，渾渾。

——一九三三年

　　兩個情人在夜間久別重逢，相對無言者久之。「別的
情人都已經疏遠或死亡」；顯然，這些年來已經發生過許
多事情，最後只剩下他們兩人，而他們已經老了。燈光是
「無情」的，因為它會暴露情人的蒼老容顏；夜是「無
情」的，因為外面的世界是現實的世界，屬於年輕的人。
所以還是遮住燈光，拉下窗簾吧。「形貌衰而心智開」：
青春與智慧是不可兼得的。葉慈寫這首詩時（一九三三
年），已經年近古稀了。

狂簡茵和主教的談話

我在路上遇見那主教，
他和我有一次暢談。
「看你的乳房平而陷，

看血管很快要枯乾；
要住該住在天堂上，
莫住醜惡的豬欄。」

「美和醜都是近親，
美也需要醜，」我叫。
「我的伴已散，但這種道理
墳和床都不能推倒，
悟出這道理要身體下賤，
同時要心靈孤高。

「女人能夠孤高而強硬，
當她對愛情關切；
但愛情的殿堂建立在
排汙泄穢的區域；
沒有什麼獨一或完整，
如果它未經撕裂。」

——一九三三年

青金石

我聽過神經質的女人說，
他們煩透總是自得的詩人
使用的調色板與琴弓，
因為人人都知道或應知
如果不採取劇烈的手段

飛機與飛船就會出現，
像威廉王一般投炸彈
直到滿城市無一倖免。

凡人都扮演自己的悲劇，
昂然走過了漢萊特，還有李爾，
奧菲麗亞與考娣麗亞；
但她們，縱然到最後一幕，
巍巍的巨帷即將降下，
如果真配演戲中的名角，
絕不會中斷台詞而哭泣。

人盡皆知漢萊特、李爾皆自得；
自得使恐懼之人全蛻變。
世人皆嚮往，得之，又失之；
黑暗之來；天國熊熊照進了腦袋：
悲劇加工到它的頂點，
縱漢萊特漫步而李爾發怒，
而所有布帷都同時落幕，
落在十萬座劇台之上，
也不會多長一吋或一兩。

他們徒步走來或乘船，
或騎駱駝，馬背，騾背，驢背，
古老的文明被斬於劍刃。
繼而自身及智慧亦摧毀；

卡利馬克司把大理石
當作青銅來雕，他鑿的皺摺
似乎迎海風掃衣而揚起，
但他的雕品無一傳後；
他造的長燈罩狀若棕櫚
的細枝，只立了一天；
萬物都倒下了又建起
而重建的人全都得意。

兩個漢人，後面還跟了一位，
用一塊青金石雕出，
頭頂有一隻長足鳥飛著，
象徵長壽的一個吉兆；
第三人顯然是個僮僕
攜著一張奏樂的琴具。

石上每一處褪色的斑點，
每一處偶然的裂紋，凹缺，
都像是溪道或是雪崩，
或是峻坡上仍下著雪，
但顯然梅樹或是櫻枝
正香滿途中渺小的村舍，
三山客正向香處攀登，而我
滿心想像他們會坐下；
就坐在山上也是天上，
俯望整幅悲劇的風景。

79

有人要聽哀傷的琴韻，
高手的十指就開始撥琴，
他們的眼睛有許多皺紋，
老皺的眼睛有自得的神情。

——一九三八年

激發

你以為真可怕：怎麼情慾和憤怒
竟然為我的暮年殷勤起舞？
年輕時它們並不像這樣磨人。
我還有什麼能激發自己的歌聲？

一畝青草地

圖畫與書卷留下，
還有一畝青草地
容我呼吸且運動，
如今不再有體力；
半夜裏，古屋中，
只一隻老鼠在走動。

已經不再心動，
生命到此落幕，
既無想像之遊蕩，
也無腦筋之耐磨，

耗盡破衫與疲骨，
只為把真理給找出。

請許我老而能狂，
讓我將自身抖擻，
好變成泰門與李爾
和那位威廉・布萊克，
學他們猛力捶牆，
逼真理聽從其呼嚷；

米開朗吉羅的腦力
能直透疊疊雲層，
或者受狂熱所鼓舞
能撼動裹屍的古人；
否則人間會忘記
老者如鷹隼的腦力。

——一九三八年

又怎樣？

他深交的好同學都認為
未來他一定會成名；
他也同意，凡事都依成規，
也真辛苦到二十幾歲；
「又怎樣？」柏拉圖冥冥唱道，「又怎樣？」

他的書都有人來拜讀，
多年之後他的錢賺了不少，
夠他一輩子的用途，
錢之為友真正是可靠；
「又怎樣？」柏拉圖冥冥唱道，「又怎樣？」

他所有的美夢都終於兌現——
一座小古屋，妻兒都不欠，
李子和白菜長了一滿園，
詩人和名士簇擁在身邊；
「又怎樣？」柏拉圖冥冥唱道，「又怎樣？」

「功德圓滿」，老來他自慰，
「正如我從小所計畫；
讓愚人去責罵，我從未走差，
事情都做得十全十美；」
冥冥中柏拉圖更高唱，「又怎樣？」

——一九三八年

五種意象

我能不能叫你
從心靈的洞裏出來？
更好的體操該是
任風吹，任日曬。

我無意叫你遠征
去莫斯科或羅馬。
放棄那種苦差事吧，
把繆思叫回你家。

去尋找那些意象吧
那些都是在野外，
去找獅子和處女，
還有娼妓和小孩。

就在頭頂的高空，
去找雄鷹的飛翔，
認清愛爾蘭的五族，
才能叫繆思歌唱。

長腳蚊

為了不教文明沉淪，
不讓大戰打輸，
喝止那犬，繫好那駒
在遠處的石柱；
我們的主帥凱撒在帳中，
地圖皆已攤開，
他的雙眼凝視著虛無，
一隻手支頤。
像一隻長腳蚊飛臨流水，

他的思想在寂靜上運行。

為了燒那些入雲之塔，
讓人長憶那臉龐，
要走就儘量輕輕走動，
在這孤寂的地方。
一分像女人，三分像孩子，
她以為沒人看見；
在街上學來一種拖步舞，
她就在這裏偷練。
像一隻長腳蚊飛臨流水，
她的思想在寂靜上運行。

為了發育的女孩子能發現
心中第一個亞當，
教皇的禮拜堂，把門關上，
不准孩子們來閒逛。
看那邊的木架頂，仰偃著
米開朗吉羅。
聲息輕微，有如鼠群窸窣，
他的手來回穿梭。
像一隻長腳蚊飛臨流水，
他的思想在寂靜上運行。

——一九三九年

本詩的三節分述決定歐洲文化形態的三個人物，在作

重大抉擇之際，必須聚精會神，不容旁人或任何噪音干擾，否則文化的進行可能為之改向。第二節的海倫正在學習如何變成女人；她變成女人後，希臘文化將因她而開始。第一節的凱撒大帝，在希臘羅馬古典文化的末期，正在帳中研究，如何部署一場歷史性的戰役。第三節的米開朗吉羅則代表基督教文化的創始；他正在羅馬席斯丁教堂中仰繪其圓頂。他畫的是創世紀的故事，畫面上，上帝正賦亞當以生命。後代那些懷春的少女，將因亞當的形象，而激起心中對男性的嚮往。而無論這些歷史人物是創造性的或毀滅性的，面臨重大抉擇之時，他們的思想必須超越時間之上，正如「長腳蚊飛臨流水」。

繆爾 (1887-1958)
——感恩的負債人

　　二十世紀蘇格蘭最傑出的詩人兼翻譯家繆爾，誕生在蘇格蘭東北外海的奧克尼群島（the Orkneys）。小時候，他一直在島上念書，牧歌式的田園風味給他的印象很深。後來他隨家人遷去格拉斯哥的貧民區，少年生活頗不快樂。工業大城的烏煙瘴氣和外島的清靜歲月所形成的對照，日後成為他《自傳》（*An Autobiography*, 1954）中縈心不去的主題，在長詩〈迷宮〉（The Labyrinth）裏也以寓言的手法出現。

　　在刻苦的環境中，繆爾努力自修，學會了德文，深受尼采和海涅的影響。一九一九年，他和精通德文的維拉·安德森結婚，定居倫敦，靠翻譯和書評維生。一九二一年至一九二八年間，繆爾偕夫人漫遊歐洲大陸，同時漸漸在國內成名，以詩、小說、批評、翻譯聞於文壇。英國讀者之接觸卡夫卡，始於繆爾夫婦合譯的《審判》和《城堡》。一九四五年，二次大戰甫告結束，繆爾奉派去捷克的首都布拉格，擔任英國文化協會的工作，歷時三年，又於一九四八年去羅馬的同一機構任職兩年。一九五五年，任哈佛大學諾敦講座教授（Charles Eliot Norton Professor）一年。

　　在布拉格的三年之中，繆爾對於共產黨的統治有直接

觀察的機會。布拉格是一座悲哀的都市，二次大戰時不幸淪為納粹，戰後又陷於共黨。繆爾有好幾首傑出的政治詩，例如用無韻體寫的〈好鎮市〉（The Good Town）和後面的這首〈審問〉（The Interrogation），都可以列入所謂冷戰的年代最佳的政治文學。〈好鎮市〉中恐怖統治的描寫，人性壓抑的分析，直追喬治‧歐威爾的小說。〈審問〉一詩則表現現代人民面對集權官僚制度的無依無助。這原是卡夫卡小說中典型的主題，但加上繆爾的布拉格經驗和西柏林圍牆的陰影，更顯得切題而突出。詩中的意境似真似幻，由於不具地方色彩和現實的細節，更提昇到了寓言的境界。

　　在《自傳》的第十章〈英國與法國〉中，繆爾如此批評共產主義：「當時我並未感到要做共產主義者的誘惑，因為在二十多歲時我早已做過社會主義者，那時我們念念不忘的，不是階級鬥爭和革命，而是人道和博愛。當時我已經研究過共產主義的理論，只感到格格不入。把歷史當做階級之間不休不止的仇恨，似乎是一個空洞的觀念，正如一盤古怪的機器那樣，除了本身之外，並不能說明什麼。鼓動我把階級仇恨扇成革命的烈焰，這樣的福音只能算是一套暴力的理論，為了把貧窮的男男女女變成面目模糊的單位，唯一的希望之外別無希望，唯一的欲望之外別無欲望……要用虛偽的想像去恨一整個階級，很容易；要用真實的想像去恨一個人，卻很難。」繆爾以基督先知的博愛精神來批評共產主義的階級仇恨，他的作品正如歐威爾的小說，對我們這時代的意義，遠比漢明威和喬艾斯更為切題。

繆爾雖然關心政治與社會，他在詩中卻企圖在當代的時事和紛爭之外，追尋更深的原型的神話和象徵。他的最佳作品時或充溢悲哀的情緒，但篇終往往恢復安詳與平靜，在紛紜的故事背後呈現永恆的寓言。諸如〈禽獸〉（The Animals）、〈負債人〉（The Debtor）、〈馬群〉（The Horses）等詩，都呈現一種神祕感和聖經式的莊嚴。在〈負債人〉中他說：

> 我是負債人，對一切；對一切我感恩，
> 對人和獸，季節和冬至夏至，黑暗和光，生和死。

這種胸懷屬於基督教的先知和溫柔敦厚的傳統主義者，雖然不如葉慈的遒勁或布雷克的飽滿，卻能寓沉毅於和平，另有一種不移不拔的精神。

　　在詩體上，繆爾兼工句短而分段的格律詩和大起大伏的無韻體（blank verse）。以後有暇，當譯介繆爾更多的作品於國內的文壇。在英美現代詩壇，繆爾的輩分與艾略特、龐德等人相當，但在詩風上獨來獨往，很少受到國際間所謂現代主義運動的影響。這樣子的獨行俠實在不多，遠居西班牙的格瑞夫斯（Robert Graves）是另一例外。這種我行我素的作風，說明了繆爾的詩何以成名最晚。實際上，繆爾自己出道也較遲，他的重要詩集《迷宮》直到一九四九年才出版，那時他已經六十二歲了。繆爾的詩名在身後有增無減，顯然已通過了時間的考驗。一九六三年，奧斯客·威廉姆斯把他收進《英國大詩人選集》（*Major British Poets*）；一九七〇年，桑德斯、納爾

森、羅森索三人合編的《英美重要現代詩人》（*Chief Modern Poets of Britain and America*）也列了繆爾的作品。一九七三年，再版的《世界文學讀者手冊》（*The Reader's Companion to World Literature*）這樣介紹繆爾：「儘管他的聲名不是天下皆聞，他卻是一位重要的詩人與卡夫卡小說的譯者。他的詩異常優美而純淨，艾略特說繆爾在『有話要說的時候，幾乎在毫不經意之間就找到了恰如其分的一字不易的說法。』」

繆爾的散文也頗有地位，他的《自傳》讀者甚多。哈拉普英國名著版的《現代散文選集》（*A Book of Modern Prose: Harrap's English Classics*），十四家散文之中便列了繆爾《自傳》的一節。真希望國內的翻譯高手能譯出這部《自傳》，因為此書不但是一部散文佳作，也有助於了解繆爾寫詩的背景。

一九七七年七月於香港

審問

我們原可穿過公路的，卻遲疑了一下，
便來了那巡邏隊：
那隊長仔細而認真，
兵士則粗魯而冷漠。
我們站在一旁等待，
審問便展開。　他說一切
要從實招來，哪，我們是什麼人，
從什麼地方來，有什麼企圖，

什麼國家或集團我們效忠或出賣。
問來又問去。
就這麼彆了一整天，我們站著回話，
看路對面籬笆的那邊
逍遙的情人們一對對走過，
手牽著手，徜徉於另一個星球，
好近啊，簡直可以向他們呼喊。　但此地
答話和行動都不由我們作主，
儘管逍遙的情人們依然踱過去，
而無情的田野就在面前。
我們已瀕於極限，
耐力幾乎已耗盡，
而審問依然在進行。

——一九四九年

此詩靈感來自西柏林之圍牆及原作者對東歐共黨統治之觀察。

負債人

我是負債人，對一切；對一切我感恩，
對人和獸，季節和冬至夏至，黑暗和光，
生和死。　死者的背上負著，
看啊，負著我，被引上迷失了的使命，
被食盡的秋收所撫養。　向忘了的神

91

作忘了的禱告，亦降福於我。
鏽箭與斷弓，看啊，都將我保衛，
此地，就在此地。　未陷的城堡
陷入地層，以年代陷入時間，
緩緩地，以全部堅定而守望的戰士
保我此刻的安全。　遠古的流水
將我滌清，使我甦醒。　勝者和敗者
皆予我以熱情，以和平，以戰場。
忘川畔的牧野籠我以幽光。
死者在肅然無聲中長憶著我，
將我拘留。　對一切我都感恩。

忘川（Lethe），希臘神話中冥府河名。新死的人往冥府，將返人間投胎的幽靈離開冥府，皆飲其水而遺忘過去。

禽獸

它們不住在這世上，
不住在時間與空間，
自生命投入死亡，
一個字也沒有，沒有
一個字可以駐腳。
從不在任何地點。

因文字從虛空呼出

呼出了一個世界，
用文字形成，圍住——
線和圓和方塊
翡翠石和泥土——
救出，自欺人的死寂，
以有聲的噓息。

但這些禽獸從未
兩次踐熟悉的道路，
從不，從不走回去，
回到記憶中的日子；
一切都好近好新奇
在恆久不變的此地，
神底偉大的第五天，
將永遠如此保存，
永遠也不會消逝。

第六天，才出現我們。

——一九五六年

《聖經·創世紀》說，上帝第五天造萬獸，第六天造人。上帝說：讓光誕生，乃有世界。人類創造了語言文字，乃可能整理記憶，積成歷史，形成文化。唯萬獸絕少進化，更無文明，似乎億萬年來僅是一天，仍是當日上帝創世紀的第五個大日子。所以繆爾說：「一切都好近好新奇」。至於「翡翠石和泥土」的意象，可以參閱馬拉美的

十四行和艾略特的詩〈焚毀的諾頓〉中的一句：「泥中的大蒜和藍寶石」。

馬群

催眠全世界的那場七日戰爭
爆發後才十二個月，
遲暮時分，來了那奇異的馬群。
那時，我們和靜謐早生了默契，
但起初那幾天那樣死寂，
聽著自己的呼吸都害怕。
開戰第二天，
收音機全失靈；扭動開關；沒有下文。
第三天有艘軍艦駛過，航向北方，
屍體堆疊在甲板上。　第六天，
一架飛機掠過頭頂，衝進了海波。　之後
只剩下虛無。　收音機全啞掉，
卻依然守在廚房的角落，
也許還守在百萬間房裏，全都開著，
在世界各地。　但現在即使它們要開腔，
即使忽如其來它們要開腔，
即使鐘敲正午時一個聲音要開腔，
我們也不願意聽，不願意讓它召回
巨口一嚥，剎那就吞下自己子子孫孫的
從前那壞世界。　我們不願再召回。
時或，我們想起列國都沉睡，

在緊閉的憂傷裏矇矇蜷伏，
那想法多怪異，令人心亂。
拖拉機散佈在田裏；一到黃昏
就潮濕像海妖偃臥在窺伺。
我們才不去理會，讓它鏽掉：
「會爛掉的，像所有的泥土。」
久棄不用的鏽犁，我們用牛
來曳耕。　我們已經走回頭，
越過先人田地。

　　　　　　　　終於那天黃昏，
那年夏末，來了那奇異的馬群。
先聽見一陣遙遠的輕叩敲著大路，
然後更沉更重的錘打；停住，又響起，
到轉角的地方，變成深邃的雷霆。
我們看那許多馬頭
像一排狂潮襲來，令人吃驚。
父親那一代家裏的馬匹早賣掉，
去買新拖拉機。　我們看馬已陌生，
像古盾牌上雕刻的神駿，
或是騎士書裏的那些插圖。
我們不敢去親近。　馬群守望著，
又固執又怕生，像有道古代的命令
派他們來找尋我們的下落，
和喪失太久的那古老的相愛相親。
最初，我們完全沒悟到
這些是可以領來驅遣的生命，

這裏面，還有近半打的幼駒，
殘缺的世界裏，被棄於荒原，
卻清新如來自他們的伊甸。
從此他們為我們牽犁，負重，
但那種自由的勞役迄今猶令人心醉。
生命已改觀：他們的光臨是我們的新生。

——一九五六年

　　繆爾的這一首〈馬群〉是他的代表作，也是現代詩中
罕見的精品，罕見，是因為它不但文字上樸素而自然，主
題上也透露出喜悅和希望，不僅僅止於對現代文明的批
判。在這首小型的敘事詩裏，繆爾的敘述手法乾淨而且生
動。篇首戰爭的描寫著墨無多，卻明快深刻。戰後的死寂
感和等待的懸宕，確夠恐怖。這一切，和篇末馬群之來的
由驚而奇，由奇而喜，而終於在大劫後萌發出的一片感恩
與新機，形成分外鮮明的對照。幾年前初讀這首詩，到馬
群出現時，即感到一陣奇異的震撼。現在再三讀來，雖不
若初次猝遇時那麼強烈，但感受仍然是深的。

　　繆爾出生在蘇格蘭的奧克尼群島，從小就愛上島上農
家的馬，可是這首詩裏的馬群，除了家畜耕田和負重的實
用價值之外，更有曲傳神諭之功，宗教的境界甚高。出現
在繆爾作品中的馬，總帶著一種神話的氣氛。就天人合一
的境界來說，繆爾和另一位現代詩人，狄倫・湯默斯，頗
可相通。就科學小說的預言說來，這篇濃縮成詩的科學小
說，令讀者想起文敦（John Wyndham）和克里斯多佛
（John Christopher）的作品。

格瑞夫斯（1895-1985）
——九繆思的大祭司

　　除了「文學家」之外，似乎沒有更包羅的名詞可以形容格瑞夫斯多元的身分。他集詩人、散文家、評論家、神話學者、小說家、翻譯家等不同文體於一身。因為對於英國本國文壇十分不滿，他終老於地中海上西班牙的離島馬約卡（Majorca）；然而一次大戰時，他拚命保衛的祖國正是英國。當時他在英國從軍，參加了明火槍團（fusiliers），曾經受傷，訛傳陣亡。戰後他一面養傷，一面追憶戰壕經驗，寫下自傳《告別戰場》（*Goodbye to All That*）。

　　格瑞夫斯（Robert Ranke Graves）生於一八九五年；父親是Alfred Perceval Graves，愛爾蘭詩人，母親Amilie von Ranke是德國名學者之女。一次大戰時他和另一戰爭詩人薩松（Siegfried Sassoon）十分親近。他才學既高，不免自負，認為葉慈、龐德、艾略特的聖三位一體不過是現代詩人之偽神，所以在牛津大學擔任詩學講座時經常加以嘲諷。另一方面，他對前輩詩人也不很禮貌，在《無上的特權》（*The Crowning Privilege*）中也挑剔了米爾頓、頗普、華茲華斯和丁尼生。如此獨來獨往，他的人緣自然好不了。他的婚姻也不和諧，但長期和美國女詩人賴丁（Laura Riding）同居於馬約卡島，合著了評析現

代詩的論文。

　　一般讀者與觀眾認識的格瑞夫斯，是雅俗共賞的歷史小說《吾乃克洛地亞斯》（*I, Claudius*）的作者。及《克洛地亞斯大神》（*Claudius the God*）；二書版稅之豐，使作者得以安心從容寫作。

　　值得特別一提的，是格瑞夫斯的一位知己。就是所謂「阿剌伯的勞倫斯」（Lawrence of Arabia，本名為Thomas Edward Lawrence），比他的名氣大得很多。兩人在牛津大學初識：勞倫斯官拜上校，乃國際政壇名人；格瑞夫斯官拜上尉；他們交往，多談學問，少提戰爭。其實勞倫斯的著作《七智柱》（*The Seven Pillars of Wisdom*）乃一本考古的美文；他並不欣賞前衛的現代詩，興趣趨於古典。後來，格瑞夫斯年入不過二百鎊，家累很重，四個孩子都不滿六歲，夫人南熙也體弱多病。正好埃及皇家大學在開羅建校，需要一位英國文學教授，年薪一千四百鎊。推荐格瑞夫斯去應徵的三位名人之一，就是阿剌伯的勞倫斯。欲知其詳，可參考我在拙作《望鄉的牧神》中〈勞倫斯和現代詩人〉一文。

　　格瑞夫斯學貫古今，但在意識形態上既不進步也不前衛，而是採用一種忠於純粹詩藝的潔白女神（The White Goddess），亦即希臘愛神阿芙羅黛蒂（Aphrodite），所司不僅是性愛，也包括生死之終極。他詩中詠及愛情，並非純情，而是靈肉一致，用陽剛的詩風正之反之，或一往無悔，或冷嘲熱諷，我所譯〈戰利品〉、〈巨妖與侏儒〉、〈伏下來，浪子，伏下！〉等均是佳例。

　　在詩體上，格瑞夫斯千變萬化，無施不宜。例如〈鏡

中之臉〉使用自由詩，出入於第一及第三人稱之間，有畢卡索立體主義之風。又如〈大氅〉使用無韻體從容不迫地刻畫一位特務。如果說格瑞夫斯是一位深刻的諷刺詩人（satirist），當然也說得通。

龐德、艾略特等現代詩主流的高潮過後，格瑞夫斯對後輩的影響開始顯現。他的白女神說啟發或可說激發了英美跨國夫妻休斯與普拉絲（Ted Hughes & Sylvia Plath）。反國際派的主將拉金（Philip Larkin）對格瑞夫斯有如下欲拒還迎的評語：「既不高尚也不庸俗，不斯文也不炫學，不失衡也不全清醒，格瑞夫斯先生也許是後輩能找到的最佳詩壇導師了。」

龍黎（Michael Longley）為格瑞夫斯編詩選，逕稱其為「九繆思之大祭司」（Priest of the Muses）。

大氅

去流放只帶了幾件襯衫，
一些金幣和必要的證件。
但風勢倒吹；海峽的郵輪
一次又一次把暈船的爵爺
送回三維芝、迪耳、賴邑。並未上岸，
只守在艙裏；最後只知他
住寒傖的客舍，也許在荻浦，
把襯衫取出，睡帽掛在釘上，
白天消磨於打牌，練劍，
或跟女僕們調笑取樂，

夜間卻重操舊業。一切順利──
村酒益身，只是太烈了點，
法語是他第二語；一位忠僕
為他刷帽子，還送報紙。
這大人實在四海為家，
他的城堡，僕人說，只是個頭銜。
要是得照料封邑，就不便
做他手頭正做的任務。
僕人說爵爺的打算只是
退休幾年，領一點閒錢。
難道他朝中無人替他說情？
他不需要：流放只是個別名
指的是慣於居無定所，
除了他大氅深處的角落。
就為此得罪了某位鉅公。

鏡中之臉

被祟的灰眼，茫然瞪視，
從大而不規則的眼眶，一邊的
眉毛，有點籠罩著眼睛，
那是子彈片仍嵌在
皮層下，舊世界戰爭愚蠢的見證。

彎曲破相的鼻樑──低身抱球之故；
兩頰，多紋路；灰髮粗糙，飛揚得發狂；

額頭，皺褶而且高聳；

下巴，突出；耳大；嘴型，像會拳術；

牙齒，稀少；嘴唇，飽滿而紅潤；嘴，清苦。

我停下剃刀，怒目嘲笑

鏡中人，他的鬍鬚等我去照料，

再度我問他，何以

他仍然以男孩的冒昧待命

要追求女王於綢飾的高亭。

戰利品

當一切告終，你踏上歸途，

戰利品都容易處理：

旌旗、武器、頭盔、戰鼓，

可以裝飾扶梯或書齋，

而清理戰場的零件——

錢幣、手表、婚戒、金牙之類——

就私下賣成了現金。

愛情的戰利品情況又不同，

當一切告終，你踏上歸途：

那一束髮，這一束信與畫像

不可以公開展覽；或出賣；

也不可燒掉；退回（心有不甘）——

更絕對不敢交給保險箱，

只怕會燒穿兩吋厚的鋼。

天體與裸體

我覺得天體與裸身
（被字典學家解釋成
同義詞，表達的意義
全一樣，都是沒穿衣
或有所庇）兩者太懸殊，
如愛與謊，道與術。

情人不見怪會對看
彼此的天體正在燃；
醫師的眼睛會發覺
天體下面有解剖學；
女神的天體有光輝，
她當眾跨上了獅背。

裸體或魯莽或存心，
好抓住不正的眼神。
藝人則使計半遮半露，
修辭學表演反用便服，
他們笑得像偽宗教，
對天體的本色譏笑。

所以天體人若要競爭

裸體人，就不能得勝；
但如果兩者同步行
走過死者的遍地荊，
被女妖揮長鞭追逐，
天體人也偶然裸露

險海

有你做我的桅、帆、旗號，
與絕不把人拖住的長錨，
死亡之海再險再逼緊，
也不見得就不能航行。

手鐲

一只看不見的手鐲，
送給你忙碌的手腕，
彎彎的是在遠處
飄濺出來的銀輝，
從明月採來的銀輝，
從它清純的光輪，
從一矢流星的那種
男性的陽剛之美。

巨妖與侏儒

那些有名的古人，那些巨妖
長著長鬍子和臭腋窩，
大嘴巴，長陽具，胖肚子，
但身材不見得，諸君，高過你們。
他們住在巨妖河堤，那一帶
不過是村夫對巨區的畏懼，
據說每英呎要算三十三吋，
一辨士可買一整頭豬。
這一夥全作了古，一個不留，
這年頭，謝天謝地，實在不利，
除了他們名氣的惡夢投影，
他們的立像在山上呼號
（風直往他們的大嘴猛吹），
花崗石的臀部村民都迎之
以五月節之吻，還有長瘤的膝蓋。
完成的眾多豐功令人讚美：
他們的大喉嚨唱起歌來，
響逾大教堂的合唱隊，而其偉陽
攻打過最罕見頑抗的處女，
壯腸而空闊的肚子裏
消化過石塊與玻璃，像鴕鳥。
他們挖出大坑，堆土成丘，
使河流改道，與熊摔跤，
而且為後代塑造定論

傳給嘴唇甜蜜如邱比特，
陽細如縷，胃口嬌嫩，侏儒巷
的居民，由於日夕心念著巨妖，
一吋竟縮短成為七吋，
十二辨士買不到一條排骨。
誰又來評斷巨妖與侏儒——
響雷的本文，低泣的註釋——
讀著如此經典，其人會奇怪，
為何自己的肢體時脹時縮。

　　本詩所言之巨妖，顯然暗指葉慈、艾略特、龐德等主流國際現代詩家。「河堤」暗示倫敦的泰晤士河畔。「響雷的本文，低泣的註釋」也似乎暗諷現代派主流如何得意，而評論家如何如何一味趨附，曲意奉承。

波斯人的說法

實話實說的波斯人並不強調
馬拉松附近的偶發戰鬥，
至於那年夏天的長征，
希臘人誇張的傳統，卻說成
不是僅僅武裝的出偵，
只調動三旅步兵一旅騎兵，
（掩護左翼的還是一艘過時的
船艇，由波斯主鑑隊派出）
而是說成原來要征服希臘

大舉進犯卻注定慘敗——
波斯人才不當回事
把希臘人主講的只一筆帶過，
完全否定了，反而強調
說波斯君王與波斯舉國
怎麼借這場有益的演習：
不管氣候多壞抵抗多頑強，
三軍如此聯手真夠漂亮。

詩人

詩人多因羞愧而支吾，詩雖流暢，
歌卻顛躓，食客醉中用剩骨
投他們，以懲遲疑。
唱的歌中有一樣可怕的東西
害了他們——一種難明的悲哀，如村夫
穿著不起眼的牛皮裝，
不速而來，粗聲咳嗽，
手揮未磨圓的冬青棍
闖入他們盾飾成排，金線織錦
珠寶燦爛的大廳，十二君王在下棋，
用的是白銅與黃金的棋子；
而且在濃密的迷局中
由樑上衝下，把群后帶走——
胸若野天鵝，頰如紅玫瑰，
髮如大鴉的女兒，他們所讚美——

來攪動其黑罐，鋪稻草而眠。

伏下來，浪子，伏下！

伏下來，浪子，伏下！怎不知恥，
一聽到誰低喚愛的名字，
或低喚美，好快啊！就急得勃起
你充血的頭，四顧而立。

可憐的炮兵官，決心下定
要命中隙縫，標槍衝進，
衝什麼，為何要衝，都不管，
所以一進洞你就癱瘓！

愛也許盲目，但愛至少
誰為人誰為獸，至少知道；
美也許頑皮，但是會要求
她的郎君做得更講究。

告訴我，蠻漢，你誇過口
你的陣地你定會堅守，
何時你能修練成全才，
思考敏捷而操作多彩？

千竅通靈的美人可會
歡迎你禿頂的拇指成規，

或者愛人對你的冠頂稱臣
也罷，收起吧，伏下吧！伏下！浪人。

此詩看似粗俗，實則精巧，不但語多雙關，而且化俗為雅，讀了令人莞爾。

種

（羅伯特・格瑞夫斯，英國的前輩，不再是詩壇主流了。他仍然丟不掉格律和韻尾，擺不開過時的字眼，例如〈種〉；也不肯百分之百地肯定那些追求兩性自由的當代詩歌。摘自紐約某評論週刊）

使用單音字的日子已一去不回，
當「農業勞動」還只是「耕種」，
而「百分之百的肯定」還是「稱讚」，
「色情的現代主義」還是「汙穢」；
我卻仍堅守「種」、「讚」、「穢」。

起死回生

使死者重生
並不算神奇。
很少人真死透：
只要吹死者的骨灰，

就會成一股活火。

召回他忘掉的悲哀，
再喚醒他枯掉的希望；
用你的筆學他的筆跡
直到你自然而然
簽他的名像本名。

跛行，學他的跛法，
罵人，像他所慣罵；
他常穿黑衣，你也穿；
他生前手指痛風，
你也照樣指痛。

蒐集他常用的東西——
印章，外氅，鋼筆：
用這些東西構造
一個家活像
那貪婪的幽靈曾住。

所以他復活了，
但別忘他住的墳地
此刻並未空著：
他汙濁的壽衣
正裹著躺入的你自己。

冬至喻璜兒

故事是只有一個故事，
說來說去才配你來說，
無論你當博學詩人或神童；
整串整串或小些的念珠
都講這故事，因為燦明，都會
將如此平凡故事驚得迷途。

你說的可是樹木的月份、品種，
或是擾你的奇異獸類
或是三界禽鳥對著你怪啼？
或是十二宮如何緩緩地輪轉
在北極的幻光之下
坐過江山的真君實王？

水對水，方舟也對方舟，
從女身又重回到女身：
凡新受難者穩健地踏步
自身命運永不改變的路線，
帶著十二位世冑同輩見證
他的星宿如何上升又下降。

或者是室女的銀灰之美，
自髖以下皆魚體？
她左手握著帶葉的榲桲；

右手卻曲著一指，微笑，
君王如何能夠不心動？
尊貴的他為愛而輕生。

不然就是不死之蛇來自渾沌，
海洋就是她盤旋所成，
他仗無鞘之劍跳入蛇斷身，
又跳入黑水，蘆葦纏體，
大戰三天三夜後，
噴出落在海扇的岸邊？

大雪下降，海風空洞地咆哮，
貓頭鷹在接骨木樹上嘯啼，
你心中的恐懼對愛之杯呼喊：
憂煩相繼如火星上揚，
耶誕木呻吟又告白：
說故事只有一故事好說。

思量女王多仁慈，思量她笑貌，
但莫忘那龐然野豬
踐踏在葡萄藤中的是什麼花朵。
她的額頭柔嫩如海浪，
她的海藍色眼神多狂放，
但神所俯允的無一不兌現。

〈冬至喻璜兒〉是格瑞夫斯中年（四十七歲）之作，

111

用典極深也極繁，對譯者乃罕有的挑戰。他中年得子，且生於冬至前一天，不免賦詩誌慶。他的學問既博又雜，不但深入了希臘神話，而且融入了旁支的古代傳說，甚至英國早期在羅馬設省之前就已有的巫術，名為Druidism者，今日橫陳在英國南部平原上的石凍恆寂（Stonehenge），即其遺址。

　　冬至日至短而夜極長，陽光最暗而熱量最弱，許多宗教都以此日為太陽神（Sun God or Sun Hero）之生日。古代威爾斯凱爾特族詩人塔列辛（Taliesin）的詩作〈眾樹之戰〉，格瑞夫斯解為「神童」，並且認為他勝過二十四位資深的宮廷詩人。

　　格瑞夫斯又引用古巫教師，即Druid，謂其行典禮常在橡樹林中，又崇拜蛇神，行占星術等等。旋轉的黃道十二宮合於一年之十二個月份。他說「北極光在色瑞斯—利比亞神話中認為北極光乃煉獄所在，日神英雄們死後所歸」云云。格瑞夫斯崇奉的「白女神」有一部分與希臘愛神Aphrodite重疊，他把梟與鷹稱為三位一體的女神，因為她們主宰下界、人間與天上。另一部分則合於希伯萊的海神拉哈布（Rahab），下體是魚尾。至於十二位貴冑之數，則可通於亞瑟王之十二名圓桌武士，耶穌之十二門徒，或黃道之十二宮。

　　國王（The King）指太陽英雄，重生後，在冬至之日出現，乘著方舟浮於水上。蟒蛇指奧菲翁，乃白女神所生，與女神交，再生蛇蛋，由陽光孵出世界。太陽英雄又必須斬蛇始得女神歡心。大野豬所殺則為希臘愛神Aphrodite之所寵獵人阿當尼斯（Adonis）。

格瑞夫斯用典之多且雜如此，其間關係又頗多活用，所以讀者難解，譯者難譯。

另有學者認為Juan可能指Don Juan，實在越扯越遠。

外科手術室：男病房

手術之後發生的情況
令外科醫師們驚慌（錯不在他們），
他們的保證騙不了我多久。
護士們畏縮而擔憂的面容後面，
一隻白熱的獨眼專瞪著我，
催汗成河從頭皮湧向肚皮。
我唸咻，喘氣又唱歌，蒼白的指節
緊抓住牀沿，幾乎要抓裂：
依舊不屑發狂人的尖叫，
免得值班護士疾奔過走道，
嗎啡的針頭向我瞄準⋯
嗎啡夫人
和她那毒蠍之吻，旋轉之黑夢，
只為不信任她我竟敢裸對
（比能夠忍受的還多出兩分鐘），
裸對這無奈，無比的原始痛苦，
比恐懼與悲傷更猛，比愛更奇異。

113

奧登（1907-1973）
——千竅的良心

　　如果我們將現代英美詩人，依其年齡與成名之先後，分為四代，則葉慈、浩司曼、羅賓遜應屬第一代，平均年齡當在一百二十歲上下；佛洛斯特、艾略特、龐德是第二代，平均年齡約為百歲；八十歲的一代，包括劉易斯、奧登、史班德；最後的一代，如英國的艾米斯（Kingsley Amis）、拉爾金（Philip Larkin）、魏因（John Wain）和美國的魏爾伯、羅威爾（Robert Lowell）等，則平均年齡在六十多歲。

　　從三十年代起，奧登一直是現代詩第三代最重要也最活躍的詩人。一九〇七年二月二十一日，他生於英國的約克郡。在牛津大學念書的時候，他已經成為一群新詩人的領袖，以左傾的寫實詩風聞名。畢業後，奧登去德國留學，遇見心理學家兼人類學家拉耶德（Layard），受其新學說之影響至深。回到英國，他做了五年的教員，又曾為電影編寫說明。西班牙內戰期間，奧登參加了共和黨的一邊，任擔架手和衛生員。奧登遊跡遍歐洲大陸，並且到過冰島和中國。一九三八年，他和德國小說大家湯默斯·曼的女兒愛麗佳（Erika Mann）結婚。翌年，他遷去美國居住，並於一九四六年歸化為美國公民。二次大戰期間，奧登曾參加駐德美軍戰略轟炸測量隊工作。一九五六年，他

回到英國，任牛津大學詩學教授。奧登在美國，曾先後至密歇根大學及史瓦斯摩爾、史密斯等學院講學。在紐約「社會研究新校」講莎士比亞時，慕名前往聽講者至為擁擠，一位祕書形容其盛況說：「你還以為是莎士比亞在開課講奧登呢。」晚年奧登回到牛津去養老，一九七三年九月二十八日逝於維也納。

　　在現代詩人群中，奧登以博學多才見稱，也是最富於知性的作者之一。他的心智活動範圍極廣：除了對於二十世紀兩大思潮──佛洛伊德和馬克思的學說──甚有認識以外，他的興趣更旁及希臘文化、德國文學、人類學、神學，和社會學。論者嘗謂，近數十年來歐洲流行過的思想，幾無一種不曾出現在奧登的詩中。他曾經在詩中為蒙田、巴斯考、伏爾泰、齊克果、亨利・詹姆斯，愛德華・李耳、麥爾維爾、佛洛伊德，以及愛因斯坦等等人物塑像，評點得失之際，均能燭幽顯隱，抉發諸家要義。奧登自己也承認：

　　　　出我筆下，生活恆是思想。

奧登在詩中發展的過程──從早年的憤世嫉俗到後期的神祕主義，從早年的懷疑文明到後期的宗教信念──頗似艾略特，但是他和艾略特有一個很大的差異。艾略特對時代的反應恆是間接的，奧登對時代的反應，往往表現於直接的批評；艾略特始終反對共產主義，奧登則以左傾始，而以反共終，像三十年代的許多西方作家一樣。在本質上，奧登是一位熱中於社會批評的道德家，他對社會的批評往

往以反喻的（ironical）方式表現，在一首詩的述說進行到一半時，語氣忽作驚人的急轉直下，是他最拿手的一種慣技。

奧登是一個多才且多產的作家。除詩以外，他還寫散文、批評、戲劇、遊記，並為史特拉文斯基的歌劇《浪子行》撰寫劇本。他為各種書刊撰寫的序引之類，多到不可勝數。不過奧登主要的表現仍是詩。他是現代詩技巧上的「大行家」（virtuoso）。他在形式上的嘗試，最為廣泛；短至十數行，長至千餘行，從自由詩到十四行，從歌謠到迴旋的六行體，從三行聯鎖韻到古英詩的頭韻，他幾乎無體不工。在韻律方面，他最愛炫才，例如在〈哦，你去何處？〉一詩的短短十六行中，頭韻和協音接踵而來，簡直令讀者應接不暇。又好作文字遊戲，像下列的句子，形容詞與名詞相互易位，且又語涉雙關，每令譯者擱筆：

To raise an iron tree is a wooden irony.

奧登是三十年代崛起的代表性作家，以致三十年代有「奧登世代」及「不安的時代」（Age of Anxiety，奧登詩劇名）之稱。一九五六年，當他受聘為牛津大學教授之時，倫敦的《泰晤士報》曾稱他為「自安諾德以來主持牛津詩學講座的最傑出的詩人」。一九四八年，他曾獲普利澤詩獎。無論在詩的創作或批評上，艾略特都是本世紀開風氣的大師；奧登亦步亦趨，儼然以艾略特的大弟子自居。艾略特倡導知性，奧登便走唯智的路子，以心理學，社會學，哲學入詩。艾略特揚起反浪漫主義的大纛，奧登

便譏拜倫而嘲雪萊，並詆丁尼生為「非常愚蠢」。艾略特發現了玄學詩派，奧登連篇累牘地運用反喻，似反實正法，和曲喻。一般批評家都承認奧登是一位非常聰明的作家，但是多少有點覺得，他把知性發展得太過分了，以致思考有餘而情韻不足，又因詩中故實繁多，影射太僻，且往往以二三知己間諧語入詩，遂有牽強與晦澀之病。羅貝特・羅威爾曾戲將作品分成生（raw）熟（cooked）兩類。奧登的詩可以說往往煮得太「熟」了。

　　艾略特的晚年，英美詩壇已經掀起一股反知性的運動。年輕的詩人們，久厭於艾略特派那種囁嚅的詩風，開始要求創造一種新詩，免於過分繁瑣的文化背景，免於過分繁瑣的技巧的，自然而且純淨的新詩。他們寧可回到布雷克和雪萊；寧可回到惠特曼和威廉姆斯去尋求靈感。在反艾略特的浪潮之中，奧登的處境是頗為尷尬的。論者每每指出，奧登的風格雖然窮極變化，但是很難指認哪一種風格是他的獨創。批評家戴且斯（David Daiches）就說：「儘管他（奧登）已有令人目炫的成就，他仍給人一種印象，似乎他迄未真正發現自己，迄未充分建立自己的模式且棲息其中；他的不能安定下來，和他的旺盛精力，使得他的詩人生命顯得如此富於試探性，好像他總是正要創造出自己可能創造的偉大詩篇。」

那是什麼聲音？

　　那麼刺耳，是什麼聲音
　　　到山谷下來，鼓噪又鼓噪？

不過是紅衣的兵丁，吾愛，
　兵丁正來到。

看得好清楚是什麼光芒，
　從遠處照得多閃耀？
不過是武器反射陽光，吾愛，
　他們走得多輕巧。

他們帶那些裝備是何意？
　這麼早，這麼早有何居心？
不過是例行的演習，吾愛，
　或是在示警。

為什麼他們離開了坡道，
　為什麼要突然更改，
也許只是命令有變化，吾愛，
　為什麼你跪了下來？

哦，他們停下來是找醫生吧，
　也許是將馬匹，馬匹勒住
咦，他們沒有一個人受傷，吾愛，
　不像有誰要醫護。

是否要的是白髮的牧師，
　要的是牧師，當真，當真？
不，到牧師門前只是過路，吾愛，

並不要登門求診。

一定是找附近的農夫，
　　那農夫真聰明，那農夫？
他們一定已走過了農場，
　　現在正在跑步。

你要去何處？留下來陪我！
　　你的山盟海誓都騙人？
不，我愛你，是答應過，吾愛，
　　可是我必須脫身。

鎖已敲斷，門板已經撞散，
　　在大門口他們正轉進，轉進，
皮靴重重地正踏過地板，
　　發火的是其眼神。

　　　　　　　　　　　　──一九三六年

「紅衣兵」（red coat，美國獨立戰爭時之英軍）。

看啊，異鄉人

看啊，異鄉人，看這個海島此刻
正在顫動的光中顯現，使你欣喜，
在此地站好
且保持寂靜，

讓你耳朵迴旋的狹道
像流過一條河
那樣，流過搖擺的海潮音。

在這小小田野的盡頭停步，
看白堊石壁直落向浪花，看高崖
抵抗那潮汐
的潑弄與叩響，
而卵石滾動，隨著吮吸
的拍岸浪濤，而瞬間
海鷗息羽在峭壁之上。

遠方，像漂浮的種子，海舟
為緊急而志願的任務而分道；
這開闊的風景，
真的，會進入
記憶且移動，像目前的這些雲
透過海港的鏡子，
一整個夏天出入海水而散步。

澳門

天主教歐洲漂來的莠草一株，
在黃山與碧海之間植根，
像長菓子長這些鮮麗的石屋，
且暗暗在中國的身上寄生。

121

洛可可風塑就的救世主和聖徒
予臨終的賭徒以財富的遠景；
教堂與妓院並立，為了證明
盡性的行為能為信仰所饒恕。

這寬容的城市不需要恐慌
重大的罪惡會殺害心靈，
且將政府與人民橫加蹂躪：
宗教之鐘將叩響；孩子的孳障
會保佑孩子卑下的德性；
沒有嚴重的事情會在此發生。

奧登曾於一九三八年和依修吾德（Christopher Isherwood）來中國訪問。〈澳門〉顯然是他早期的作品；從一位西方詩人的觀點來看西方人在我國的殖民地，給我們的感觸很深。洛可可（Rococo）是建築和雕塑的風格，富裝飾性，極盡華美與鋪張，一說源自巴洛克風（Baroque），而流於輕浮。洛可可風始於路易十四時代，大盛於十八世紀。〈澳門〉在體裁上是一首意大利體的十四行。

藝術館

說到忍受苦難，他們總是沒有錯的，
那些大師們：他們總是那麼了解
苦難在人世的地位；苦難降臨時，

總有不相干的人在進食，開窗，或僅僅無聊地走過。
當年長的人正虔誠地，熱烈地等待，
等待那奇蹟的誕生，總是有一些
孩子們不特別期望它發生，只在
森林邊的池沼上溜冰：
大師們從不忘記，
即使可怖的殉道也必須在一個角落
獨自進行，在一個零亂的角落，
其中，狗繼續過狗的生活，而行刑吏的馬
向一棵樹摩擦它無辜的臀部。

在布魯可的〈伊卡瑞斯〉中，例如，一切何其悠然。
掉頭不顧那慘象；那農人可能
聽見了水濺之聲，和無助的呼喊，
但是他不覺得那是一次重要的失敗；陽光照著，
因為不得不照，那白淨的雙腿沒入綠色的
海水中；那豪華精緻的海舟必然看見了
一幕奇景，一童子自天而降，
但它必須去一個地方，仍安詳地向前航行。

　　此地所謂的藝術館，在比利時的首都布魯塞爾。佛朗
德畫家大布魯可（Pieter Brueghel, ca. 1520-69）的傑作
〈伊卡瑞斯〉（Icarus）即懸在其中。伊卡瑞斯是雅典工
程師戴德勒斯（Daedalus）之子。戴德勒斯曾犯殺侄之
罪，與子伊卡瑞斯逃到克里特島上，為國王邁諾斯建神牛
迷宮，但事後被拘在宮中。父子以蠟黏巨翼於肩，自島上

飛遁。伊卡瑞斯高翔近日，蠟融墜海而溺，是為伊卡瑞斯海。大布魯可畫中一角，只見伊卡瑞斯雙足沒入海中，但其餘畫面一片安詳景色，似置溺者悲劇於不顧。奧登因此借題發揮，說明一切先知的受苦受難，都必須獨自默默承當，乞援於世人實在是奢望。

　　本詩的語氣常為批評家所稱道。在形式上，這首詩雖也押韻，但感覺上像是一首自由詩，最能表現自然的節奏。譯文因此無韻。似乎有兩個朋友，剛從藝術館裏看了名畫出來，其中的一個甚有感慨，向另一個朋友邊走邊說先知殉道的意義，說完了便就地取材，拿大布魯可的這幅名畫做印證。娓娓道來，非常逼真，自然；因此也常被收入詩選之中。

小說家

披掛著才氣有如戎裝，
每位詩人的軍階都顯然；
他們驚世駭俗如風雨驟降，
或英年早逝，或長年孤單。

他們能輕騎突襲：而小說家
卻必須掙脫幼稚的天賦，
修得平易與魯拙，練就他
自己，無人認出他值得一顧。

只為了達到最低的希冀，

他必須擔當天下的厭惡，
承受愛情的俗怨，處正義
合乎正義，處汙濁則亦汙濁，
而只憑單薄的一身，凡力所及，
漠然肩負人世所有的冤屈。

暴君的墓誌銘

他所追求的也算是一種完美，
他創造的警句很容易領會；
人性的愚昧他瞭若指掌，
而最感興趣的是軍隊和艦隊；
他笑時體面的議員都大笑哄堂，
他叫時小孩們就倒斃在街上，

詩中之暴君，以希特勒為藍本。

弔葉慈

一

他失蹤在死寂的隆冬：
溪澗冰凍，機場幾乎無人，
雪使公共場所的雕像面目模糊；
水銀降入垂死之日的口中。
哦，凡儀器皆同意，

說他死的那天是陰森而冷的一天。

遠在他疾病之外，
狼群奔馳，穿過常青的森林，
田園的河水不為時髦的碼頭所誘惑；
悲悼的唇舌
將詩人之死和他的詩分開。
對於詩人，那卻是他之為詩人的最後一個下午，
一整個下午的護士和謠言；
他肉體的各省在叛變，
他心靈的廣場空空蕩蕩，
寂靜在侵犯郊區，
感覺的電流中斷：他化為崇拜他的人群。

此刻他已分佈在一百座都市，
且全然移交給陌生的感情；
去尋覓他的幸福，在另一種森林，
且根據不同的道德律而受懲。
死者的言語
在生者的五臟裏接受修飾。

但是在明日的重大和喧囂之中，
當掮客們在證券交易所的大廳上吼叫如獸，
貧民仍然受苦，但已經頗習於受苦，
每個人在自己的狹窄裏幾乎相信自己有自由；
幾千人會想起這一天，

像有人想起某日曾做過不太平凡的事情。

哦，凡儀器皆同意，
說他死的那天是陰冷的一天。

　　　二

你生前愚蠢如我們：唯你的天才不朽；
逝了，富孀們的教區，肉體的腐爛，
你自己；瘋狂的愛爾蘭把你刺激成詩篇。
現在愛爾蘭的瘋狂愛爾蘭的氣候依舊，
因為詩不能使任何事發生：詩長存
在自身語言的谷地，從來沒有官吏
會闖進去干擾；詩向南方啊奔流，
從孤絕的牧場，從繁忙的悲戚，
從我們信賴且葬身的粗野的市鎮；詩長存，
一種發生的方式，一張口。

　　　三

大地，將一位貴賓迎接；
詩人葉慈已躺下來休息：
讓這條愛爾蘭的船進港，
它已經卸盡艙裏的詩章。

時間向來不能夠容忍
一切勇敢和純真的人，

127

只一個星期它就忘記
好美麗的一具肉體，

可是它崇拜文字且饒恕
使文字不朽的一切人物；
寬宥他們的卑怯，自大，
把榮譽獻在他們的腳下。

以這種奇妙的理由，時間
寬宥了吉普林和他的觀點，
而且會寬宥保羅・克羅代，
寬宥他，因為他寫得精采。

籠罩在黑暗的夢魘裏面，
狂吠著歐洲全部的惡犬，
現存的列國都在旁靜等，
每國都圍於自己的仇恨；

心智衰退的可羞可恥
從人人臉上向外凝視，
汪洋如海的惻隱之情
在每隻眼裏封鎖而結冰。

探索吧，詩人，向前探索，
直到黑夜最深的角落，
用你無拘無束的歌聲

繼續誘發我們的歡欣；

用你的詩篇來開發心田，
把咒詛耕耘成葡萄樂園；
有感於一陣迷離的狂歡
歌吟人類失敗的經驗；

在心靈的荒漠裏面，
讓療傷的泉水湧現，
在他那時代的牢獄之中，
教自由的人群如何歌頌。

　　葉慈客死在法國南部，時為一九三九年一月二十八日。當時有好幾位詩人寫詩追悼。奧登的這首發表於一九四〇年；他寫這首詩的時候，正是第二次世界大戰的前夕，國際間只有猜忌和仇恨，而一位大詩人，人類迫切需要的心靈，竟於此時死去，因此他的感慨特別深沉。像所有超越時空的傑出的悼詩一樣，〈弔葉慈〉也可以分兩個層次——個人的和普遍的——來看。在個人的層次上，奧登認為葉慈也未能免於常人所有的弱點，例如他生前甚為虛榮，喜歡別人以名人相待，喜歡周旋於貴族社會，而且浮沉於愛爾蘭的政治圈中，終於體貌日衰，老死而已；但這些不過是一時的現象，唯他的天才永遠不朽，詩人既死，只留下了詩，他的生命已經轉化為他的讀者了。在普遍的層次上，奧登將葉慈之死投影在時代的背景上，詩人之死與歐洲之沒落互為表裏。第一章首段的自然景象應該

是象徵性的：「雪使公共場所的雕像面目模糊」一行，寓意尤為深遠。但是開篇的陰寒蕭瑟，和終篇的歡欣鼓舞，形成了一個顯明的對照。在第三章中，奧登所寄望於葉慈的，事實上也是針對一切詩人而發，那就是，「詩不能使任何事發生」，詩之長存於語言之中，正如河水長存於谷地之中，河水在隆冬之際流向南方；詩人的任務，只在立言，言立而詩不朽，詩不朽而人類之精神亦賴以維繫不墜，此外的一切，包括詩人的政治觀和私生活，都是不足為憑的。艾略特說：「詩人之『為詩人』，最高的成就應該是，將自己的語言鍛鍊得比自己動筆前更進步，更精純，更準確，且傳給後代。」

第三章第四段提到吉普林和克羅代（Paul Claudel, 1868-1955），因為前者有帝國主義的思想，而後者，法國詩人，劇作家，和外交家，在政治上亦為極端右傾的份子。可是時間不會斤斤計較這些，時間只記得他們的藝術。奧登寫這首詩的時候，吉普林已死三年，克羅代尚在世間，所以奧登有「寬宥了」及「會寬宥」之說。葉慈自己的政治思想，亦不時有反民主的意味，所以奧登要聯想到吉普林和克羅代。葉慈地下有知，恐怕不會欣賞這種聯想。後來奧登自己覺得欠妥，乃將「時間向來不能夠容忍」之後的三段刪去。

〈弔葉慈〉是奧登最有名的作品之一，曾屢被英美詩選採用。全詩分三章：第一章是自由詩體；第二章像是鬆散的亞歷山大體，押韻在工與不工之間；第三章變成整齊謹嚴的四行體，有喪禮進行曲的意味。三章的韻律，一章緊似一章，即在譯文中也看得出來吧。

隱身公民

（為JS/07/男/378，政府立此大理石碑）

統計局發現此人
卷宗裏並無不良之記錄，
對他的行為所有的報告都承認，
按老派字眼的現代觀點，可稱聖徒，
一舉一動對於「大社區」都有益。
除了參戰，直到那一天退役，
在工廠上班，卻從未遭解僱，
令僱主福治汽車公司感到滿足，
但是他並非不合人情，不入工會，
工會說他都有上交會費，
（我們的報告說他的工會健全）
社會心理師也都發現
他喜歡喝酒，同事間頗得人緣。
報業相信他買一份報紙，每天，
對廣告的反應他樣樣都正常，
他名下的保單証明他保了全險，
健保卡說他進過醫院病好出院。
《生產研究》與《高品質生活》宣稱
分期付款的便利他了解充分，
現代人必要的配備他一概不欠，
唱機、收音機、汽車、冰箱都齊全。
民意調查的專家並欣然指出

每一季節他的意見都正確無誤；
太平時他支持和平，戰時他從戎。
已婚，為人口添了五個孩童，
優生學家說，他的世代這數目正適合，
教師說，子女的教育他從不干涉。
此人自由否，快樂否？問得真蠢：
真出了問題，我們一定有所聞。

阿奎利斯之盾牌

她在他背後窺探，
　　找葡萄與橄欖，
找井然的大理石城市，
　　酒色海上的帆船；
但是向閃亮的金屬
　　他動手的雕刻
卻是人工的荒野
　　與鉛灰的天色。

沒有面目的平原，棕黃而空廓，
　　更無草葉，也無鄰居的行跡，
沒有東西可吃，也無地方可坐；
　　但滿布在那片虛無上卻站立
　　不明來歷一大群人堆
百萬對眼睛，百萬雙皮靴，成排，
毫無表情，只等待號令下來。

來自空中，只聞其聲，不見面孔，
　　用統計証明某主義為公正，
其語調枯燥單調與地勢相同；
　　激不起歡呼，也沒有討論，
　　一行又一行，踏成如霧的灰塵，
大踏步開拔，勉強服從的信仰
那道理，帶他們去倒霉的遠方。

　　　她在他背後窺探，
　　　　尋找虔誠的儀式，
　　　戴鮮花的白母牛，
　　　　灑酒與祭食：
　　　但向閃亮的金屬，
　　　　原該有祭壇之處，
　　　她只見，就風火爐之閃爍，
　　　　全異的景物。

鐵絲網武斷地圍成一圈，
　　散坐著無聊的官員（其一在搞笑），
哨兵在出汗，那天熱炎炎；
　　一群老百姓，看來都規矩，
　　在圈外張望，不動也無言，
此時臉色蒼白，有三人，被帶上
到打樁立地的三柱前方。

這世上擠滿人的大場面，永遠

是他人握權而權力從來不變，
都握在他人手中；這些小人物
　沒指望有人來扶助，也根本無助；
　敵人遂為所欲為，他們的羞恥
是失望到極點，喪失了自尊，
肉體死亡前心靈早不存。

　　　她在他背後窺探
　　　　找選手在炫絕技
　　　男男與女女共舞之姿
　　　　揮動情願的四肢，
　　　快，快，按音樂舞得多快；
　　　　但向閃亮的盾牌
　　　他的手不在刻舞台，
　　　　只雕出亂草的郊外。

穿破衣的頑童獨自徘徊，
　在荒地上閒逛，一只鳥
飛起，避開了他瞄準的石塊。
　二童刺一童，女孩被強暴，
　只當是應該，他從不知曉
有人的世界言出必信守，
他人流淚，自己的淚也難收。

　　　嘴唇緊閉的鍊甲匠，
　　　　赫非斯托跛行而去；

喜娣絲潔白的胸脯
　　因驚駭而悲啼，
驚火神竟打造這兵器
　　來討好她兒郎，
狠心嗜血的阿豈力士，
　　其陽壽也不會長。

————一九五二年

造物者

獨身，近視，且有點重聽，
這隱名埋姓的小侏儒，
傳說中的老鼻祖，
子子孫孫，為皇上和其他
預約的貴族之家造槍械，
博物館的觀眾誰不識君。

一任自己的石穴遮斷
外界的氣候和世變，他憑藉
完成的工作計算歲月，夜間
他夢見鬼斧神工，在他眼中，
戰爭的意義是欠缺青銅，
朝代換時，只換個主顧。

他並非一名樂師：歌聲
只鼓舞勞動的市民，娛樂懶人，

卻會使自願的工匠分心，
敲不準他鐵鎚的噹叮叮。
也不是一個雄辯家：詭辯者
不會治冶金之術。

他索價很高，如他不喜歡你，
他就不答應：王公與貴人
遲早要發現他們的符咒不靈，
一種致命的威脅。　他交件
要看他方便，不依你時限：他無敵手，
他知道你知道這點。

他的愛，成形於每一件實用的奇蹟，
不能使它們，在這塵世，免於受辱，
但能夠復仇：小心罷，各種年齡的
吮拇指的笨拙的兒童啊，
小心你砍碎的屍體，法院的裁決是
飛來橫死。

〈造物者〉（The Maker）似乎有點影射詩人。在希臘文中，「詩人」一字原是「造物者」之意。第三段中，「鐵鎚的噹叮叮」原文是hammer's dactyl。Dactyl為詩律中「揚抑抑格」或「長短短格」，尤指荷馬史詩中一長二短的一組音節，恰似打鐵時，鐵鎚落砧，一重二輕之聲。所以我在中譯裏，翻成易懂而擬聲的「噹叮叮」。

史班德（1909-1995）
——放下鐮刀，奔向太陽

　　二十世紀的三十年代，由於社會的不景氣和共產主義的蔓延，世界各地的文壇，幾乎都籠罩在所謂「普羅文學」（proletarian literature）之下。這種情形，在中國是如此，在歐美尤然。在英國，領導左傾詩壇的，是牛津大學出身的幾位高材生。史班德是其中最活躍的一位。史班德的父親海羅・史班德（Harold Spender）原是有名的自由主義作家，曾從事新聞工作。年輕的史班德接受父親的薰陶，本來也是一個自由主義者。後來他文名日隆，一九三六年冬天，竟接受共產黨的邀請而入黨，不久更赴西班牙參加內戰，為共和陣線做宣傳工作。最後他因為希望幻滅而毅然脫離共產黨，並成為最積極的反共作家之一；前後的經驗和感想，在《不靈的神》（*The God That Failed*）一書中，曾有詳盡的敘述。史班德在脫離共產黨以後，仍然對政治保持濃厚的興趣。不過，對於史班德而言，政治只是一種手段，而不是目的。在《生活與詩人》（*Life and the Poet*）一書中，他說：「政治的至終目的，不是政治，而是在一國的政治組織之中可以實現的各殊活動。所以，有效地申說這些活動——諸如科學、藝術、宗教——其本身便是對於至終目的之一項宣佈，而政治的手段正根據這種至終目的而形成……一個社會，如果

137

缺乏政治以外的價值，將僅是一具載運人民的機器，其社會組織之中沒有任何目標反映人民的憂慮，反映他們的永恆渴望、寂寞，和愛的需要。」

史班德生於一九〇九年二月廿八日，血液之中，有英國，德國，和猶太的成分。少年的史班德喜歡繪事，曾印製標籤維生。十八歲那年，他出版了處女詩作《九試集》（*Nine Fxperiments*）。十九歲，入牛津大學，和奧登、麥克尼斯等同學主編《牛津詩刊》。後來他發現大學生活不合自己的個性，乃離校從事寫作，暢遊德國與歐洲其他地域，並參加西班牙內戰。二次大戰時，史班德在倫敦任救火員，並協助康諾利（Cyril Connolly）編《地平線》雜誌。戰後他屢次去美國，在各大學演講。自一九五三年迄今，史班德一直主編國際性的《會戰》（*Encounter*）月刊。他曾經離過婚，第二位太太是鋼琴家娜塔霞・李特文（Natasha Litvin）。

史班德對文學的主要貢獻，是詩、批評，和翻譯。他精通德文和西班牙文，曾英譯里爾克和洛爾卡。他出版過好些批評文集，但水準頗不整齊，似以《毀滅的因素》（*The destructive Element*）一書為最精當。無論在批評和創作上，史班德都表示，現代詩人必須無所保留地接受現代的生活，尤其是機械文明的都市生活。在這方面，史班德堅信美國詩人哈特・克瑞因（Hart Crane）所說的：除非現代詩能夠「吸收機械，也就是說，使機械能適應詩的環境，正如樹木、牛群、古帆船、古堡，及往昔的其他聯想適應得那麼自然而且隨便，除非能做到這一點，詩將無法達成它充分的當代的任務。」史班德自己也說，現代

詩必須利用工藝方面的象徵，像利用「已被遺忘了的詩句中的『薔薇』和『愛情』」那樣輕易。即使在他左傾的時期，史班德之所以左傾，與其說是對辯證的唯物主義真有信心，不如說是由於人道主義的驅使。我們可以說，對於工業社會的擁抱，和對於廣大人群的關切，是史班德詩中的兩大基本精神。

　　史班德早年與奧登齊名，但後來詩名遠在奧登之下。奧登是否能以大詩人傳後，這問題現在當然仍見仁見智，不過誰也不能否認他顯然是很有資格的候選人。史班德恐怕始終只能屈居次要詩人（minor poet）之列了。史班德不及奧登博學，不及奧登機智，也欠缺奧登在形式上的匠心獨運，層出不窮。史班德在形式上始終堅守自由詩的崗位，不像奧登的出古入今，無體不備。在內涵上，他比較熱烈、真純，甚至有些浪漫。奧登一心而有千竅，對於一個意念或主題，往往反覆思維，作面面觀，但缺點在於有時失卻控制，立場曖昧，結論模稜。史班德則立場鮮明，從一而終，略無晦澀之病。

　　史班德是一個赤誠的現代主義者。他始終信奉哈特·克瑞因和藍波的現代化的理想。在社會思想上，他反對後期的艾略特；在表現手法上，他反對狄倫·湯默斯的過分晦澀。在〈現代主義的運動已經沉寂〉一文中，他深切感歎現代主義功敗垂成那種赤裸裸獨來獨往的精神，已經為一種討好社會屈從傳統的妥協作風所取代。他認為，就純粹的現代精神而言，福克納從〈大兵的餉〉起就漸趨柔馴，漢明威從〈在我們的時代〉起每況愈下，而〈序曲集〉和〈荒原〉以後的艾略特，也愈來愈保守了。這種看

法未免失之偏激。任何可以傳後的作家，莫不始於反傳統，而終於匯入傳統。而二十世紀早期的作家們，在迷失之後，憤怒之後，孤立之後，仍然感到一種迫切的需要，需要傳統，需要向人群，向歷史負責。

最後的辯論

　　槍礮在春天的山坡上，
　　用鉛字拼出金錢最後的辯論。
　　但橫屍橄欖樹下的少年
　　卻太年輕，太天真，
　　不應為槍礮自大的眼睛所注視。
　　他更適於讓吻去瞄準。

　　生前，高聳的工廠汽笛從不喚他。
　　餐館的旋轉玻璃門也從不揮手歡迎。
　　他的名字從不出現在報上。
　　世界以它傳統的高牆圍繞在死者四周，
　　他們的金塊沉沉陷落如深井，
　　而他的生命，浮泛如證券交易所的謠言，在牆外飄
　　　　泊。

　　啊，有一天他太輕鬆地扔下帽子，
　　當微風吹落樹上的花瓣。
　　不開花的牆上怒放著排炮，
　　憤怒的機關槍迅速地刈去青草；

140

旗和樹葉飄落，從手和樹枝；
蘇格蘭呢的軍帽在蕁麻叢裏腐朽。

你想他的生命原來毫無價值，
無論用職業，旅館賬簿，新聞檔案來衡量。
你想：一萬發子彈只一發殺死一人。
試問：有甚麼理由要如此浪費地
去殺死一少年，這麼年輕，這麼天真，
這麼橫臥在橄欖樹蔭下，啊世界，啊死亡？

　　本詩題目原為拉丁文Ultima Ratio Regum，意為「君王之間最後的辯論」（Final Argument of Kings），也就是戰爭的意思。

我不斷地想起

我不斷地想起那些真正的偉人，
想他們自子宮中，憶起靈魂的歷史，
透過光的走廊，每一個時辰都是太陽，
無盡而且歌唱。　想起他們可愛的志向，
就是乘自己的嘴唇還接觸火焰，
該述說自首至足籠罩著歌聲的精神。
想他們自春季的樹枝摘存
花朵般落在身上的那些慾望。

可貴的該是永遠不要忘記

血之歡愉，血，流自曠古的泉源，
在我們這地球之前的世界，自岩中迸出；
永遠不否定血在單純的晨光中的快樂，
或是黃昏時對愛的莊嚴的要求；
永遠不讓街上的交通漸漸阻塞，
以噪音與霧，阻塞精神的盛開。

在雪之旁，在日之旁，在至高之原，
看那些名字如何被飄草所歡呼，
被白雲的飄帶所慶祝，
被傾聽之空中風的低語；
那是他們的名字，他們生時為生存而奮鬥，
他們的心上佩戴著火的中央。
誕生於太陽，他們匆匆奔向太陽，
留下燦明的空氣，簽著他們的榮譽。

R. S. 湯默斯（1913-2000）
——苦澀的窮鄉詩人

　　R. S. 湯默斯是狄倫‧湯默斯的同鄉，乃威爾斯鄉間的牧師。他主持過的教區都在窮鄉僻壤，地瘠人貧，景色正如他詩中所述，非常荒涼，唯一例外是血。他的詩〈一月〉有如下的句子：

　　那狐狸曳著受傷的肚皮
　　走過白雪地，鮮紅的血種
　　在輕微的爆炸下迸開，
　　柔如糞便，鮮如玫瑰。

在〈以詩為晚餐〉一詩中，他又說：

　　詩應該一任自然，
　　像小小的塊莖吸收穢物，
　　從遲鈍的泥土中慢慢茁壯
　　成不朽之美的一株白菹。

至於今日之威爾斯，他說：

　　脆得只剩些古蹟，

風摧的殘樓與廢堡，
塌了的石坑與煤礦。

　　R. S.湯默斯的作品，主題並非寬廣，技巧也不獨創，
而聲調幾乎永遠是尖銳而嚴峻，咄咄逼人，節奏更是緩慢
而沉重。他並非大詩人，但在較窄的天地，以深刻與懇切
取勝。威爾斯無可留戀，所以狄倫・湯默斯一去不返；湯
姆・瓊斯寧可去大城的夜總會唱〈故鄉的青青草〉。

艾凡斯

艾凡斯嗎？對，有好幾次，
我沿著他的空樓梯
走下那清苦的廚房；
柴火燒著，蟋蟀，
應和著那把黑銅壺
的哀吟；再走進寒顫顫
的黑暗，投入山脊上
他荒寂的農舍外
繞牆洶湧的夜之濃潮。

怕人的不是那黑暗塞滿
我眼裏和嘴裏，甚至也不是
從風霜摧殘的孤樹上
有血滴似血。而是黑暗
淤塞住那病人的血管：

144

我剛讓他擱淺在又大又荒
像海岸一般的淒涼之床。

贈某青年詩人

開頭的二十年你只是在發育，
生理上，我是指；以詩人而言，當然
你根本還沒出世。　以後的十年
你才牙牙學語，終於傻笑著，
笨手笨腳地追你的繆思。
和那些處女作之間的初戀，
你全都認真，但那時結下的純情
沒一件現在不令你難為情：
現在愛情已變得好嚴重，要侍奉
一個冷面的皇后。
四十以後，
在你笨手裏捏成的詩篇
那銳利的傷口和缺口教你
該怎樣伶手俐腳地
把頌歌或商籟頑固的零件
裝配成形；這時歲月又養成
新的意氣，只想把你的創痛
瞞著她，瞞著無禮的大眾，
怕人探你的陰私。
論年齡
你這時是老了，但是在詩人

那遲遲的世界裏你剛剛
不幸才成年，且明知那笑容
在她高傲的臉上不是為你。

狄倫・湯默斯（1914-1953）
——仙中之犬

　　狄倫・湯默斯是四十年代英美詩壇最引人注目的青年作家。他的驟然崛起，他的戴奧耐塞斯式的狂吟，他那種反艾略特的強烈抒情意味，他的波希米亞式的生活和夭亡，生前的盛名和身後評價上的紛歧——這一切，在現代詩壇上，都是罕見的。

　　狄倫・湯默斯的所以異於他的同儕，一部分要歸因於他的鄉土背景。他是威爾斯人，一九一四年十月二十七日誕生於威爾斯的海港斯望西（Swansea）。斯望西的直譯是「天鵝海」；後來，海也就成為他作品中意象的一個寶庫。其實他的名字「狄倫」，在威爾斯語言中就是「海」的意思。（有些人將「狄倫」誤念成「戴倫」。）

　　雖然湯默斯的父親是一位英文教員，小湯默斯自己卻僅僅受過中等教育。他曾經做過記者、演員、播音員，也寫過電影腳本和廣播劇。一度他想從軍，但不合標準，旋入英國廣播公司工作。廿二歲，和馬克納馬拉小姐結婚，生了三個孩子，住在一個漁村上。他們的房子就叫「船屋」，因為它是渡船碼頭改裝成的。

　　從一九五〇年到一九五三年，湯默斯曾三度訪美。在美國，他到處誦詩，或誦己作，或誦前人作品。由於他音色純美，音量宏富，加上一種狂放的表演天才，他的朗誦

非常成功。許多平素不肯接受現代詩的聽眾，在他催眠的
魔力下，皆欣然進入他那獨特的世界。他誦詩的錄音片也
非常暢銷。

　　湯默斯在紐約時，最喜歡第三街。他經常出沒於水手
聚集的酒吧，一家接一家地喝過去，有時彬彬有禮，有時
陶然酩酊。往往，他只飲白蘭地泡生蛋，充作早餐，有時
只飲啤酒。一說他酷嗜巧克力糖條，又喜讀駭世奇書以忘
憂。這樣起居無常，縱飲無度，當然嚴重地影響了他的健
康。所以他自述三十五歲時的情況說：「蒼老而小，黑褐
褐的，很靈，有一種射來射去，傻楞楞的，神經質的眼
神……落髮而且落牙。」第三次訪美時，他接受史特拉文
斯基的邀請，正要去那位音樂家加州的寓所，合編一個歌
劇，同時他剛渡過三十九歲生辰，《湯默斯詩集》也極受
歡迎，這時他竟病倒了。一九五三年十一月九日，他因腦
瘤不治逝世。身後，有關他的回憶錄及批評與日俱增。他
的太太凱特玲・湯默斯（Caitlin Thomas）寫的回憶錄
《以了餘生》（*Leftover Life to Kill*），是一篇非常坦率
的自白。此外尚有布列甯（J. M. Brinnin）的〈狄倫・湯
默斯在美國〉，和崔思（Henry Treece）的〈狄倫・湯默
斯：仙中之犬〉（Dylan Thomas: Dog among the
Fairies）。

　　狄倫・湯默斯的作品，包括五本詩集：《十八首
詩》、《廿五首詩》、《愛的地圖》（*The Map of
Love*）、《死與入口》（*Deaths and Entrances*），和
《野眠》（*In Country Sleep*）；一本散文詩劇：《牛奶
林下》（*Under Milk Wood*）；和一本自傳《藝術家充幼

犬的肖像》（*Portrait of the Artist as a Young Dog*）。此外，他還用散文寫了許多想入非非的講稿，題目都很奇幻，例如：〈拜金狂的夜鶯以詩人之目觀紐約〉（A Bard's-Eye View of New York by a Dollar-Mad Nightingale）便是一例。

湯默斯的詩，在主題上，恆表現童年、性的活力、宗教的困惑，和死亡；在意象上，富於超現實主義的大膽與繁富。聖經，佛洛伊德、威爾斯的民俗與佈道，是他靈感的主要泉源，而威爾斯的山與海，菓園與漁村，則成為他詩中的自然背景。他詩中的縈心之念和信仰，是萬有生命的統一，也即死以繼生死後復生的持續過程。生命因萬態各殊而分，但在生與死的過程中與宇宙合為一體，是以人與自然，往昔與現今，生與死，皆匯入宇宙之大同。面對死亡的湯默斯，一遍又一遍地加以讚頌的，正是這種合一的感覺。

湯默斯的意象，極鮮明與繽紛之能事。他以強烈的本能擁抱生命，且以孩童的感官去經驗這世界，因此他的意象往往洋溢一種原始的力量，且超越文化的意義。例如「搖尾巴的時鐘」，「羔羊白的日子」，「天藍色的行業」，「海溼的教堂」，「褐如夜梟的古堡」，「蠔塘滿地蒼鷺僧立的海灘」等等意象，往往恍若孩童眼中所見的第一印象，令人掩卷不忘。可是這些突出的意象，有時喧賓奪主，竟遮斷了主題與意義的脈絡，乃演成有句無篇的局面。加上文法和標點上的武斷的安排，這種情形，使湯默斯的詩以晦澀著稱。例如〈不願悲悼倫敦空襲時燒死的一女孩〉（A Refusal to Mourn the Death, by Fire, of a

Child in London）的前幾行：

Never until the mankind making
Bird beast and flower
Fathering and all humbling darkness
Tells with silence the last light breaking
And the still hour
Is come of the sea tumbling in harness......

如果把省去的標點都補上，像下面那樣，就易解多
了：

Never until mankind-making,
Bird-beast-and-flower-
Fathering, and all-humbling darkness
Tells......

有一個奇怪的現象，便是，湯默斯的詩，在意象和意
義上雖然顯得深奧艱澀，在聽覺上卻呈現透明的狀態。他
的句子，在高聲誦讀（尤其是由他自己朗誦）的時候，似
乎具有一種超意義的說服力；即使你尚未「看」懂，至少
也會「聽」懂了。這種超意義的感染力，已經接近音樂，
難怪詩人兼藝術評論家李德（Herbert Read）說他的詩是
「我們當代最純粹的詩」。可是，如果我們以為湯默斯的
詩是所謂自由詩，那就大錯了。湯默斯的節奏，在輕重音
的起伏錯落上接近霍普金斯，在宏富而持續的律動上，則

繼承莎士比亞以迄葉慈的英詩傳統。在腳韻、頭韻、半諧音、鄰韻等的微妙安排上，他已超越了歐文和奧登，學會了一種音律的「障眼法」。仔細分析他詩中的節奏和音律的祕密呼應，我們不難發現，湯默斯實在是一個非常嚴謹的技巧大家。

一位作家，如果生前享譽太隆，死後往往情況逆轉，會揚起批評家們喝倒采的聲音。丁尼生是如此，艾略特是如此，狄倫・湯默斯也是如此。在生前，湯默斯是記者獵取新聞的焦點。同時代的作家們公認他是最偉大的抒情詩人。前輩女詩人伊狄絲・席特威爾（Edith Sitwell）說：「一個詩人升起了，他展示偉大底一切徵象。無論在主題上或結構上，他的詩都是宏大的。」史班德的意見比較保留，他認為，湯默斯的作品到一九四三年以後才臻於成熟。他說：「狄倫・湯默斯是這樣的一個詩人：關於他，我們有時候可以使用『天才』這個字眼。」當艾略特君臨英美詩壇而知性主義風行一時，湯默斯將感性和原始的衝動帶回詩壇；當青年詩人下筆莫不老氣橫秋，開口莫不期期艾艾，閃爍其辭，湯默斯卻以高亢洪大之聲讚美生命與童年；當現代詩人都委委屈屈躲在摩天樓的陰影下埋怨工業社會的無情，湯默斯卻把現代詩帶到空曠而活潑的自然。在四十年代，他的詩催生了摹倣他的所謂「天啟派」（Apocalyptic School），另一方面，在反對艾略特的批評家手裏，也順理成章地做了攻擊奧登的利器。不滿湯默斯的批評家們，則指出他的詩往往不能把握中心思想的進展，也往往太放縱幻想，且散漫無度。另一些論者又指責他欠缺道德感與現實感，或謂他效響喬艾斯繁富的文體，

但太耽於文字的感官作用，太沉溺於文字遊戲。我們也許仍難確定狄倫‧湯默斯是否能以大詩人傳後，不過，誰也不能否認，在他最成功的作品裏，湯默斯實在是一位富於創造而活力充沛的抒情詩人，正如他在一首短詩的末二行所說的：

> 朝那原始的市鎮的最終方向，
> 我恆前進，如永遠一樣恆長。

透過綠色引信催生花卉的力量

> 透過綠色引信催生花卉的力量
> 催生了我的青春；而摧殘樹根的
> 也毀滅我的生命。
> 我的啞口也不能告訴歪曲的玫瑰
> 說我的青春也同樣被冬之高燒　壓彎
>
> 催流水穿過岩石的力量
> 也催動我的紅血；它吸乾滔滔流水
> 也將我的血變成了蠟。
> 我啞口無言對我的血管
> 說相同的山泉被嘴吸乾。
>
> 把潭中之水攪成漩渦的手
> 也攪動著流沙；繫住狂風的手
> 也挽住了我壽衣之帆。

我啞口不能告訴上吊的人
說我的肉身是吊刑吏的圈套所造成

時間之唇如水蛭吸著泉源
愛滴水而聚，但血滴下
卻能平復她的傷口
我啞口，不能告訴風信雞之風
時間如何繞著星空滴答著天堂

我啞口，不能告訴情人的墳墓
我的屍布上也爬著狡詐的毛蟲

而死亡亦不得獨霸四方

而死亡亦不得獨霸四方。
死者赤身露體，死者亦將
匯合風中與落月中的那人；
等白骨都剔淨，淨骨也蝕光，
就擁有星象，在肘旁，腳旁；
縱死者狂發，死者將清醒，
縱死者墜海，死者將上升；
縱情人都失敗，愛情無恙；
而死亡亦不得獨霸四方。

而死亡亦不得獨霸四方。
在曲折且蜿蜒的海底，

死者久臥，不死在風裏；
刑架上掙扎，肌腱鬆懈，
繫在輪上，死者不斷絕；
信仰在手中將斷成兩半，
獨角獸的罪惡將死者貫穿；
百骸破碎，死者不開裂；
而死亡亦不得獨霸四方。

而死亡亦不得獨霸四方。
不再有海鷗向耳畔嘶喊，
或是浪濤囂囂地拍岸；
花曾開處，不再有花瓣
舉頭迎接敲打的驟雨；
縱死者既狂且斃如鐵釘，
人顱如錘錘穿了雛菊；
曝裂於陽光，直到太陽飛迸，
而死亡亦不得獨霸四方。

　　本詩的題目〈而死亡亦不得獨霸四方〉，來自《新約・保羅致羅馬十書・第六章》。本詩共為三段，分自三種觀點來處理人之不朽的主題。第一段描寫天國，在死亡的觀念上卻是柏拉圖和基督教的融和。第二行至第五行各行，頗有雪萊的意味；第二第三兩行表現的是柏拉圖式的「復合於一」的思想；第四第五兩行似乎也脫胎於雪萊，尤其是他追悼濟慈的那首名詩〈亞多奈斯〉中對濟慈死後的種種期許。充滿了諧音和字謎的第三行

With the man in the wind and the west moon

似乎影射雪萊的〈西風歌〉，特別是開篇的第一行前半
（O Wild West Wind）。With the man和west moon尤其
撲朔迷離，諧音在有意無意之間，要翻成中文，簡直是奢
望。第七行在一行之中融和了三個典故：第一，詩篇第二
十三；第二，馬太福音十四章所言基督與聖彼得聯袂行水
上一事；第三、米爾頓悼亡友金愛華詩〈李西達斯〉所
言，金愛華雖沉海底必升天國之事。第八第九兩行以基督
教神愛長在思想作結。

　　第二段描寫地獄。所謂「死者久臥，不死在風裏」即
指地獄中的幽靈不得升天，仍是響應第一段第三行的意
思。第二段中各種酷刑令人想起天主教宗教裁判的刑罰。
末行的疊句在此產生了新的意義，似乎在說：死亡只是一
個過程，唯地獄的懲處是永恆。

　　第三段擺脫了死亡的道德意義，將主題帶進了死亡的
物理現象，且申述「能不滅」的物理定律。人的軀體埋在
地下，腐朽之後，以另一種生命的形態出現，可以說真是
名副其實地「人顫如錘錘穿了雛菊」。物質一旦不滅，這
種「同能易形」的循迴作用即永永持續不斷。

　　是以狄倫・湯默斯在本詩中否認了死亡是生命的結束
的思想，復就精神和物質兩方面加以詮釋。康諾利
（Thomas E. Connolly）有一篇文章，發表在一九五六年
二月份的《詮釋者》（The Explicator），論本詩甚詳。

二十四歲

二十四歲提醒我眼淚莫忘了眼睛。
（埋掉死者，怕他們走到墳墓太辛苦。）
造化之門的鼠蹊內我伏地如裁縫，
為遠行縫一件壽衣，
就著肉食的太陽光線。
披衣就死，肉身的健步開始，
我的血紅管帶足錢幣，
朝著原始之鎮的終極方向
我前進，永恆有多久就走多長。

蕨山（Fern Hill）

當時我年輕而自在，蘋果遮頭，
繞著輕快的屋子，快樂如青草，
　　夜在谷頂閃著星星，
　　　時間讓我歡呼而攀爬
　　他的眼神盛年如黃金，
貨車之間有美名，人稱蘋果城王子；
曾經我自豪地將樹和枝葉，
　　拖著雛菊和大麥，
沿著天光吹落的河水。

我正青春不羈，名揚各倉庫，
暢遊院落，歡唱以農莊為家，

晒只年輕一次的陽光，
　　時間讓我遊戲，
　在他豐富而仁慈，
年輕又光燦之中，我是獵人兼牧人
犢牛回應我獵角，狐狸在山上吠得多清冷，
　　安息日的鐘聲緩敲，
　川流過聖泉的卵石。

流過有陽光的日子，真可愛，乾草
田高與屋齊，煙囪有音調，總是
　　通風而遊戲，可愛而多水
　　　火色青如草
　每夜在單純的星空下，
我下馬就寢，貓頭鷹就把農莊搬走，
有月光的夜裏，幸而在馬廄中，紋母鳥
　　正帶著禾墩飛來，而馬匹
　　　正一閃入黑夜。

然後醒來，農莊像流浪漢，一身白露，
　回來，肩上停著公雞；真是
　耀眼，簡直是亞當夏娃，
　　天空又在密佈，
　就在那天太陽變得圓滿
單純的光誕生後必是如此
在太初，旋轉之地，著魔之馬走得身暖
　走出長嘶的綠廄，

去到讚美之田野。

揚名於狐狸與雉間，在快樂屋旁
在新造的雲下，心有多久喜悅就多久，
　　在生了又生的陽光
　　　我奔自己無拘的道路
　　願望急奔過高與屋齊之乾草堆
什麼都不在乎，只有天藍的行業，時光
在悅耳的轉動中只容得恁少的晨歌
　　然後讓又青又金的孩子們
　　跟他領盡了神恩

我無所煩心，在羔羊白的日子，只要時光
牽著我手的影子，上去多燕子的閣樓，
　　在不斷上升的月光中
　　　也不管我下馬待睡
　　會聽見他挾高田而俱飛
醒來發現農莊已遠別失去童年之地。
哦當時我年輕自在，享受他富裕的慈善，
　　　時光擒住我年輕而垂死，
　　儘管我戴著鐐銬而唱，如海洋。

不甘哀悼倫敦一女孩死於火災

除非造出了人類
生出了鳥獸與花木

之父，和君臨一切的黑暗
無聲宣告最後的光之綻開，
而寂靜的時辰
已降臨，帶海潮萬馬翻滾，

而我必須重入水珠
渾圓的教會，
和玉米桿上的集會，
我才會讓聲音的影子祈禱，
或者播我的鹹種，
在麻布的細穀中致哀

與莊嚴的焚死之童，
我才不會扼殺
用墳墓的真相扼殺她的人生
也不會沿著元氣的各站
來冒犯她，
用天真與青春的更多輓歌。

深臥在最早死者中是倫敦的女兒，
裹在長久的朋友之中，
年代不明的天性，母親黑暗的靜脈
隱藏在泰晤士滾滾的
沒有悲情的水邊。
最初的死亡後，更無其他

——一九四六年

我陰鬱的藝術

我的行業，我陰鬱的藝術
在寂靜的夜裏獨自進行，
只有魅月在戶外猖狂
而情人們都睡在牀上，
擁抱著他們全部的悲愁；
我工作，向著歌詠的光芒，
不為雄心，也不為麵包，
不為闊步，不朗念符咒，
在象牙砌成的舞台之上，
我所要求平凡的酬勞
是情人們最最祕密的內心。

向飛濺著藍色的稿紙
我寫詩，不為那自負的
那無關瘋狂之月的人，
不為那些巍峨的死者
和他們的那些夜鶯與頌詩，
只為了情人們，情人張臂
將千古的悲涼抱在懷裏，
但不會讚美也不會酬付
我的行業，我陰鬱的藝術。

——一九四六年

本詩在短句的運用和韻腳的交錯上，顯然受到葉慈的

影響。譯文未能傳神，終是憾事。在某種意義上，本詩對於葉慈的〈航向拜占庭〉似乎是一個回答。在〈航向拜占庭〉中，葉慈有意要超越「年輕人在彼此的懷中」的現實世界，而進入永恆不滅的藝術世界，也就是說，要超越生命之變而把握藝術之常。在〈我陰鬱的藝術〉中，湯默斯認為相擁的情人才是藝術的中心經驗，詩人的任務便是去發掘這種經驗的祕密並把握這種經驗的意義；然而詩是一種吃力不討好的行業，因為儘管詩人置愛的經驗於一切世俗的名利之上，一般情人並不能欣賞他的藝術，也不會感激他的苦心。八、九兩行似乎有影射莎士比亞《馬克伯斯》中謂人生如演員昂首闊步於舞台之意。「象牙的舞台」應係「象牙之塔中的舞台」之省略，乃是湯默斯拿手的慣技。

兩次世界大戰參戰將士的戰爭觀

　　兩次世界大戰生死之間的戰士對戰爭有不同的觀點。
一次大戰的戰士，奔赴沙場的情緒比較浪漫：〈在佛蘭德
的田裏〉是其一例；布魯克（Rupert Brooke, 1887-
1915）的〈戰士〉（The Soldier）是另一例。不久戰壕
的真實經驗催生出薩松（Siegfried Sassoon, 1886-1967）
與歐文（Wilfred Owen, 1893-1918）一類的反戰詩人。
到了二次大戰，再無歌詠戰爭的詩人，而且反戰詩充滿了
負面的諷刺與對比，詩藝十分高明。

在佛蘭德的田裏　約翰・麥克瑞

　　在佛蘭德的田裏有罌粟花盛開，
　　在十字架的中間，一排又一排，
　　這裏是我們的墳場；在天上
　　雲雀依然在歡唱，依然飛翔，
　　但歌聲幾乎給下面的炮聲遮蓋。

　　我們是死者。才幾天以前，離現在，
　　我們還生存，感受晨光，看落日的光彩，
　　愛別人也被愛，但如今我們埋葬
　　在佛蘭德的田裏。

請繼續我們和敵人一決勝敗；
用力盡的手我們向你們投來
這火把，望你們將它高揚。
如你們背叛了我們的信仰，
我們不瞑目，雖然罌粟花盛開
在佛蘭德的田裏。

——一九一八年

約翰・麥克瑞中校（Lieut-Col. John McCrae）一次大戰時派在加拿大分遣隊，在西線作戰四年，卻在一九一八年一月二十八日陣亡。他雖是加拿大籍，但芝加哥錨鍊公司一九二四年出版的《一〇一名詩選》亦予入選。此詩可以代表一次大戰時的詩風，一大半表示勇往直前的浪漫愛國精神。

徒勞 威爾夫瑞・歐文

把他抬入陽光，
陽光輕柔曾將他喚起，
在國內，低訴田裏要插秧；
陽光總是來喚醒，即使在法蘭西，
直至今早的雪，這一場。
若是現在什麼能將他喚起，
慈悲的老太陽應知悉。

試想太陽如何把種籽喚起，

像他曾喚醒一星球之凍泥？
難道四肢，如此寶貴，難道腰身，
充滿活力——如此溫暖——已僵而不動？
難道為此役塵軀才長高？
——哦，愚蠢的陽光為何徒勞
來打斷大地長眠的一覺？

——一九二〇年

戰術教課 亨利·李德

其一：認識零件

今天我們來認識零件。昨天
我們上每天擦槍。明天上午
我們要上開槍後的事。但今天
我們要認識零件。山茶花
亮麗像珊瑚，開遍附近的花園，
今天我們上認識零件。

這是揹槍的下轉鐶，而這
是上轉鐶，其功用一會兒就知道，
到時會發揹帶給你們。這是
架槍的轉鐶，你們還未領。山茶枝
在園中架開手勢，無聲而有手勢，
我們到現在還未領。

這是保險栓，每次要打開，
只要大拇指輕輕一撥。我不想
見到誰用其他手指。這動作很容易，
只要你大拇指夠有力。山茶花
嬌柔而文靜，從不讓人看見，
有哪朵花自己動手指。

這件看得出是槍機。用處呢
是拿來開膛，看得出來。可以
前後推動，但是要快。我們管這
叫**放鬆彈簧**。忽後忽前快得很
早春的蜜蜂正侵犯，摸弄茶花
它們叫這做洩春。

他們叫這做**洩春**：實在很容易，
只要你大拇指夠力氣：像**槍機**
跟**槍膛**，還有**擊鐵**和**臨界點**。
我們的情況還沒這些；而杏花
滿園都寂寂，但蜜蜂來來去去
只因今天學認識零件。

其二：目測距離

最重要的不僅是有多遠，而是你
說話的口氣。也許你永遠抓不住
目測距離的訣竅；但至少你學會

166

如何報告一片風景：中央的地段
右側的弧形，還有上星期二教的
至少你學會

地圖說的是時間，不是地勢，用在陸軍
正好是如此——其道理是
不需要為此耽誤了。再說一次，你知道
前方有三種樹，只有三種，樅樹，白楊
還有樹頂濃密的那種；最後
東西只是看來像東西。

一座倉庫不能叫倉庫，老實告訴你，
或是遠方的原野，或有羊群安然在吃草。
你絕對不能太相信。報告該說，
在五點時，中央地段有一打
看來似乎是動物，無論你怎麼說，
別叫那些吃草的做羊。

相信我說得夠白了；比如說，舉個例，
邊上的那位，睡著了，請注意告訴大家，
西邊他看到了什麼，有多遠呀，
先醒過來再說。西邊那方向
在夏日原野太陽的光影佈下
紫色與金色的衣袍。

白色的房屋在暑炎中正像蜃樓，

在搖擺的榆樹下有一男一女
並排親熱地躺著。那，也許只是說
有一排房子在左邊弧形的地帶
在幾棵白楊下有一對看來像人體，
看來像正在做愛。

呃這，當作答案，說句公道話，
只算切題，還過得去，理由是
漏掉了兩樣東西，都很緊要，
男女兩人，比如：在什麼方向，
有多遠，你說說看？而且別忘了
這中間或許有死角。

中間或許有死角；或許我學不會
目測距離的訣竅；我只敢說，
說我猜或許在我和那對狀如情人
之間（順便一提，此刻似乎已事畢）
在房子七點的方向，其距離約略
是一年半的光景。

——一九四六年

　　李德這兩首《戰術教課》的佳作是虛實相生正反相成
的反戰詩：表面上是新兵入伍，要接受士官長
（sergeant）的訓練：士官長站在掛圖前面，向新兵指
點，所謂地圖在軍事上往往是偽裝（camouflage），常會
欺敵，須小心防範。士官長常是彪形大漢，氣足聲洪，用

語偏俗，所以我會譯得口語化，與一般譯詩不同。

例如〈認識零件〉一首，是在花園中上課的。士官長先後示範，講了轉鐶（sling swivel）、保險栓（safety catch）、槍機（bolt）、開膛（breech）等項，但新兵心猿意馬，總分心於園中正開的山茶花。其中的對比是：士官長講的是軍事術語，新兵想的卻是老百姓的感性直覺。其中的妙處在於：新兵對那些術語想入非非，例如「洩春」、「槍機」、「槍膛」、「擊鐵」、「臨界點」等等，都有性愛的聯想。槍機的快速前後推動，自然聯想到自慰。

再如〈目測距離〉一首，士官長是站在拍有偽裝的掛圖前指點敵陣。第四段次行，他注意到邊座上有個新兵竟睡著了，把他叫醒。該段的末二行半，是新兵醒轉後所見景色，全是老百姓的用語。第五段是新兵醒定後，試用軍事術語來報告敵情。第六段又由士官長收回話題，「死角」出現，更加強了對照。末段完全回到新兵的心中，他回憶入伍前，大約是一年半以前，自己和女友間也有如此的熱烈。因此我們不禁要懷疑，他看到掛圖的景像，是否也是虛實相生，出虛入實，由實返虛。這真是委婉而巧妙的反戰。

有別於一次大戰的詩人慷慨從戎，浪漫成仁，二次大戰的詩人多半看透戰爭之殘酷，而能曲傳反戰的情緒，讀者當細心體會。

女妖 約翰・曼尼佛德

奧德修斯聽到眾女妖歌唱
武爾夫，魏伯格，摩利的調子，
說有個地方有天鵝在飛翔，
葡萄熟得發紫，女孩們到時
總長成待嫁，而一座座鐵塔
讓農家清閒而有電，生活安定
卻沒有地主。然而，他的雙眼
因鹽水而眨痛，纜索緊得要命。
奧德修斯見到眾女妖；真動人，
金髮，乳房扁平，臀部小巧，
唯他此刻，正分心於驚人
的氣象報告，叛船者囚於鐐銬，
無線電又失靈；情況真糟糕。
廿分鐘後他就忘掉了女妖。

軍笛曲 約翰・曼尼佛德

（8分之6拍，308步兵連第6排）

春天的某個上午，
我們從迪外斯行軍，
各種體積和體型，
像一線串的珍珠；
我們自在地搖擺，

踏著鋪碎石的路，
大家洋溢著活力，
便展喉把歌唱出。

她快步趕下樓來，
才十二歲，真可愛，
帶笑又帶著呼嚷，
閃光的長髮飛揚；
然後又默默凝睇，
望著過境的士兵──
如何全被她吸引，
當場都為她著迷。

我很少見到有誰
比她更加甜更加美；
不相信三兩年後
我們會把她淡忘。
誰要是被她愛上，
那真是他的命好，
那時恐我們已遠遠
越過了多變的波濤。

阿多斯卓　愛德華・湯瑪斯

對。我記得阿多斯卓──
這名字，因為有一天午後

很熱，快車在那邊靠站
平常不會。正是六月盡頭。

蒸氣咻咻。有人清喉嚨。
沒有人下車，也沒有來人
月台空空。我見到的
是阿多斯卓──只有站名。

柳樹、柳蘭、和草地、
繡線菊，晒過的乾草堆
比起天空高渺的流雲，
同樣安靜，寂寞而美。

一剎那有隻畫眉唱起，
在近處，而四周，更渺茫，
更遠，更遠處眾鳥都響應，
牛津縣，格拉斯特縣全幫腔。

貓頭鷹　愛德華‧湯瑪斯

下山時我餓了，但尚未餓壞；
冷了，但體內尚有餘溫抗拒
北風；倦了，但倦得感覺休息
是屋頂下最幸福的待遇。

到了客棧我進食，烤火，休息，

體會自己有多餓，多冷，多疲，
將整個夜晚都關在戶外，
除了聲梟啼，那悲哀無與倫比：

悠長而又清亮，震動了山崗，
調子不輕快，非快樂所產生，
卻向我訴盡，當晚我投宿，
我倖免了的，他人卻不能。

我的食物和休息乃變得可貴，
可貴加上清醒，只因那鳥啼
為星空下所有露宿的生靈，
兵士和貧民，說他們無緣欣喜。

白楊　愛德華・湯瑪斯

不分晝夜，不管氣候，除了冬季，
在客棧，鐵匠鋪，和小店上方，
十字路口的白楊總在談雨，
直到樹頂的殘葉全都吹光。

從鐵匠鋪的岩洞裏傳來
錘鞋敲砧的音樂；從客棧
傳來叮噹，悶哼，咆哮，偶發歌聲——
五十年來這一切音響不斷。

白楊的耳語並未被壓沉，
在無光的窗上，無人行的路上，
空如天色，和其他一切雜音
從不停止，召來鬼宅的亡魂，

即使寂靜的匠鋪，寂靜的客棧，
在空渺的月色或厚絨的夜色，
在風雨之中或夜鶯之晚，
也不會把十字路口變成鬼宅。

附近無屋，也總是一樣，
不論甚麼天氣，何人，何時，
白楊總必須沙沙作聲給人聽，
人卻不必聽，就像對我的詩。

無論刮什麼風，只要我跟樹
還有葉子，就會如白楊蕭蕭，
永不休止，永不講理地悲訴，
世人都在想，換一種樹多好。

　　此詩作者愛德華・湯瑪斯，英國田園派詩人，是佛洛
斯特知己，詩風兼有幽默自嘲與熱愛鄉土。

英美現代詩選 —— 美國篇

狄瑾蓀（1830-1886）
——闖進永恆的一隻蜜蜂

　　從文學史的意義上看來，有些詩人似乎生得太晚，例如羅賽蒂（D. G. Rossetti）和米蕾（Edna St. Vincent Millay）；有些詩人又似乎生得太早，例如鄧約翰、霍普金斯，和狄瑾蓀。女詩人狄瑾蓀生前隱名發表的作品，一共不過二至五首（一說有七首），這當然不能使作者成名，更談不上有多少影響。實際上，即令她生前將自己多產的作品全部發表，恐怕也不會就此成名，也許結果只能享有愛倫坡那種毀多於譽而且蹇滯不伸的微名。

　　十九世紀中葉的美國詩壇，原是朗費羅、惠提爾一類詩人的天下；當時的讀者所欣賞的，大半是一些主題單純，表現直接，韻律輕浮，且寓有教訓意味的偽浪漫詩。真正傑出的詩人，如惠特曼、愛倫坡、狄瑾蓀，反而默默無聞。惠特曼要等到二十世紀初年，才成為影響國際詩壇的大師。愛倫坡要等法國人先去發掘，才被美國人所承認。狄瑾蓀的聲譽純然是身後之事。從一八九〇年（她死後四年）到一八九六年，陶德夫人（Mabel Loomis Todd）和《大西洋月刊》編輯希金森（Thomas Wentworth Higginson）合編並出版了三輯《愛蜜麗‧狄瑾蓀的詩》。但是直到一九二四年，名詩人艾肯所編的《狄瑾蓀詩選》出版，這位女詩人才引起英美詩壇的普遍

注意。

　　惠特曼和愛倫坡都必須自力謀生；對於愛倫坡，寫作甚至是生活所賴。狄瑾蓀比他們幸運得多了。她生於美國馬薩諸塞慈州的安默斯特鎮（Amherst），祖父是安默斯特學院的創辦人，父親是名律師，國會議員，並擔任該學院司庫達四十年。愛蜜麗的妹妹拉薇妮亞（Lavinia）亦終身不嫁，她的兄弟奧斯丁（Austin）則因娶了一個「庸俗的」紐約女孩而拂逆了父親的意思。據說她的父親相當嚴厲，不過家中來往的倒都是文化界的名人，包括愛默森。

　　又據說狄瑾蓀在少女的時代，曾是安默斯特社交界的寵兒，活潑，窈窕，而且秀麗。關於她在愛情方面的挫折，近數十年來，各家的揣測很不一致。一說她在二十歲以前可能和她父親律師事務所的助理班・牛頓（Ben Newton）相愛，可惜牛頓太窮，而且在她二十三歲那年便生肺病死了。第二年去華盛頓省視正在國會開會的父親，在費城見到魏治華斯牧師（Rev Charles Wadsworth），甚為傾慕。回到安默斯特以後，據說已有太太的魏治華斯還不時去看她，直到一八六二年他奉教會派遣西去加州為止，而她的詩創作卻從那年開始。後來狄瑾蓀在詩中曾說：

　　　我的生命關閉過兩次才關上；
　　　　現在還需要等待，
　　　看永恆是否還會在開啟，
　　　　讓第三件大事揭開……

這第三個事件似乎永遠不曾來到，因為從此她深居簡出，絕少離開安默斯特的故宅，而且獨身以終。這當然並不意味她是一個落落寡合的老處女。其實，她與文友之間還是頗有往還的；例如歷史小說《羅夢娜》的作者，有名的傑克孫夫人（Helen Hunt Jackson），和前面提到的希金森，都是她這方面的相知。死前的兩年，狄瑾蓀過的是一個病人的生活，心智也已衰退；終於在一八八六年五月十六日逝世。

一位涉世不深的老處女，竟能寫出這麼瑰麗熾烈的詩，這件事，常使論者感到難解。實際上，這並沒有什麼奇怪。一位詩人對於經驗的吸收，最重要的是思之深，感之切，加上想像的組合作用，而不必一定要出生入死，歷盡滄桑。像喬叟、維榮等詩人，閱世固然很深，但是也有像濟慈那樣入世尚淺的心靈，能臻於大詩人之境的。詩人的生活，主要是內在的生活；詩人的成熟，主要是感性和知性的成熟，以及兩者的適度融和。十九世紀英美詩壇上，幾個最傑出的女詩人，都是老處女。可能因為孤獨的生活，更能促進女性心靈的成熟吧。白朗甯夫人似乎是一個例外，可是如果當時白朗甯不闖進她的生活的話，恐怕她也會和愛蜜麗·布朗黛、克麗絲蒂娜·羅賽蒂、狄瑾蓀一樣獨身以終的，因為，和白朗甯私奔的那年，她已經四十歲了。

狄瑾蓀的內在生活，是異常豐富的。在物質和地理的意義上，她的天地似乎很狹隘，可是在形而上的想像和對於宇宙萬物的觀察與同情一方面，她的天地是廣闊無垠的。泰特曾謂，她的敏悟可以直追鄧約翰；像鄧約翰一

樣，她的心靈能將形而上的（metaphysical）和感官上的（sensorial）經驗熔於一爐，成為一個高度綜合的經驗。又說她能像鄧約翰一樣，「感受抽象的事物並思索感覺的狀態」（perceive abstraction and think sensation）。這正是現代詩人們認為鄧約翰值得效法的地方，也是他們據以反對浪漫派敏於感受而忽於思索的理由。狄瑾蓀既亦表現同樣綜合的經驗，無怪她的詩要受到二十世紀的歡迎。

我甚至認為，在對於自然的觀察和同情一方面，狄瑾蓀似乎比鄧約翰更細膩，更敏銳，也更活潑動人。也許由於她是女性，許多纖弱、隱祕或羞怯的小動物小植物，似乎特別能贏得她的關切。蜜蜂、蝴蝶、蚯蚓、蟋蟀、老鼠、知更鳥，在她的詩中都具有人的靈性；而雛菊、野菌、苜蓿、蒲公英等植物，又都具有動物的性格。而無論那生命的狀態為何，在她的催眠術之中，總帶有一種似真似幻的幽默感，和一種奇異的超現實感。非但如此，無生命的事物，大而至於日月星雲，小而至於一片陰影，一抹彩色，冥頑無知而至於一輛火車，一條鞭子，在她的詩中，都成為生趣盎然的角色，擔負著或重或輕的戲劇任務。在那個世界裏，黃昏像「即欲離去的客人」，陰影會「屏住呼吸」，報紙像「松鼠賽跑」，上帝燃星，「守時不爽」，鳥的轉睛有如「受驚的小珠子」，青苔「爬到了（死者）唇際」，火車吼叫如牧師傳道，霜是「金髮碧眼的刺客」，地平線「舉步遠行」。

可是狄瑾蓀最典型的詩，還是那些處理抽象觀念的作品。生命、死亡、愛情、永恆、悲哀、歡愉、真理、美，都是她經常處理的主題；其中死亡尤其是她的縈心之念，

許多作品再三探索的，無非是死亡的過程，死後的情形，和死亡的意義。關於感情，她所探索的，往往是極端的痛苦和喜悅，也就是無形的地獄和天國。她的詩中經常出現agony, suffering, pain, ecstasy, exultation, transport這些字眼；在這方面，她實在是浪漫的，而且頗接近雪萊和布雷克，只是她不像雪萊那樣欠缺現實感，也不像布雷克那樣念念不忘罪惡。和許多浪漫詩人一樣，狄瑾蓀對於死亡表現近乎病態的神往和迷戀；不同的是，她對死亡更作知性的探索，不僅是沉溺於一種幽邃徜徉之境。拿克麗絲蒂娜・羅賽蒂那首有名的〈當我死去，至愛的情人〉和狄瑾蓀的〈因為我不能停下來等待死亡〉作一個比較，立刻可以發現，前者是純浪漫而且純抒情的，但後者則富於形而上的玄想和繁複的矛盾性，而且也比較戲劇化，能把握生死變化的過程。在狄瑾蓀的這一類詩中，作者真能做到泰特所說的：「感受抽象的事物並思索感覺的狀態」。對於狄瑾蓀，「喜悅是一條內陸的靈魂，欣然奔向海口」；「許多瘋狂原是最神明的意義，對於了解的眼睛」；「我能夠涉過悲傷，整整的一汪又一汪」；「飢餓是一種方式，屬於窗外的人們，進門之後就消逝」；「死的一擊等於生的一擊，對那些臨死才活過來的人」；「離別是我們所知於天國，也是所求於地獄」。

狄瑾蓀的詩就是這樣；充溢著智慧，但是不喋喋說教；充溢著感情，但是不耽於自憐；富於感官經驗，但是不放縱感覺。二十世紀初年盛行於英美詩壇的意象主義，倡導明晰而尖新的意象，頗有師承狄瑾蓀的味道，可是意象派諸人的作品往往淪於為意象而意象，只能一新視覺，

不能訴諸性靈。狄瑾蓀的意象，無論多大膽多活躍，卻是針對主題而發的；它緊扣住主題，並不脫韁而去，或演成喧賓奪主。這正是狄瑾蓀所以超越意象主義和超現實主義的地方。

　　狄瑾蓀的所以引人入勝與發人深思，在於她想像的本質和表現的方式，都是呈對比（contrast），反喻（irony）或似反實正（paradox）的形態，在於她的譬喻往往隱喻（metaphor）多於明喻，而敘述往往採取較為跳躍的省略法（ellipsis）。大詩人最能發現生命的相對性甚至矛盾性，也最善於用令人難忘的異常簡潔的方式把它呈現出來，且加以調和。狄瑾蓀詩中俯拾皆是的句子，像「神聖的創傷」，「美妙的痛苦」，像「主啊，請賜我陽光的心靈，承受你勁風的意向」，「許多瘋狂原是最神明的意義」，「離別是我們所知於天國，也是所求於地獄」等等，都是很好的例子。以「離別……地獄」兩句為例，我們所知於天國者，惟離別而已，事實上等於一無所知；我們所求於地獄者，亦莫非離別，事實上等於一無所求。反過來說，我們所知者，惟地獄，而所求者，惟天國；也就是說，我們所知者令我們痛苦，求其去而不可得，我們所求者令我們失望，求其不去而不可能。這種近於自嘲的反喻，原可無限地引申下去，可是狄瑾蓀只說了這麼兩句，表面何其灑脫，事實上又何其沉痛。

　　狄瑾蓀作品的形式，除了少數的三行體或不分段的作品，其餘一律是所謂「童謠」（nursery rhyme）的體裁。這種童謠體通常一段四行，一、三兩行各為八音節四重音，二、四兩行各為六音節三重音，行末押韻。這種體

裁對節奏的要求是活潑，對句法的要求是簡潔；它不可能
負擔「抑揚五步格」的穩健或是「無韻體」的開闊吞吐。
結果是狄瑾蓀的詩明快迅疾，發展咄咄逼人，務求速戰速
決，作閃電式的啟示，像對你擲來一封每個字都是必要的
緊急電報一樣。一位作家的長處，往往也就是他的短處。
狄瑾蓀將這麼豐富的經驗，壓縮在這麼緊迫的形式之中，
密度固然大增，格局就不免顯得小了一點。儘管在這種小
格局裏，狄瑾蓀已經窮極變化，例如一、三兩行多用陰韻
（feminine rhyme），抑揚格每加變調，字的省略，頓
（pause）的前後挪動，和待續句的運用等等，但這種童
謠體畢竟是一個限制。相形之下，惠特曼太鬆散，愛倫坡
太刻板，但是兩位同時代的詩人，在格局上仍比她宏大。
布拉克默爾曾說她既非職業詩人，又非業餘詩人，就是指
她具有大詩人的稟賦，但欠缺大詩人的鍛鍊。

　　十九世紀美國的三大詩人之中，愛倫坡屬於地獄，惠
特曼屬於人間，狄瑾蓀屬於天國。以時間而言，愛倫坡屬
於往昔，惠特曼屬於來茲，狄瑾蓀則神遊於時光之外，出
入於永恆之中。以氣質而言，愛倫坡是貴族的，惠特曼是
平民的，狄瑾蓀則是僧侶的；這和三位詩人的社會有密切
的關係，因為愛倫坡生在南方，惠特曼生在紐約，而狄瑾
蓀生在新英格蘭。狄瑾蓀生在神權至上道德律非常峻嚴的
清教徒社會，天國的嚴父和家庭的嚴父給了她雙重的壓
力，也促使她產生一種在敬畏中寓有反抗的意識。到了她
的時代，清教的價值觀已經開始崩潰，另一套新的價值正
在成形。一個詩人，其實任何敏銳的心靈，面臨這種新舊
交替的混亂，必須自己去重新體認與世界之間的關係，而

整理出一套可以讓個人去把握的新價值。這是狄瑾蓀創造
她宇宙的過程，也是一切大作家創造的過程。

成功的滋味

成功的滋味最甘美，
唯從未成功者才覺得；
要體會仙液是什麼，
需經最迫切的焦渴。

今日奪旗的大軍，
沒有誰有能力
說得清勝利啊
究竟是什麼意義：

像垂死的敗軍之將，
在他無緣的耳邊，
凱旋的樂聲在遠處
迸發，至痛而且明顯。

——一八七八年

蝴蝶

一隻蝴蝶自她的繭中，
　像貴婦步出門口，
在一個長夏的下午露面，

任意去各處漫遊。

我無法探知她的心事，
　　除非是離家閒行；
只有首蓿才能夠了解
　　她要辦的瑣碎事情。

我們看見她華麗的陽傘
　　在田間收合攏來，
看人做乾草，又努力掙扎
　　向一朵迎面的雲彩；

飄幻如她的成群遊客
　　皆若赴烏有之邦，
漫無目的地彎來繞去，
　　像熱帶的展覽會場。

儘管蜜蜂在發憤做工，
　　眾花在熱烈地開放，
這一位閒散的觀光客
　　對他們並無景仰。

直至黃昏自天空如潮泛來，
　　　於是做草的工人，
盛夏的下午和這隻蝶蝶
　　　都在海水中消沉。

海濱之遊

我很早便動身，帶了小狗。
　特地去拜訪海洋，
住在底層的少女人魚
　都出來向我凝望，

而遊於上層的巡洋艦
　卻張開麻布的雙手，
以為我只是一隻老鼠，
　擱淺在沙灘上頭。

沒有人來擾我，直到潮水
　淹沒我樸素的雙履，
淹沒我圍裙和我的腰帶，
　又淹沒我的胸衣。

那姿態像是要將我吞掉，
　如整吞一滴露珠
自一棵蒲公英的袖口——
　於是我也開始趕路。

而他——他緊緊地跟在背後；
　我感到他銀亮的腳踵
踩在我踝上——於是珍珠
　便溢滿我的鞋中。

直至我們到了堅實的鎮上，
　他似乎不認得誰；
於是向我莊嚴地鞠躬，
　大海便如此告退。

當我死時

死時我聽見一蠅營營；
　室中那份沉寂
有如空中大氣的肅靜，
　當暴風雨暫歇。

四周的眼睛都全已撐乾
　鼻息都蓄勢戒嚴，
待最終的攻擊，待那君王
　在室中赫然顯現。

我分遣紀念品，又簽罷
　屬我而又可遺贈
的東西──而就在這時候
　插進來一隻蒼蠅，

帶著莽撞的營營，青青無定，
在天光和我之間；
然後是窗戶的消隱，然後
　是我的視而不見。

因為我不能停下來等待死亡

因為我不能停下來等待死亡，
他好心地停下來等我；
馬車只容得下我們
和永恆一夥。

車行得很慢；他並不著急，
而我拋開了一切，
取消了正事，取消了閒暇，
表示對他的體貼。

車過了學校，只見孩子們
正放假，擠排成一圈，
車過了滿田睽睽的玉米，
車過了太陽西偏。

車在一座房屋前停下，
好像是土地隆起；
屋頂幾乎是看不見，
屋簷，不過是土堤。

後來，過了好幾個世紀，
但感覺比那天都短：
最初我只當驛車的馬頭
是朝著永恆在進展。

輕唶

我隱身在我的花朵之中，
　　你採去胸前佩帶；
你並不自知也將我佩上，
　　其餘的有天使明白。

我隱身在我的花朵之中，
　　它在你瓶中枯萎；
你並不自知也為我感到
　　近乎寂寞的滋味。

這首小詩有點伊麗莎白時代小歌的風味。細吟之餘，又感到有點像布雷克或雪萊。

春的光輝

春來的時候有一種光輝，
　　為整整的一年之間
任何其他的季節所沒有。
　　當三月尚未露臉，

有一種顏色遙遙地憩腳，
　　在荒寂無人的山頭，
科學無法以將它捕捉，
　　但人的性靈能感受。

它慇懃伺候在草地上面；
　它洩露遠樹的形狀，
在我們熟悉的極遠的山坡；
　它幾乎對我有話講。

但是當地平線舉步遠行，
　或是報銷了午時，
也沒有聲音所具有的形式，
　它離去而我們留此：

一種遺失所特有的性質
　影響到我們的內心，
像市場的交易忽然侵犯
　一種神聖的幽境。

日落和日出

夕陽西返時沒有人看見；
　只有我一人和大地
參觀這壯麗無比的盛典，
　看他凱旋歸去。

旭日湧現時沒有人看見；
　只有我一人和大地，
還有隻無名的陌生小鳥，
　躬逢這加冕典禮。

蜜蜂

像列車馳行於絲絨的軌上，
　　我靜聆橫飛的蜜蜂：
花間曳過了陣陣的軋轢，
　　她們那輕軟的泥工。

抗拒著，直至甜美的攻勢
　　消盡她們的英勇，
而他卻勝利地斜翅飛開，
　　去征服別的花叢。

他的纖腳都裹著紗網，
　　他戴著一頂金盔；
他胸部護一片縞色瑪瑙，
　　上面還鑲著翡翠。

他的勞動是一片歌聲，
　　他的閒逸是低吟；
哦，怎能像蜜蜂親身經歷
　　苜蓿和中午的妙境！

蕈

蕈是植物之中的精靈。
　　到黃昏它已不見；

晨間它撐著麥菌的小屋，
　　停步於一個地點，

恍若它經常如此淹留；
　　但是它生命的全部
卻短於一條蛇的邐巡，
　　比莠豆還要急促。

它是植物中間的魔術家，
　　置身局外的稚子；
像一閃泡沫般搶先來臨，
　　又如泡沫般疾逝。

我感覺叢草像欣然樂於
　　讓它作片時的憩足；
盛夏這一位私生的小孩
　　會留心前瞻後顧。

若自然也有張被棄的臉，
　　若她也賤視小娃，
若自然也有狡黠的猶大，
　　那野蕈，那就是它。

露珠

一顆露珠就滿足了自己，

也滿足一葉小草；
而且感覺：輪迴是何等廣闊，
　　而生命何等渺小！

太陽出門來開始工作，
　　白天出門來遊戲；
但是再見不到那顆露珠，
　　見不到它的身體。

到底它是被白天拐走，
　　還是被過路的太陽
順手傾入了汪洋的海中，
　　永遠也無人知詳。

我的生命關閉過兩次

我的生命關閉過兩次才關上；
　　現在還需要等待
看永恆是否還會再開啟，
　　讓第三件大事揭開：

其重大，其不可思議
　　不下於前兩次所遇：
揮別，是我們所知於天國，
　　也是所求於地獄。

佛洛斯特（1874-1963）
── 隱於符咒的聖杯

　　在美國現代詩人之中，佛洛斯特名副其實是一個晚成的大器。他的第一本詩集和最後一本詩集的出版，相隔了竟有半個世紀；如果以寫作時間計算，當然還不止這麼長。他的父母原籍都是新英格蘭，但是他的父親，由於不滿意馬薩諸塞慈州的共和黨背景，將家庭遷去西岸的加州。小佛洛斯特也就在舊金山誕生。當時南北戰爭已經結束有十年，他的父親竟因同情南方且崇拜李將軍，而為他取名羅貝特・李；所以他的全名是Robert Lee Frost。

　　不幸他的父親才三十多歲便因肺病夭亡。佛洛斯特的母親便遷回馬薩諸塞慈州的勞倫斯，去依附他的祖父。一八九二年，他畢業於當地的勞倫斯中學。在畢業典禮中和佛洛斯特共同代表畢業班致告別詞的一位女同學，叫愛麗娜・懷特（Elinor White），後來便成為他的夫人。不久，在祖父的資助下，佛洛斯特進入有名的達特默斯學院，但是才讀了三個月便離校了。廿一歲那年，又進入哈佛大學，只讀了一年半，又因為不喜歡學院氣氛而輟學。此後的十三年間，他的事業毫無起色，工作也很不穩固：他先後做過皮匠、編輯和教師，並在紐罕普夏州經營了好幾年農場。從十五歲起，佛洛斯特就已經開始寫詩，可是寫了二十多年仍不為詩壇所知，發表的作品不滿廿篇。據

說一直到一九一三年為止，他的稿酬是平均每年十元。當時美國的詩壇原甚凋零，無怪有才如佛洛斯特和艾略特者，都要東渡英倫，才能一舉成名。艾略特就說：「一直到一九一五年，我來了英國以後，才聽說佛洛斯特的名字。」

一九一二年，佛洛斯特賣掉了祖父給他的農莊，帶著夫人和四個孩子去英國。他們在格拉斯特郡的葺草屋中安頓下來，四鄰都是所謂「喬治朝詩人」（Georgian poets）。吉布森、愛德華‧湯默斯、艾伯克倫比、布魯克、德林克華特等英國作家，都成為他的朋友。一九一三年，他的第一本詩集《男兒的志向》（*A Boy's Will*）在英國出版，頗得好評。翌年，另一本詩集，也是批評家公認為他一生最好的一本詩集《波士頓以北》（*North of Boston*），緊接出版，遂奠定了佛洛斯特的聲名。一九一五年，這兩本詩集又在美國國內出版，佛洛斯特認為，既然書已「回國」，人也該回去了，遂舉家遷回美國。

回到國內，佛洛斯特發現他已經獲得批評家和出版商的熱烈歡迎，便在紐罕普夏州買了一片農莊，一九一九年，又遷去佛爾芒特州一農莊，定居下來。四十歲才成名的佛洛斯特，後半生享盡了榮譽，成為美國最受歡迎的詩人。他的生命，可以說是由平淡趨於絢爛。他經常應邀到各地的大學去演說；據說他在哈佛大學朗誦自己作品一次，酬勞是兩千元（現年五十歲的羅貝特‧羅威爾，演說一次的報酬是二百五十元至一千元。）自一九一六年到一九三八年之間，他受聘任安默斯特學院的「駐校詩人」；他戲稱這種工作為「詩的暖氣爐」。佛洛斯特先後接受了二十八

所大學（包括英國的牛津和劍橋）頒贈的榮譽學位。他曾四度榮獲普利澤詩獎，也曾接受全國文藝學院的金牌獎。一九五五年，佛爾芒特州甚至將境內一座山命名為佛洛斯特。一九三八年，他的夫人逝世的時候，他們的六個孩子只剩下兩位。晚年的佛洛斯特，冬季住在劍橋鎮（哈佛校址），夏季則住在佛爾芒特他的農莊上。一九六二年初，他因病住院開刀，動了大手術，死於一月廿九日。

　　一位詩人，像其他任何偉人一樣，如果生前聲名過分顯赫，成為家喻戶曉的人物，他便變成一個活的神話，國人也就難以窺認他的真面目了。盛名往往會歪曲一個人的真象，對於佛洛斯特也不例外。一九五〇年三月廿四日，美國參議院一致通過褒獎佛洛斯特的決議。一九六一年，甘迺迪復請佛洛斯特在他的總統就職典禮上誦讀〈全心的奉獻〉一詩。嫉妒或誤解他的人，遂說他已成為民主美國的桂冠詩人，甚至乾脆叫他做甘迺迪的「弄臣」。議員候選人和扶輪社的貴賓，常將他的句子掛在口頭，小學和中學的課本常選用他的〈雪夜林畔小駐〉、〈補牆〉一類的名詩，書商則將他的小品印在聖誕卡上；諸如此類，很容易養成批評家們的一個偏見，認為佛洛斯特只是一個流行的大眾詩人，何必勞識者去大事咀嚼？有時候，成為一個流行作家，並不是一件好事，因為在批評家的潛意識裏，「流行」與「深刻」幾乎是相反的性質，而要把婦孺皆知的「通俗」人物，一本正經地加以研究或批評，對於一些自命「高額」（highbrow）的論者，似乎是不太體面的事情。有一段時期，佛洛斯特幾乎完全給批評家「冷藏」了起來；儘管廣大的讀者熱烈地擁戴他，以艾略特為核心的

現代主義批評家們對他卻異常冷淡。佛洛斯特的詩，既不晦澀，又不表現都市知識份子的失落感，也不出經入史，賦神話或古典以現代的意義。驟然一看，他的形式是保守的，題材是田園的，用意是淺顯的，在現代主義籠罩詩壇的時代，他似乎真是不合時宜，顯得又舊又土。另一方面，擁護他的群眾，也未能真正搔著他的癢處，認識他的真象。他們只看見他用單音節的「小字」，講無傷大雅有益修身的家常瑣事，且記述一些怡人的田園風物。他們的欣賞往往只停留在字面上，遂想像他是一位與人為善的大眾哲學家了。

實際上，佛洛斯特絕非如此單純，也不是如此便於歸類。在本質上，他的思考和想像方式，都是相對進行，以反為正的。哈佛大學教授，小說家莫里遜（Theodore Morrison）在一九六七年七月發表於《大西洋月刊》的〈激動的心〉（The Agitated Heart）一文中曾說：「要形容像佛洛斯特這樣繁複的人物，唯一的方式便是說，他是一束調和的矛盾，他是好多雙矛盾的組合，其中矛盾的雙方同時都切合他的本性。」佛洛斯特最善於用「似反實正說」或「反喻」的口吻揭示一項複雜的真理，例如，在〈今日的教訓〉中，他便以下例數句作結：

> 我信奉你暗示死亡的理論。
> 如果要墓誌銘述我的一生，
> 但願擬一篇短的給自己。
> 但願碑石上是這樣的字句：
> 他和這世界有過情人的爭吵。

「情人的爭吵」（lover's quarrel）最能說明佛洛斯特對生活的態度：他是熱愛生活的，但同時他也不滿意生活，不過那種不滿意究竟只能算是情人的苛求，不是仇人的憎恨。佛洛斯特的矛盾調和，是多方面的。在論魯賓遜遺作《傑斯潑王》時，他說：「嚴肅其外，必幽默其中。幽默其外，必嚴肅其中。」這句話同樣也適合他自己的風格。佛洛斯特的作品，往往就貌若輕鬆而實為沉重，貌若詼諧而實為嚴肅。例如在〈預為之謀〉一詩中，他以潦倒的老境警告得意的名流，通篇的口吻反多於正，諧勝於莊，七段之中，只有第五段蜻蜓點水式地觸及真正的主題。無怪乎一九六五年在車禍中喪生的詩人賈洛（Randall Jarrell），要說〈預為之謀〉是一首小型的傑作。佛洛斯特詩中另一個對比，是事實與幻想之間戲劇化的互為消長。往往，在他的筆下，事實恍若幻想，幻想甚至比事實更為可信；論者所謂的「古靈精怪」（whimsicality），由此而來。〈指路〉（Directive）和〈赤楊樹〉（Birches）諸詩，便充滿這種對比。佛洛斯特的長處就在這裏：他的「大義」總是在「微言」之中，啟篇之際，總是煞有介事地敘述一件事情或描摹一個場合，漸漸地，幻想滲透進來，出入於現實而交織成娛人的圖案，而正當你以為作者或詩中人只管顧左右而言他的時候，思想的發展忽然急轉直下，逼向主題，但往往也只點到為止，並不完全拈出。佛洛斯特也自稱，一首詩「興於喜悅，終於徹悟」。拿他自己的詩來印證，便發現一開始往往像描摹詩或敘事詩（descriptive or narrative poetry），漸漸便變質為冥想詩（meditative poetry），但在冥想之中並不完

全脫離現實，所以仍然具有描摹或敘事的成份，並不臨空飛行。拿他的詩和雪萊的作一比較，便不難了解這點。佛洛斯特固然沒有雪萊下列詩句的華美：

> 生命，像一座七彩的玻璃圓頂，
> 染汙了永恆皎白的光輝，
> 直到死亡將它踹成了碎片。

可是雪萊的玄想終是太形而上了，他未能像佛洛斯特在〈火與冰〉一詩中那樣，將天文學和氣象學的預言與人性的現實融化在一起：

> 有人說世界將毀滅於火，
> 有人說毀滅於冰。
> 根據我對慾望的體驗，
> 我同意毀滅於火的觀點。
> 但如果世界要毀滅兩次，
> 則我想我對恨認識之深，
> 可說論毀滅，冰
> 也同樣偉大，
> 冰來也行。

　　論者常指陳佛洛斯特如何承受愛默森的唯心論的哲學。佛洛斯特確曾私淑愛默森和梭羅的直覺、自恃、個人主義，但是他顯然超越了前人的理想主義。他曾比較羅賓遜與自己基本態度的差異：「我不是羅賓遜那樣的柏拉圖

信徒。我所謂的柏拉圖信徒，是指一個人認為我們面對的世界只是天國的不完美的翻版。你的女人，只是天國女人或別人牀上的女人不完美的翻版。世上最偉大的女人之中，有許多——也許全部——都是排列在浪漫主義的那一邊的。在哲學的立場上，我反對在職業中供一尊依修德（Iseult，愛爾蘭傳奇中美人），在副業中又另供一尊。我一點也不想做出自命不凡的樣子。我只是以應有的謙遜作一個區分罷了。一個真正風雅的柏拉圖信徒會獨身以終，像羅賓遜那樣，因為他不願使任何女人淪落到只有日常用途而不被崇拜的地步。」佛洛斯特對生活的基本態度之一，便是夢與現實，愛與用，創造與生活的合為一體。在〈刈草〉結尾時，他說，「事實是勞動所體驗的最甜美的夢境。」（The fact is the sweetest dream that labor knows.）這句話令人想起了葉慈的名詩〈學童之間〉的末段而「女人要捧也要用」的思想，也接近葉慈在〈狂簡茵與主教的對話〉中表現的觀念。

佛洛斯特是一個獨來獨往的個人主義者，他依賴的是自己，自己的冷靜、清醒和堅定。他力求避免浪漫主義的自憐和理想化，而趨於古典的節制與含蓄。論者以為他具有羅馬詩人霍瑞斯的安詳寧謐（Horation serenity）。佛洛斯特頗能做到安諾德所說的：「堅定地觀察全面的人生」。艾略特曾說他自己要在詩中表現生命的沉悶、恐怖和榮耀；除了後期的《四個四重奏》以外，他的作品中所表現的，其實沉悶與恐怖多於榮耀。相比之下，佛洛斯特的詩中，有恐怖也有榮耀，但是很少沉悶厭倦之感。讀者很容易看見那榮耀，但是很少注意到那恐怖，因為佛洛斯

特在這方面下筆總是很輕，不像其他現代詩人下筆那麼重，好用「震駭效果」，例如在〈荒地〉（Desert Places）的末段，佛洛斯特曾說：

他們嚇不了我，用他們的空曠，
在星群之間——在無人煙的星上。
近得多，我心裏有一樣東西
在嚇自己，用我自己的荒地。

佛洛斯特就像這樣。他既不像哈代那樣悲觀或者傑佛斯那樣厭世，也不像惠特曼那樣樂觀且歌頌人群。佛洛斯特肯定的是個人，寂寞但並不孤立的個人；他對於大眾並不太信任。這種態度，在〈選一顆像星的東西〉裏表現得非常明確：

你要求我們保持點高度，
當暴民有時候受人左右，
超越了讚美或非難的分際，
讓我們選一顆像星的東西，
支持我們的心靈，獲得拯救。

這種個人主義是古典的，它要求於個人的，是超然的立場和獨立的見解，也就是說，它是理智的。相形之下，康明思歌頌的個人主義，則是浪漫的，訴諸感情的了。一般讀者，如果他們對於佛洛斯特的欣賞能進入「行間」（between the lines），而不是停留在字面，將會發現這

位詩人並不像他們所想像的那樣「平易近人」。無論在寫序或演說的時候，佛洛斯特都再三強調「有餘不盡」（ulteriority）在詩中的重要性。他的作品也因此充滿不同解釋的可能性，正如《格列佛遊記》一類的寓言體小說，識者可以賞其諷喻，不識者也可以賞童話一樣看熱鬧。所謂雅俗共賞，其實有的是目無全牛，有的是目無全豹，有的是一捫欲窮全象罷了。佛洛斯特某些乍看一清見底的名作，像〈雪夜林畔小駐〉、〈不遠也不深〉、〈春潭〉、〈請進〉等等，要在細細咀嚼之下，才會展示其奧義；但奧義與字面之間，卻是圓融無痕，實在難加區分。例如〈雪夜林畔小駐〉一首，表面上固然是寫景的小品，但細細想來，那深邃迷人的森林，不正是死亡的誘惑嗎？詩中人的繼續趕路，馳赴約會，不正是對死亡的否定，對生命的執著嗎？當然這是不能演算求證的。森林在佛洛斯特的意象裏，常常扮演死亡的角色；在〈請進〉裏，似乎也能得到同樣的印證。佛洛斯特對他的讀者有什麼看法呢？他當然從不明說。可是在〈不遠也不深〉裏，便有這樣的句子：

> 他們望不了多遠。
> 他們望不到多深，
> 但是這豈曾阻止
> 他們向大海凝神？

「他們」既近視，又膚淺，但看是總要看的。這是諷刺，還是嘉勉？佛洛斯特固然期待他的讀者，可是他不願那樣

輕易地就給發現。在〈指路〉中，他說：

> 在水邊，有一株古香柏，
> 成拱的柯上，我曾祕藏
> 一隻破高腳杯子，像聖杯
> 且施符咒防妄人去尋到，
> 因而得救，聖馬克說，必不容妄人。
> （那杯子我竊自兒童樂園。）
> 這就是你的礦泉和泉場。
> 飲之即沛然，免於迷亂。

柯立基認為，詩應使讀者「剎那之間欣然排除難以置信的心理」。佛洛斯特則認為，詩應予讀者「剎那之間的支持，使免於迷亂。」（a momentary stay against confusion）佛洛斯特頗受葉慈的影響，可是在這一點上，卻和葉慈大異其趣。葉慈晚年的縈心之念，是心智的成熟與肉體的衰朽之間的懸殊，以及性的活動無可奈何的逐漸喪失，因此這位「憤怒的老年」緊緊地抓住每一根殘留的草莖。他說：

> 你以為真可怕：怎麼情慾和憤怒
> 竟然為我的暮年慇懃起舞；
> 年輕時兩者並不像這樣磨人。
> 我還有什麼能激發自己的歌聲？

佛洛斯特在晚年似乎很少為「體貌衰於下」而情不自已。他並不想藉情慾和憤怒來鞭策自己；他所追求的是心靈的冷靜，他所畏懼的是迷失。例如他七十三歲那年（一九四七）發表的那首〈選一顆像星的東西〉，表現的便是這個主題。在前面引述的〈指路〉一詩中，佛洛斯特又說：

> 你的投宿地，你的宿命只是
> 一條山澗，曾供古屋以飲水，
> 寒如猶近源頭的一泓清溪，
> 太高，太原始，不成怒潮。

最後的一行，原文是Too lofty and original to rage譯為「太高，太創始，不用怒潮」，並不能充分傳神。原文的意思是雙關的：表面上是說水甫出山，猶近源頭，自不能澎湃成濤；實際上是作者自謂，說崇高而獨創的心靈，何用疾言厲色，以動視聽？original一字，源出origin，兼有「原始」、「鮮活」、「獨創」諸義，用在此地，不但語涉雙關，而且也與前文「源頭」（source）互相呼應。所以佛洛斯特說：這創造而安神的聖水，只有回溯水源，才能汲取，但是由於它太高太原始，恬淡自足，難為人見，而飲水所賴的聖杯，亦隱於符咒，不易為妄人所得。這可以泛指追求真理，也可以特指詩的欣賞：佛洛斯特所說「有餘不盡」，正是此意。

在詩的形式上說，佛洛斯特也是特殊的。大致上，他的作品可以分成長篇的敘事詩或冥想詩，和短篇的抒情詩。前者大半運用無韻體，後者多為有韻的體裁。有些批

評家，包括攻擊他的溫特斯（Ivor Winters），認為他的無韻體寫得不工，又認為他的精華還是在短篇的抒情詩中。我讀他的無韻體很久，發現他的無韻體固然不太「協律」，也沒有傳統的無韻體那樣宏偉莊嚴，但是很接近口語的節奏，舒展自如，落筆輕而寓意深，用小字而說大事，非大手筆何能臻此。像〈指路〉開始的句子，七行一氣呵成，後三行結構相疊，一行比一行扭得更緊，讀起來真是再過癮不過。尤其是第一行，一口氣十個單音節的字裏面，前三個重音都是極沉極洪的喉音，後二個重音驟然收成突兀而窄的短音；那種氣勢，正如莫里遜所說，在現代英詩中是絕無僅有的。後三行又恢復了節拍宏大的單音字，行末三個字（house, farm, town）全是張口的母音，更增開闊之感。讀者如果能細細研究下列的原文，當能同意我的說法：

Back out of all this now too much for us,
Back in a time made simple by the loss
Of detail, burned, dissolved, and broken off
Like graveyard marble sculpture in the weather,
There is a house that is no more a house
Upon a farm that is no more a farm
And in a town that is no more a town.

至於短篇的抒情詩，無論是極其傳統的四行體（quatrain）及相近的五行、六行、八行諸體，或極其工整的英雄式偶句（heroic couplet），或極其典雅的十四

行，都寫得很出色。〈雪夜林畔小駐〉的玲瓏澄澈，和〈雪塵〉的天衣無縫，都是現成的例子。佛洛斯特是現代詩壇的十四行高手之一。他對於這種體裁的控制，不但合乎傳統，抑且變化自如，能夠推陳出新。像〈天機〉（Design）、〈見面與交臂〉（Meeting and Passing）、〈絲帳蓬〉（The Silken Tent）等詩，都是十四行中極為出色的例子。〈絲帳蓬〉一首，全詩只是文法上的一句，結構真是「點水不入」，嚴密極了。〈絲帳蓬〉表面上是用一個明喻形成，事實上那想像的性質是屬於「複喻」（conceit）的。在莎士比亞體的十四行的技法上，〈絲帳蓬〉也是獨特的，因為結論式的偶句由於第十二行的融入而擴大了。

佛洛斯特在形式上最大的特點，是文字的俚俗和節奏的口語化。在他的點金術之中，俗能變雅，俗得極雅，口語能鍛鍊成耐人久嚼的節奏，話說得很輕鬆，可是意義下得很重。艾略特也主張詩的節奏應以口語為骨幹，可是他詩中的口語往往是都市中智識份子的腔調，不然就是用來襯托所引的經典，使雅者更雅，俗者愈俗。佛洛斯特詩中的口語卻是新英格蘭農民的腔調，儘管那腔調是高度藝術安排的結果。拿佛洛斯特的文字和艾略特的作一比較，即使在字面上，也能窺識兩者的差異。佛洛斯特用的字小，艾略特用的字大。佛洛斯特愛用單音節的前置詞和副詞，艾略特愛用複音的名詞，尤其是以tion, sion, bility等字尾結尾的抽象名詞。拿〈指路〉和〈梵毀的諾頓〉第三章對照閱讀，當可確定此點。佛洛斯特的佳妙，往往就在這種語不驚人而寄寓深婉的俚語俗字之中。例如〈僕中僕〉

（A Servant to Servants）裏的句子：

......the best way out is always through.

如果用學者的英文來說，那就不曉得要動員多少大名詞大動詞了，結果恐怕仍不如這七個小字說得乾淨而透澈。

　　大致上，英詩的節奏，不是說，便是唱，不然便是又說又唱。例如雪萊，只會唱，不會說；只有旋律，沒有節奏，讀者「聽」久了，就膩了。莎士比亞把它分開來：在歌和十四行裏唱，在無韻體的戲劇裏說。現代詩人，像瑪蓮‧莫爾，在唱的框子裏說，也別成一格。艾略特的脾氣，是說到興頭上就唱起來，唱累了就鬆一口氣變成說。佛洛斯特在本質上是一個「說」的詩人，像華茲華斯一樣。即使在該唱的時候，例如在四行或十四行之中，佛洛斯特仍給人說的感覺。在該說的時候，例如在無韻體之中，他說得多娓娓動人啊，說著說著，他也會唱起來的，像男低音那樣地唱了起來，於是那安詳的節奏便迴盪成異常動人的旋律了。左派詩人倡導口語化的文學，但是未經鍛鍊或鍛鍊不夠的「大白話」，粗枝大葉地往稿紙上堆砌，豈能變成藝術？華茲華斯未竟之業，終於為佛洛斯特所完成了。

修牆

　　有一樣東西不喜歡有牆壁
　　使牆下冰凍的地面隆起，

牆頭的石塊在日光下散落；
裂開牆縫，容兩人並肩走過。
獵人所為又是另一番景況：
他們過處石上留不住石頭
我只有跟在後面修補
但他們一意要趕兔子出現
為討好大叫的狗群。我是說
怎會有牆縫呢，誰也沒看見，聽見，
但春來要補牆，大家才發現，
我通知了隔山的鄰居；
終於有一天大家見面巡邊
在交界處把破牆再砌好。
雙方隔牆巡視了一番，
石頭落誰的一邊就歸誰。
有的像麵包，有的簡直像圓球，
真需要唸咒才安得穩當：
「別亂動，等我們轉背才掉下！」
我們搬石頭，把手指都磨粗。
啊，不過是另一種戶外遊戲，
一邊一個人。也不過如此；
有牆的地方，本來不需要牆：
他那邊全是松樹林，我的是蘋果樹。
我的蘋果樹絕不會跨界
去吃他樹下的松果，我說。
他只是說，「好籬笆造就好鄰家。」
春天在我的心中作怪，我自問

此意能不能通入他腦袋：
「為何能造就好鄰家？是因為
能隔絕牛群嗎？」並沒有牛呀。
我如果造籬笆，就會先問
什麼要圍進來，什麼圍在外
這樣子圍法會得罪了誰。
有一樣東西不喜歡立牆壁
只要牆倒。我可以叫它做「精靈」，
但又不全是精靈，寧可由
他自己來說。只見他隔牆，
一手緊抓著石頭的上端，
像舊石器時代武裝的蠻人。
只覺得他在暗中摸索，
並非森林和樹蔭的黑暗。
他也無意深究祖傳的格言。
只是喜歡能想起了這妙句，
又說了一遍，「好籬笆造就好鄰家。」

——一九一四年

　　佛洛斯特生前擁有四十四個榮譽學位，美國國會甚至
通過提案對他表揚。甘迺迪總統請他在就職典禮上朗誦
〈全心的奉獻〉，並派他去訪問蘇聯與以色列。他在蘇聯
特別朗誦〈修牆〉，當別有用意。他在美國簡直就是不冠
的桂冠詩人，新英格蘭的佛芒特州甚至將一座山以他命
名。

赤楊

每當我看見赤楊樹左斜右傾，
背景是暗樹直立的線條，
就以為有個男孩一直在搖它。
但搖樹不會使樹彎身不起，
冰風暴才會。你一定常看見
一場雨後，冬日朝陽裏滿樹
重壓著冰塊。風一吹來
滿樹的冰塊相撞，七彩繽紛，
把琺瑯抖得片片裂開。
不久暖陽就化開一陣陣水晶
抖落，崩塌在雪蓋之上──
這麼一堆堆碎玻璃待掃，
還以為天堂的穹頂坍了，
如此重負，直壓到地上的殘蕨
卻又似乎從壓不斷；但一度壓低
壓低久了，就再也直不回去；
林中還看得見這些赤楊，
彎腰的樹幹多年後枝葉拖地，
像女孩子跪伏下來把長髮
摔到面前讓太陽晒乾。
剛才我正要開口，卻遭「真相」
插嘴，儘說些冰風暴的實情，
我寧可有個男孩放牛收牛
路過時就來這林中騎樹──

他離城太遠，不會玩棒球，
只能夠有什麼就玩什麼，
冬夏無阻，一個人可以獨玩。
他把老爸的樹一棵又一棵
一遍又一遍拿來當馬騎，
直到硬性子都被馴服
沒有一棵不跛腳，不剩一棵
沒征服。他學會了一整套招數，
學會了不要盪出去太早
免得把樹身帶得太遠
直彎到地面。他總能保持平穩
直爬到頂枝，那麼小心地爬，
全神貫注，就像注水入杯，
滿到杯緣，甚至高過邊緣，
然後向外盪去，兩腳向前，
颼地一聲，凌空蹭落到地面。
我自身曾做過赤楊樹盪手，
常夢想能回去重施故技。
尤其當我厭倦於機心世故，
而人生太像無路的森林
蛛網拂得你的臉又痛又癢
一隻眼睛流淚水，因為有
一條樹枝橫著，來不及閉眼。
真恨不得離開人間一陣子
再回來，一切又重頭來起。
但願命運不故意誤聽我話，

只許我一半的願望，把我搶走，
再回不來。愛本該在人間
我不知何處會活得更好。
我寧可從爬一棵赤楊開始，
順著黑樹枝爬上雪白的樹幹
「朝向」天國，直到赤楊不能再承受，
只好樹頂點地把我放下來
最好是這麼上去又下來，
有人的下場也許還不如盪赤楊。

──一九一六年

雪夜林畔小駐

想來我認識這座森林，
林主的莊宅就在鄰村，
卻不會見我在此駐馬，
看他林中積雪的美景。

我的小馬一定頗驚訝：
四望不見有什麼農家，
偏是一年最暗的黃昏，
寒林和冰湖之間停下。

它搖一搖身上的串鈴，
問我這地方該不該停。
此外只有輕風拂雪片，

再也聽不見其他聲音。

森林又暗又深真可羨，
但我還要守一些諾言，
還要趕多少路才安眠，
還要趕多少路才安眠。

〈雪夜林畔小駐〉是現代英語詩中公認的短篇傑作。
此詩之難能可貴，在於意境含蓄，用語天然，而格律嚴
謹。意境則深入淺出，貌似寫景，卻別有寓意。佛洛斯特
曾謂一詩之成，「興於喜悅，而終於徹悟」，驗之此詩，
最可印證。詩中的用語純淨而又渾成，沒有一個字會難倒
學童，原文的一百零七個字裏，單音字占了八十九個，雙
音字十七個，三音節的字只有一個。這在英語現代詩中，
是極為罕見的。至於格律，用的是「抑揚四步格」
（iambic tetrameter），這倒並不稀奇。奇的是韻腳的排
列——每段的第一、第二、第四行互押，至於第三行，則
與次段之第一、第二、第四行遙遙相押，如是互為消長，
交錯呼應，到了末段又合為一體，四行通押。這樣押韻本
來也不太難，難在韻腳都落得十分自然。略無強湊之感。
因為這些緣故，這首詩要譯成中文，頗不容易。
　　要欣賞這首詩，至少有三個層次。第一個層次是純田
園的抒情詩，寫景之中略帶敘事，有點中國古典詩的味
道。第二個層次則是矛盾與抉擇，焦點已從田園進入人生
了。所謂矛盾，是指流連美景與奔赴盟約之不可得兼，人
雖有親近自然之願，卻無法自絕於社會；所謂抉擇，是指

詩人領略雪景之後，終於重上征途，回到人間。這樣的結尾，和李白的「人生在世不稱意，明朝散髮弄扁舟」恰恰相反，倒有一點儒家的精神。提醒詩人勿忘人間事的，是忠誠而勤勞的小馬。我認為詩中的「駐馬」其實是停下馬車，因為第三段首行的原文是He gives his harness bells a shake，所謂harness乃指馬匹拖車時所配之皮帶等器具。所以小馬正是責任在身的象徵。人當然比馬複雜：既耽於自然之美，又凜乎人間之責：所謂人生原來就是矛盾之中的抉擇。

至於第三個層次，則朝象徵更推進了一步，其中的抉擇，竟是生死之間了。這首詩寫於一九二三年，當時佛洛斯特的創造力正達巔峰，諸如〈火與冰〉、〈斧柄〉、〈磨石〉、〈保羅之妻〉等名作都是同一年的產品。但這時詩人已經四十九歲，人生憂患，認識自深。飽經滄桑的人難免有時厭世，或生飄然引去之心。細讀此詩，當可發現處處有死亡的投影——又暗又深的森林固有死之神祕，冰凍的湖泊更含死之堅冷，時間又是一年之中最暗的黃昏，而詩人的馬車竟在寒林與冰湖之間停下，死亡的氣氛真是逼人而來。有人也許會說，森林原是植物界生命的宏大展現，湖水也是水族生命之所託，怎能說成死亡的象徵？此話不錯，但詩中的森林已被雪封，湖水也已冰凍，除卻風雪之聲，萬籟都已沉寂了。詩人至此，竟然徘徊而不忍去，真像迷戀死亡了。但是，聽啊，一聲鈴響打破了四周的死寂，且喚醒詩人，他在人間尚有許多任務，許多未了之緣。鈴，在這幅雪景之中，是唯一的「非自然」產品，鈴聲正暗示百工協力的人間。於是詩人重上征途，準

備在「安睡」（自然之壽終）之前完成自己的任務。東坡詞〈臨江仙〉後半闋「長恨此身非我有，何時忘卻營營？夜闌風靜縠紋平，小舟從此逝。江海寄餘生。」恰與佛洛斯特此詩意趣相反。佛氏晚年的名作〈請進〉與此詩頗有相通之處。

火與冰

有人說世界將毀滅於火，
有人說毀滅於冰
根據我對慾望的體驗，
我同意毀滅於火的觀點。
但如果世界要毀滅兩次，
則我想我對恨認識之深
可說論毀滅，冰
也同樣偉大，
冰來也行。

身量大地

愛情在唇邊的觸覺
是我能承受的甜蜜，
一旦那似乎太強烈，
我活著就靠空氣

吹花香掠我而過

是一陣──麝香，我猜，
從隱身葡萄藤的泉水
日落時流下坡來？

從忍冬開花的枝柯
我感受暈旋和痛苦，
誰若去採摘就灑得
他滿指節的露珠。

我渴求甜蜜的強烈，
只因為正值青春；
玫瑰花的花瓣
刺得人啊發疼。

而現在所有喜悅都缺鹽，
而且都關不住悲戚，
還有疲勞和失誤，
我現在渴求於淚的

是汗痕，幾乎是愛過了頭
才有的那種遺憾，
樹皮的苦中帶甘
和丁香的長燃

僵了，疼了，結了疤，
我縮回自己的手掌

只因支撐得太用力，
在草地上，沙上。

這樣的傷害還不夠：
我要的是重量和力量
來感受大地多粗糙
用我全部的身長

——一九二三年

翁是年四十九歲耳

　　用身長來量大地，乃死者長眠之意。詩人長壽，所以
經歷過家人先他而死的哀傷。觀此詩乃知佛老真深於情
者。英文詩中，有時文法上一句話可以橫跨兩段，例如本
詩首段末行I live on air,就要讀到次段結尾才在文法上告
一段落：所以air一字之後就無標點。

窗前樹

我窗前的樹啊，窗前樹，
夜來時，我放下了窗簾；
但願在我們之間，永遠
　　不拉起帷幕。

伸自地上的朦朧的夢首，
最飄逸的東西，僅次於雲，
即鼓動你輕快的萬舌齊奏，

218

也不可能深沉。

樹啊，我曾見你被襲擊，被拋擲，
如果你見過我，見我在夢中，
則你曾見我被襲擊，被掃中，
　　且幾乎迷失。

當初，命運連接起我們的夢首，
她心裏一定有自己的想像；
你的頭關心外在的氣象，
　　我的頭，內在的氣候。

我曾經體驗過夜

我曾經體驗過夜的淒清。
我曾經步入雨中──歸自雨中。
我曾經走過最遠的街燈。

我曾向最傷心的小巷凝視。
我曾經越過值勤的更夫，
垂下眼睛，不願意解釋。

我曾經悄立，將足音踩住，
當遠方，從另一條街上，
自屋頂傳來中斷的高呼，

但不是呼我回去，或是說再見：
而更遠處，自一出世的高度，
一座燦亮的掛鐘懸在天邊，

宣稱時間既不錯，也不對，
我曾經嚐過夜的滋味。

偶觀星象

你要等很久，很久才會見到
除了浮雲，天上會有多少動靜，
和北極光轉動如刺耳的神經。
日和月相錯，但從不相觸，
不會擦出火花或撞得熄火。
行星的曲線似乎互不相擾
卻不會出事，也沒有害處。
不如且耐心地過我們的日子，
向日月星辰以外去尋找
令人清醒的意外與變化。
誠然，最長的旱災終會降雨，
中國最久的太平會止於刀兵。
觀星人恐怕只會徒然守夜，
為了看太空的靜謐中斷
恰在他躬逢的時刻目睹
這靜謐保險能無恙，今夕。

不遠也不深

沿著沙岸的行人
都轉向一邊凝望。
他們背對著陸地，
終日痴眺著海洋。

有一艘大船駛過，
船身不住向上浮；
較濕的地像玻璃，
反映出一隻立鷗。

陸地變化或較多；
但不論真相怎樣──
海水總奔上沙岸，
而行人悵望海洋。

他們望不了多遠。
他們望不到多深。
但是這豈曾阻止
他們向大海凝神？

泥濘季節兩個流浪漢

泥濘途中來了兩個陌生人，
撞見我劈柴，在中庭。

其中一人害我瞄不準
竟然歡呼，「加油，使勁！」
我明知他為什麼落後，
卻讓另一位獨自向前，
我完全知道他有何打算，
他想接我的手賺點工錢。

我劈的正是上好的木塊，
寬大有如承刀的砧板；
而我瞄得正準的每塊
劈下時正如剖石不飛散
一生苦修鍊成的功夫，
為了公益而做，那一天，
給自己的心靈一次鬆動，
我向無足輕重的木頭施展。

陽光溫暖而山風很涼
你知道四月的天氣多變動
當陽光露面而風不刮，
你就超前一月向五月正中。
但是如果你竟然敢說穿，
一片雲掠過豔陽的拱門
一陣風吹自遠峰的冰凍，
你就倒退兩月，才三月中旬。

一隻藍知更鳥輕輕棲止，

轉對山風好吹順羽毛，
只為他的曲調調得不太高，
一直還激不起一朵花來。
正下著一陣薄雪，他隱隱明白
冬天不過是在玩裝死。
他除了身藍心並不藍
卻也不會勸誰太冒失。

在夏天如果我們要找水，
說不定還得用一根魔杖，
如今在每一道輪溝都成溪，
每一塊蹄印都成了池塘。
水固可喜，卻不可忘記
地層下面埋伏著寒霜，
等太陽一落就會偷襲，
在水面咬出晶亮的齒光。

正當我最享受手頭的勞動，
這兩人來意對我的所求
偏偏使我更不甘放手。
你會想這一生我從未感受
斧頭的重量高舉到半空，
跨開的雙腿緊抓著大地，
靈活的肌肉劇動中帶柔，
在春暖之中光滑有汗意。

森林中出現兩彪形大漢
（天曉得昨夜在哪裏安頓，
不久前該在伐木廠做工）。
自以為凡伐木都該請他們。
林中漢全都是伐木老手，
全憑用斧頭斷定我高下，
要不看一個傢伙怎麼揮斧，
他們就不知他是否笨瓜。

雙方沒有誰說過一句話。
他們知道只要等下去
他們的道理我就會想通：
只因我沒有玩弄的權利
霸著別人要賴以為生的工作。
我的權利是愛好，他們是生計。
要是這兩者合而為一，
他們的權利更高——沒問題。

但是任他人將兩者分開，
我人生的目的是把嗜好
與自己的行業合成一體，
像我的雙目要合用才看到。
只有將愛好與需要統一，
把工作當成生死的重賭
這件事才能算真正完成，
天國與前途才可兼顧。

——一九三六年

224

荒地

雪降下夜色降下哦何其迅速
降在野地，一路經過時我注目
地面雪蓋得幾乎一抹平，
只剩下幾根野草和殘株。

四周的森林擁有它──據為己有。
百獸都各自在穴中埋頭。
我太分心了，來不及計數；
寂寞無意間也將我占有。

而寂寞之為物是寂寞之感
會愈加寂寞到回頭減淡──
更加空洞成雪白的夜色，
一無表情，也無情可展。

他們嚇不了我，用他們的空曠，
在群星之間──在無人煙的星上。
近得多，我心裏有一樣東西，
在嚇自己，用我自己的荒地。

天意

我發現一隻皺蜘蛛，白胖胖，
捉住一隻蛾，在萬靈藥上，

225

像一片緞布帶白而僵，
死亡和枯萎混雜的徵象，
調勻了要好好過一個早晨，
有如女巫配料的一鍋湯——
雪片般的蜘蛛，如花生浪，
僵硬的雙翅像一紙風箏。

那朵花為什麼如此白淨，
路邊的萬靈藥草，藍得無辜？
是什麼帶近親蜘蛛到絕頂，
夜色中又把飛蛾也引去，
寧非黑暗嚇人有心機？
如這等小事也要動天意？——

預為之謀

過來的那女巫（那醜老嫗）
用水桶和抹布沖洗石級，
原來是美女阿碧莎，往昔，

原來好萊塢影台所標榜樣。
太多偉人和善人如此下場，
你不用懷疑她也是這樣。

夭亡就會避過這命運，
如果老死是命中注定，

那就要決心死得光明。

且占據整個證券交易所，
如有必要，當高占王座，
就無人敢稱「你」老太婆。

有人靠的是滿腹學問，
有人靠的是一片率真，
他們依靠的你也可立身。

記得曾有的風光如何，
不能補償後來的寂寞，
或是免於下場多難過。

最好下台能不失派頭，
買來的友情就在手肘，
而非全空。早為之謀，早為之謀！

　　　　　　　　　　　——一九三六年

里爾克曾言：「說到頭來，最佳的防護就是絕不設防。」（In the end the best dcfence is defencelessnese.）此詩提供了一個選擇題，答案如你猜中的，在第五段。

全心的奉獻

土地先屬於我們，我們才屬於土地。
她成為我們的土地歷一百餘年，
我們才成為她的人民。　當時
她屬於我們，在麻薩諸塞，在佛吉尼亞，
但我們屬於英國，仍是殖民之身，
我們擁有的，我們仍漠不關心，
我們關心的，我們已不再擁有。
我們保留的一些什麼使自己貧弱，
直到我們發現，原來是我們自己，
保留著，不肯給自己生息之地，
立刻，在獻身之中找到了生機。
赤裸裸地，我們全心將自己奉獻，
（獻身的事蹟是多次的戰蹟）
獻身與斯土，斯土正渾淪拓展，向西，
但迄未經人述說，樸實無華，未加渲染。
當時她如此，且預示她仍將如是。

〈全心的奉獻〉是佛洛斯特應邀在甘迺迪總統就職典
禮上朗誦的一首詩。原係舊作，甘迺迪認為符合美國開國
的精神，乃請佛老舊作新誦；為了適應當時的場合，僅將
末行改了一個字。詩中的「她」指「土地」和「斯土」，
也就是美國。「馬薩諸塞慈」象徵北部，亦即新英格蘭；
「佛吉尼亞」則象徵南方。在短短的十六行中，作者回顧
了幾乎是美國人全部的歷史：從殖民時期到獨立戰爭，到

內戰和開發西部。最後，作者希望他的國家將來仍能保持昔日的渾厚與純樸。六、七兩行的意思是說：在殖民時期與立國之初，美國人的祖先雖已多年生息於新大陸，而猶以英國後裔自命，念念不忘歐洲，但事實上他們已不再「擁有」英國和英國的傳統了。這也是甘迺迪所以選擇〈全心的奉獻〉的原因。

絲帳蓬

> 她就像野外的一頂絲帳蓬，
> 夏日晴午有清風拂來，
> 把露水吹乾，牽繩都放鬆，
> 支索相連就自在地搖擺，
> 而撐住大局那中央的杉柱
> 正是向上擎天的塔尖，
> 可見靈魂有多麼穩固，
> 似乎不依賴任一條單線，
> 任一條都不靠，卻靠無數
> 用愛和思念輕鬆地綑綁，
> 在人間，面面，萬物的身上
> 只有當夏日善變的風向
> 將帳蓬吹得有些緊促，
> 才覺得受到起碼的約束。

這是一首略為變調的十四行詩：核之以英文原文，在文法上只是一個完整句。至於主題，當為對家庭主婦的歌

頌。另有評者認為此詩所詠，實為作者的女友。

請進

　　當我來到森林的邊緣，
　　聽啊，畫眉的啁啁！
　　如果此刻林外已昏黃，
　　林中想必已暗透。

　　小鳥在如此黑暗的林中，
　　雖有靈活的翅膀，
　　也難撿穩當的枝頭棲宿，
　　縱使它仍能歌唱。

　　落日最後的一線餘暉
　　已經在西方熄沒，
　　卻依然亮在畫眉心頭，
　　誘它再唱首晚歌。

　　聽千幹矗立的林中深處
　　畫眉的歌聲迴盪——
　　髣髴要召我也進入林內，
　　在暗裏伴它悲傷。

　　哦不行，我原是出外找星星，
　　我不想進入森林。

即使有邀請我也不進去，
況且我未受邀請。

選一顆像星的東西

星啊（望中最美的一顆），
我們承認你的崇高有權利
享有雲的一些朦朧——
不能說該享有夜的隱晦，
因黑暗正襯出你的光輝。
孤傲者原應含一點神祕。
可是保持絕對的緘默，
如你般含蓄，我們不允許。
對我們說些什麼，讓我們
熟記，在寂寞時好覆吟。
說吧！它說：「我在燃燒。」
可是說，究竟以多少熱度，
說華氏是多少，攝氏是多少。
用我們能了解的語言傾訴。
告訴我們你綜合些什麼原素。
你給我們的幫助少得可驚，
但最後仍洩露了一些東西。
堅定不搖，如濟慈的隱士，
自你的星座上，甚至不俯身，
你要求於我們的只有些許。
你要求我們保持點高度，

當暴民有時候受人左右，
超越了讚美或非難的分際，
讓我們選一顆像星的東西，
支持我們的心靈，獲得拯救。

「濟慈的隱士」一詞，出於濟慈十四行〈亮星啊，願我能堅定像你〉的第四行。

指路

退出當前太過紛繁的一切，
退回從前的單純，以泯去
細節，或燒掉，或化掉，或斷掉
像墓地石碑在風霜之餘，
有一幢房子，不再是房子
在一片農場，不再是農場，
坐落一小鎮，不再是小鎮。
尋舊的路，如果你僱個嚮導
而他一心要使你迷路，
看來也許原本是採石場──
有巨石磅礡如膝蓋，舊鎮
早就放棄，不遮蓋應景了。
在一本書裏它還有個故事：
除了馬拖車鐵輪的轍痕，
岩層的龍脈由東南向西北，
大哉冰川曾使勁跺腳

232

緊抵北極所敲鑿之功。
千萬莫在意他透出些涼意。
黑豹嶺這一邊據說常如此
也莫在意嚴峻的考驗成串，
從四十個地窖洞監視著你，
像四十個木桶後對對眼睛。
至於你上方騷動的森林，
颯颯傳遍千萬張樹葉，
那要怪暴發戶未見過世面。
近二十年前它在何處？
啄餘的幾株老蘋果樹，
承它庇蔭，就如此自負。
編一首歌來自娛吧，說
這正是前人收工的歸路，
那人也許徒步走在前頭
或轆轆駕著滿車的穀物。
冒險的高處正是鄉野的
高處，從前該有兩村的文化
在此交融。兩者都已失去。
此刻，如果你迷路得已自警，
不妨把背後的梯路收起，
掛一塊「禁入」牌，唯我例外，
就自在一下吧。僅餘的
野地不會大過馬具的磨痕。
首先是假裝的兒童之家，
松樹下幾個破了的碟子，

兒童樂園的幾件玩具。
小玩意逗得兒童笑，你哭吧。
再說曾有座房子，不再是房子，
只剩下地窖口開著紫丁香
正漸漸收口，像麵團經人按。
這本非玩具屋而是真屋。
你的投宿地，你的宿命只是
一條山澗，曾供古屋以飲水，
寒如猶近源頭的一泓清溪，
太高，太原始，不成怒潮。
（都知道溪到谷地被激怒，
倒鉤和荊棘會掛上碎布。）
在水邊，有一株古香柏，
成拱的柯上，我曾祕藏
一隻破高腳杯子，像聖杯，
且施符咒防妄人尋到
因而得救，聖馬可說，必不容妄人。
（那杯子我竊自兒童樂園。）
這就是你的礦泉和泉場，
飲之即沛然，免於迷亂。

史悌文斯 (1879-1955)
—— 無上的虛構

　　華萊士‧史悌文斯在美國現代詩壇上，是屬於佛洛斯特、桑德堡、林賽一輩的人物，可是他對現實的處理，不像他的同伴那樣直接，而他的成名，也比同伴為晚。其實史悌文斯一直和詩壇保持相當的距離，正如他的詩和現實之間也保持適度的距離一樣。他的生活方式，和狄倫‧湯默斯的截然相反。一八七九年十月二日，他誕生於賓夕維尼亞州的列丁城。他是法律系的學生，畢業於哈佛大學和紐約大學的法學院。一九〇四年，他在紐約市開始行律師業，直到一九一六年；然後遷去康奈提克州的哈特福德，進入哈特福德保險公司工作。他和夫人及一個女兒從此一直住在該城，以迄逝世；一九三四年，他升任那家保險公司的副總經理。史悌文斯視寫作為純然私人的興趣，因此終身不與文學界人士往還。

　　早在一九一四年，史悌文斯就已在孟羅女士（Harriet Monroe）所編的芝加哥《詩》月刊上發表作品，但是直到一九二三年，他才出版第一本詩集《小風琴》（*Harmonium*）。由於這本詩集銷數不上百冊，史悌文斯的第二本詩集《秩序的觀念》（*Ideas of Order*, 1935）隔了十二年才出版。之後，他的詩集出得較頻，合上述兩本，共為十一種，其中包括有名的《彈藍吉打的人》

（*The Man with the Blue Guitar*）、《無上虛構的筆記》
（*Notes Toward a Supreme Fiction*）、《罪惡的美學》
（*Esthétique du Mal*）和《歡送至夏天》（*Transport to Summer*）。

在美國現代詩壇，史悌文斯的風格至為特殊。一個保險公司的高級職員，在遠離紐約文藝界的一個小鎮上，將自己的名字寫進文學史，真是不可思議的事情。史悌文斯既無所攀附於任何宗派，更不與艾略特、奧登一脈的正統唱和，在一個向詩索取社會意義的時代，他竟斷然宣稱：「詩就是詩，而詩人的目標就是將詩完成。」這些，加上他對自己風格持續不懈的追求，對於「成熟且探討得至為貫徹的一種單純的形式或意境」的嚮往，都是使史悌文斯遲遲成名的原因。他去世的前一年才得到普利澤詩獎。

在本質上，史悌文斯是一位冥想的詩人，一位極具美學敏感的哲人。在美好的世界之中，他的感官欣然開放，向一切外界的繁富經驗，但是，有異於意象派詩人的耽於官能經驗，唯五光十色之為務，他恆企圖在繽繽紛紛的意象之中，理出一種高度的秩序。在這方面，他的藝術手腕很接近現代藝術的大師，如畢卡索、布朗庫西、蒙德里安等富於秩序感的心靈。事實上，像〈瓶的軼事〉（Anecdote of the Jar）一類的作品，對於接受過現代畫訓練的讀者，是更有意義也更為可解的。史悌文斯的題目，也往往洩漏這方面的消息，例如〈兩隻梨的初稿〉、〈黑之統治〉、〈渾沌底鑑賞家〉、〈基威斯特的秩序觀念〉等題名，都帶有一種純粹藝術的意味。然而史悌文斯並不是一個遁世的藝術至上論者，只是他與現實的關係和

觀察現實的角度，與一般現代詩人甚為不同罷了。他將自己描寫為「仍然住在象牙塔裏，但堅持說，塔上歲月難以忍受，除非一個人能從塔頂獨一無二地俯瞰大眾的垃圾堆和廣告牌……他是一個隱士，獨與日月相樓，卻又堅持要接受一張爛報紙。」史悌文斯的作品，都是一個主題的各殊變奏，那主題是美學的，也是哲學的。認識現實的本質，以及現實與創造性的想像之間的關係，加上信仰與秩序等等，都是他最喜愛的主題。他用十一卷的詩，反覆加以表現。

史悌文斯的詩，接近純粹藝術，富於形而上的意味，頗不易解。艾略特和龐德的詩也難懂，可是讀者可以乞援於典故的註釋或學說的研討；至於史悌文斯的詩，其晦澀處，只有靠悟性去澄清。可能因為史悌文斯是律師出身，他在用字方面最求精確，往往下一個字眼，既使用它的本義，也動員它繁富的引申義。這當然不是一般粗心或淺俗的讀者所易欣賞的。好在他的句子，在文法結構上至為嚴謹，不像狄倫・湯默斯的那樣難以捉摸。除了意象外，史悌文斯的節奏和音韻也是值得注意的。他的句子類皆清暢明快，節奏活潑生動，音韻的呼應扣得很緊，音調的疾徐收放變化很快，長音和短音間隔得也很恰當。他的句子，顯得出作者對字和詞本身具有一份感官上的喜愛，和對於語言的高度控制力。他的詩，在字面上，往往構成一種清純得近乎抽象的美。這種境界也正是艾肯所追求的。難怪艾肯所編的《二十世紀美國詩》（*Twentieth Century American Poetry*）要以最大的篇幅容納史悌文斯的作品了。

相對於葉慈，艾略特等的象徵主義，美國的一些詩人主張詩應該處理事物的本身而且正視我們周圍美好的自然世界，不應面對事物而念念不忘它們在文化上所代表的意義。例如一朵玫瑰，除了「象徵」愛情和青春以外，還有它本身的生命和價值，可以成為詩的對象。這種詩觀，頗接近現代繪畫（例如立體主義的靜物）的精神。論者稱之為「客觀主義」（Objectivism），意謂這一派作品企圖將詩從主觀意識的象徵作用及文化聯想中解放出來。威廉姆斯、瑪蓮‧莫爾、史悌文斯，都是這一派的主要人物。

彼得‧昆士彈小風琴

一

正如我的手指在這些鍵上
創造音樂，同樣的聲響
在我的心靈也產生樂音。

音樂是感覺，所以，非聲響；
所以，我現在的感覺，
在這間房裏，感覺需要你，

想念你那藍影子的裯衣，
就是音樂。　就像蘇珊娜
在兩隻心中喚醒的旋律。

綠陰陰的暮色，清澄而溫暖，
沐浴在寂寂的園中，渾然不知
有兩叟睜紅睛偷窺，且感到

他們的生命有低音在震顫
蠱人的和弦，單薄的血
彈動以指撥弦的頌詩。

二

在綠水中，清澄而溫暖，
躺著蘇珊娜。
她搜尋
溫泉的摩挲，
而且發現
隱祕的幻想。
她歎息，
為如許旋律。

在岸上，她立著，
在涼涼的
焚餘的感情。
她感到，在葉間
有露水
老耄的虔敬。

她步過草地，
仍然顫抖，
晚風如眾嬋，
怯怯移步，
取來她的披巾
猶自飄浮。

一口氣吹在她手上，
驚噤了夜色。
她轉過身去——
一聲鈸的猝擊，
銅號齊吼。

三

立刻，鏗鏗然如小手鼓，
奔來她拜占庭的眾女奴。

她們奇怪，怎麼蘇珊娜在哭，
對身畔的兩叟她怎麼在控訴；

女奴們竊竊語，那疊句
就像柳樹掃過了風雨。

接著，她們擎起的燈焰
照亮蘇珊娜和她的羞顏。

於是拜城痴笑的眾女奴
遁去，騷然如敲擊小手鼓。

四

美只是剎那存在於心靈——
間歇地追溯，追溯一扇門；
但美是永恆，在血肉之身。

肉體死去，肉體的美留存。
是以黃昏死去，逝在綠中，
一湧波浪，無盡止地流動。
是以花園死去，柔馴的氣味
染香冬之僧衣，結束了懺悔。
是以眾妹死去，應和少女
燦燦而頌的一闋聖曲。
蘇珊娜的音樂撥弄白髮的兩叟，
撥弄他們的淫慾之弦；但它逃遁，
僅留下死亡那嘲諷的刮磨之聲。
今日，在不朽之中，她的音樂
奏起她記憶的清晰琴音，
形成聖潔的讚美，永永不滅。

　　蘇珊娜（Susanna）是聖經舊約〈偽書〉（Apocrypha）中所載約金（Joachim）之妻。希伯萊二長老窺見她沐浴，欲加誘姦，但為她所拒，且受她控告。

241

二叟反誣蘇珊娜有意誨淫，司法不察，竟判蘇珊娜死罪。將就刑，先知但尼爾（Daniel）白女之貞，有司改戮二叟。彼德・昆士（Peter Quince）原是莎士比亞喜劇《仲夏夜之夢》中一角色，此處史悌文斯似乎用他做一個虛構人物，說他想念一個女人，情為之熱，遂在小風琴上即興彈奏，訴述蘇珊娜的故事。

　　本詩倣交響曲結構，分為四個樂章：首章從容不迫陳述主題；第二章沉思而慢；第三章諧謔而快；末章莊重反覆，作一總結。

瓶的軼事

　　　我放一隻瓶子，在田納西，
　　　渾然而圓，在一座山上。
　　　瓶遂促使好零亂的荒野
　　　圍拱那座山崗。

　　　於是荒野全向瓶湧起，
　　　偃在四周，不再荒涼。
　　　而瓶，滾圓地立在地面，
　　　巍巍乎有一種氣象。

　　　它君臨於四方的疆土。
　　　瓶是灰色且空無。
　　　它所付出的，非鳥，非林，
　　　不同於一切，在田納西。

〈瓶的軼事〉討論的正是藝術與自然的關係。瓶是人為的，所以屬於藝術。加藝術於自然之上，荒涼的自然遂呈現一種秩序感了。

雪人

一個人得有冬天的心腸
來關照霜與松樹枝頭
如何凍結了成塊的雪；

而且還得耐寒了很久，
才看到杜松上披掛冰條，
針樅的亂影在遠方閃耀

反射一月的陽光，竟能不想
風聲裏有沒有一點悲慘，
零星的樹葉莎莎作聲，

那正是大地上面的聲響，
滿是同樣的風聲
刮著同樣空洞的地方，

聽風人在雪地上聽來，
他自己本是虛無，看到的無非
是不在場的虛無與在的虛無。

——一九一九年

243

紋身

光像一隻蜘蛛，
它爬過水面，
它爬過雪的邊緣，
它爬行在你的眼皮下，
且張開它的網——
它的雙網。

你雙眼之網
被繫於
你的肌，你的骼，
如繫於橡或草葉。
乃有你眼之柔絲
在水面
和雪的邊緣。

恐怖的鼠之舞

在火雞的國度火雞的氣候裏，
在雕像的座基，我們繞來又轉去。
多美麗的歷史啊，多美麗的驚異！
大人在馬上。　馬身上遮滿鼠群。

此舞無名。　此乃饑餓之舞。
我們向外舞，直舞到大人的劍尖，

讀銘刻在座下的莊嚴詞句，
聲如古琴和小手鼓的齊鳴：

建國的元勳。　有誰曾建過
自由之邦，在嚴冬，有免於鼠的自由？
好美麗的畫啊，微微著色，巍巍聳起，
青銅的手臂伸出去，向一切的邪惡！

冬之版畫

他不在這裏，那老太陽，
他缺席，像我們已睡去。

田野冰凍。　樹葉枯乾。
惡在這種幽光中已定形。

酸楚的大氣中，斷麥梗
有臂而無手。　它們有軀體

而無腿，或有軀體而無頭。
它們的頭裏有被蠱的呼聲，

那僅僅是舌的一陣搖動。
雪片閃光，像落地的眼神。

像視覺皎皎地落向遠方。
樹葉跳著，刮地面而過。

這是深邃的一月。　天空僵硬。
殘梗牢牢地植根於冰下。

就是在這種孤獨裏，一個音節，
來自這一切笨重的鼓翼之間。

吟唱出它單調的虛無，
冬之音的最野蠻的空洞。

就是在此，在此惡中，我們到達
對善的了解之最後的純潔。

老鴉像生了鏽，當他起身。
閃亮的是他眼中的惡意……

另一隻迎上去，與它為伍，
但是在遠方，在另一棵樹。

　　原詩題目為No Possum, No Sop, No Taters，譯者嫌
其太長且累贅，易為「冬之版畫」，初不足為訓也。

246

龐德（1885-1972）
── 現代詩壇的大師兄

　　曾有讀者投書給《紐約時報》，指責美國的批評家們，說如果他們不是那麼盲目地崇奉歐洲文學偶像的話，也許諾貝爾文學獎早已頒給佛洛斯特了。諾貝爾文學獎是一種國際性的榮譽；佛洛斯特應否接受這項榮譽，是一個值得討論的問題。美國名詩人之中，至少有一位，比佛洛斯特更有資格接受這項榮譽。那便是已經逝世逾半個世紀的龐德。

　　在創作的成就上，當然，龐德尚不能與曾獲諾貝爾文學獎的英語詩人（我僅指葉慈與艾略特，不包括吉普林）等量齊觀；但是在國際性的影響上，在對於現代文學的貢獻上，恐怕很少有人能超過龐德。我們幾乎可以說，沒有龐德的努力，現代英美詩的發展，必然異於今日。現代文學的某些大師，如葉慈、艾略特、喬艾斯、漢明威等，在創作的語言上，莫不身受龐德的影響。艾略特的〈荒原〉，在定稿之前，曾經龐德刪節近半，所以艾略特將此詩獻給他，並在篇首稱他為「更優秀的技巧家」。在二十世紀的初期，是他，在阿咪・羅威爾之前便推展了「意象主義」；是他，最先在批評上承認艾略特、喬艾斯、佛洛斯特的作品，安泰易（George Antheil）的音樂，和戈地葉（Henri Gaudier）的雕塑；是他，或組織或支持有現

代精神的那些先驅式的「小雜誌」；是他，在意大利地中海岸的拉帕羅（Rapallo），教育了從各地來拜訪他的青年作家和批評家，而成為「一人大學」（one-man university）。葉慈曾說：「艾士拉（龐德名）從不逃避工作……他是博學且可喜的友伴……他洋溢著中世紀的精神，因而促使我回到固定與具體的事物。」漢明威在半世紀前，也說龐德只用五分之一的時間寫詩，其餘的時間他都在企圖「促進朋友們在物質和藝術兩方面的好運」。「艾士拉」（Ezra）在希伯萊文中原是「助人」之意，可謂巧合。

龐德的另一重大貢獻，是翻譯。現代英美詩人之中，精通一種至多種外文的，為數不少。史班德翻譯西班牙文，魏爾伯翻譯法文，齊阿地翻譯意大利文，都是有名的例子。龐德比他們的野心更大，影響更廣，但以精確和信實而言，恐怕頗有問題。他的翻譯，無論在時空或對象的選擇上，都可以說非常龐雜。從中國的詩經和李白，到日本的戲劇，從古英文詩到中世紀的普洛汪斯歌謠，都是他翻譯的對象。兼通希臘、拉丁、法、意各種文字的龐德，素以博學多才見稱。可是，就翻譯論翻譯，我對他這方面的活動甚為懷疑。充其量他的中文只能算是「粗通」，或者連「粗通」都說不上，因為他的中詩英譯往往要藉日文翻譯作為媒介。但看他的英譯之中，李白拼成Riha-Ku，長風沙拼成Cho-fu-sa，便不難窺得真相了。至於〈長干行〉一詩的誤譯、劣譯，就更不能細論了。

不過，這件事另有一種說法。詩人譯詩，和學者譯詩，是不能一視同仁的。詩人譯詩，再不濟事，至少有

詩。也就是說，失之於「信」者，得之於「雅」。就翻譯本身而論，這當然不足為訓。所以，嚴格說來，龐德那些譯詩，與其稱為「翻譯」，不如稱為「改作」（adaptation）、「再造」（reconstruction）、「重創」（re-creation），或者乾脆叫做「剽竊的創造」（plagiaristic creation）。說得不客氣些，龐德和艾略特一對師兄師弟，在現代詩中的表現，簡直是公開的國際文學走私。他們那種五步一經，十步一典，從題目起就掉書袋的詩風，可以說，完全泯滅了創造、剽竊，和翻譯的界限，泯滅得那麼理直氣壯。艾略特甚至公然宣稱，說龐德「發明了中國詩」。

至於龐德自己的詩創作，批評家似乎一致承認它的重要性，但對於它的絕對價值，則猶見仁見智。大致上說來，龐德認為詩有兩種基本的節奏：說和唱（verse as speech and verse as song）。例如，丁尼生（除了在無韻體中以外）接近唱，富旋律美；白朗甯接近說，具口語的自然和活力；霍普金斯則介於兩者之間，在唱的格局中說。龐德的語言節奏，似乎很受白朗甯的影響，在不規則中見出自由和活潑，洗盡裝飾詞和襯墊字，伸縮自如，極有彈力；但同時也兼具白朗甯的缺點：零碎、突兀、流於散文化。

早期的作品，如一九〇九年出版的兩種詩集，《人物》（Personae）和《狂悅》（Exultations），展現了一股朝氣，一種新節奏和意境。〈阿爾塔堡〉（Sestina: Altaforte）和〈良友歌〉（Ballad of the Goodly Fere）都屬於這個時期。龐德的博學，在早期的這些詩中充分地

流露了出來，我們看得出他曾經沉浸於中世紀的文學，和普洛汪斯的歌謠。不幸，在他後期的詩中，這種淵博漸漸成了炫學，枝蔓旁及，失卻重心。

　　論者咸以〈莫伯里〉（Hugh Selwyn Mauberley）和〈詩章〉（Cantos）為龐德的重要作品。莫伯里是龐德虛構的一個二流詩人；藉他之口，龐德詮釋並批評了一八六〇年到一九二〇年間英國文化的趨向，以及歷史的演變。龐德對於歷史的態度甚為嚴肅，他甚至企圖為社會的病態處方。儘管龐德辯稱：「我當然不是莫伯里，猶之艾略特不是普魯夫洛克，」論者多以為〈莫伯里〉一詩就是龐德的自述。〈詩章〉的情形似乎複雜些。這些所謂詩章，都沒有標題，只有號碼，根據龐德自己最早的計畫，這本巨著在完成時，將容納一百個詩章。但是一九二五到一九五九年，他一共已出版了一百零九個詩章。至於這些詩章的內容，則似乎異常雜亂，欠缺協調；時空的背景，歷史的脈絡，很難溯尋。其中的語氣，又像獨白，又像對語，但時而引經據典，時而恍若有所影射，出處往往晦澀冷僻。大約三分之一的資料取自希臘古典，三分之一取自文藝復興，最後三分之一來自當代的軼事或傳聞。例如第一章用「奧德賽」本事；第四十五章又痛詆高利貸之為禍；各章之間，絕少關聯。在借古喻今且作片段的心理探索方面，龐德顯然又受了白朗寧的影響。但一般詩人都欽佩他的詩才，而惑於他的構想。泰特曾訴苦說：「他的形式只有一個祕密：對話。『詩章』數十，只是對話，對話，對話；並不是哪一個人對另一個人的說話；只是隨便說下去罷了。」葉慈也指陳，龐德的詩，風格多於形式。那也就是

說：為個性而犧牲了結構。葉慈又說，龐德像是「一個才氣橫溢的即興作者，一面看著一卷不知名的希臘傑作，一面就翻譯起來。」

　　一八八五年十月三十日，龐德生於美國西北部愛達荷州的貝利鎮。據說他的母親相當美麗，且與詩人朗費羅有親屬關係。幼時，他隨家人遷去東部；十五歲就進了賓夕維尼亞大學，一度轉學去漢彌頓學院，後來又回到賓大。一九〇六年，他獲得賓大的文學碩士學位，主修科目是中世紀拉丁語系的南歐各國語文。這門學問對他日後的創作和翻譯顯然有重大的影響。在賓大時，龐德認識了兩位同學：威廉姆斯（W. C. Williams）和杜麗多（Hilda Doolittle）。後來三人都成了名詩人。只是威廉姆斯著意發展獨立的美國詩風，竟與領導國際詩壇的龐德針鋒相對，惡言相加；杜麗多小姐一度戴過龐德的訂婚戒指，後來和龐德在一起倡導意象主義，在創作上終身堅守該主義的原則。

　　畢業之後，龐德去印地安納的瓦巴希學院，以講師身分，開教授課程，但不久因為「拉丁區的味道太濃」，而被校方解聘。一九〇八年，他乘了一條運牛船去直布羅陀，然後一路步行去意大利。不久他北上倫敦定居，因一九〇九年出版的《人物》和《狂悅》兩種詩集而漸漸成名。從此他的交遊愈來愈廣，受他影響、協助，與提攜的作家，簡直不計其數；甚至阿剌伯的勞倫斯，也在他的交遊之列。無論在作品或經濟上，他總是樂於為困境中的朋友奔走，是以畫家溫頓・劉易士（Wyndham Lewis）戲稱他這種友誼為「創造的同情」（creative sympathy）。

一九二〇年，龐德捨倫敦而去巴黎。臨行前夕，他自負地說：「目前的英國暨點心靈的『生命』也沒有了，只有薈萃在我這間豎十呎橫八呎的五角斗室中的是例外。」在巴黎住了四年他更南下意大利，定居在拉帕羅，一直到一次大戰的末期。龐德心儀歐洲文化，一向認為工業文明的美國，非但粗鄙庸俗，抑且辱沒天才，久之竟對美國的文化界甚至美國的政府形成一種敵意。（要說埋沒天才，龐德的指控並非無的放矢。例如佛洛斯特，在美國本土投了二十年的稿，無人肯用，因而默默無聞，一去英國，便成了名。其實，杜麗多女士、佛列契，和龐德自己，也是去了歐洲以後才漸露頭角的。）一九一四年十二月份的芝加哥《詩》刊上，龐德在評介佛洛斯特的文章裏說：「我們也不必罵自己的國家；要求美國文化從速改進來迎合我們，何如我們自己移民去歐洲，更為可行。」但是最後他還是罵起自己的祖國來了。二次大戰期間，龐德誤信墨索里尼之言，以為法西斯蒂是實現社會主義的保證，竟在意大利電台上攻擊美國和羅斯福總統。一九四五年五月，他被美軍逮捕，解送回國。經四位精神病醫師的診斷，龐德以精神失常的理由逃避了審判和可能的死刑。從一九四六年春天到一九五八年夏天，他一直被拘在聖伊麗莎白醫院。釋放之後，他回到意大利去。據說，船進那不勒斯港時，他竟仍以法西斯蒂之禮向意大利致敬，且稱美國為「一家瘋人院」。

　　一九四八年，以艾略特為召集人的評審委員會，投票通過將巴林根獎（Bollingen Prize）頒給龐德。此事一經公佈，美國文化界掀起了一場大風暴，贊成的和攻擊的作

家立刻捲入了論戰。巴林根評審委員之中，沙比洛投票反對，泰特在矛盾的心情下投票贊成。迄今此事猶無定論。

　　龐德的評傳不少——包括一九六〇年出版的諾爾曼所著《龐德》（*Ezra Pound*: by Charles Norman）和一九七〇年初版一九七四年企鵝版的史托克所著《龐德傳》（*The Life of Ezra Pound*: by Noel Stock）。

六行體：阿爾塔堡

　　　　詩中人：伯爾特朗‧德‧蓬恩。
　　　　但丁將此人貶入地獄，因此人煽動戰爭。
　　　　汝其觀之！汝其三思！
　　　　我竟起之於地下乎？
　　　背景為其城堡，阿爾塔堡。「巴皮奧斯」為其行吟詩人。
　　　「豹旗」為獅心李查王之紋章。

　　　他娘的！俺這南方的氣味嗅得出太平。
　　　你這狗婊子，巴皮奧斯，來啊，來點音樂！
　　　活得真沒意思，除非當寶劍鏗鏘。
　　　嘿！當俺見金旗、灰旗，和紫旗對抗，
　　　旗下的平野染成了腥紅，
　　　俺就嚷得像瘋子一般高興。

　　　悶熱的夏季，俺真是滿心高興，

當暴風雨宰了地面沖鼻的太平，
漆黑的天空有電光閃著腥紅，
兇狠的雷群滾給俺他們的音樂，
眾颸在烏雲裏狂叫，且互相對抗，
透過撕破的天空，神的劍在鏗鏘。

閻王，讓咱們不久再聽寶劍鏗鏘！
聽戰馬屬嘶，因上陣而高興，
刺穿的胸膛和刺穿的胸膛對抗！
一個時辰的拚命勝過一年的太平，
勝過酒肴，鴇母，娘娘腔的音樂！
叱！什麼酒比得上鮮血腥紅！

俺最愛看太陽冒起來像血紅。
俺看他的長矛在暗空中鏗鏘，
於是俺的心裏充滿了高興。
且張大了嘴，傻聽那飛快的音樂，
當俺見他看不起又反叛太平，
他獨力和全部的黑暗對抗。

只要是害怕戰爭，且蹲下來反抗
俺主戰的人，他們的血都不紅；
他們只合霉爛，享婦人的太平，
遠離沙場的建功，和寶劍的鏗鏘，
這種爛女人死了，俺才真高興；
呵，俺教空中給飄滿俺的音樂。

巴皮奧斯，巴皮奧斯，來點音樂！
什麼聲音比得上劍和劍的對抗，
什麼吶喊比得上喝鬥的高興，
當咱們兩肘和劍頭淌下腥紅，
迎著豹旗，咱們衝上去敲出鏗鏘。
神永遠不保佑那些人喊太平！

讓交鋒的音樂奏出他們的腥紅！
閻王，讓咱們不久再聽見寶劍鏗鏘！
閻王，永遠打消那念頭，太平！

　　本詩所用形式為極其古老而又嚴格的六行體
（sestina），或六行迴旋體。此體之首創者為十二世紀詩
人丹尼爾（Arnaud Daniel），繼由但丁與皮特拉克
（Petrarch）採用，復由法國詩人傳給英國的史雲朋（A.
C. Swinburne）。此體用韻極嚴；共分六段，首段之六個
腳韻必須以不同的排列次序用於其後之五段中，而末段之
後附加三行之小節，其腳韻次序必須與第六段後三行同。
是以技巧複雜難工，寫者不多。龐德乃現代英美詩一巨
匠，最喜嘗試各種體裁，尤以古典者為然。觀上詩乃知龐
德對傳統修養之深。反傳統云云，不過文藝青年之口號
耳。
　　伯爾特朗・德・蓬恩（Bertrand de Born, 1140-
1210）是中世紀法國南部普洛汪斯的武士與抒情詩人，善
寫諷刺詩。但丁置之於《地獄》第二十八章，為其煽動英
王亨利二世及諸王子間之戰爭。龐德這首〈六行體：阿爾

塔堡〉，就是根據他的普洛汪斯名歌〈戰爭頌〉（In Praise of War）改寫的。獅心李查王（Richard Lion-Hearted, 1157-1199）即英王李查一世，在第三次十字軍戰役中威震歐亞，所用盾牌上以豹為飾。本詩作於一九〇九年。

罪過

且歌吟愛情與懶散，
此外皆何足保持。

雖然我遊過多少異邦，
人生無其他樂事。

宵願守住自己的情人，
縱薔薇悲傷而死，

也不願立大功於匈牙利，
令眾人驚異不置。

敬禮

哦純然自滿而整潔的世代，
　　純然地不自由不自在，
我見過漁人們在陽光下野餐，
我見過他們和襤褸的家人，

我見過他們的笑，滿是牙齒，
　　　也聽過那笨拙的笑聲。
我的喜悅勝過你們，現在，
他們的喜悅勝過我，那時；
魚呢游泳在湖中，
　　　連衣服都沒有。

花園
──穿遊行之衣：沙曼

像一絡散了的絲線吹在牆上，
她走著，沿著坎辛頓園中幽徑的欄杆，
她正零零星星地死去，
　　　為了一種感情的貧血症。

而四周，蠢蠢然正有一群
齷齪、結實、殺也殺不死的赤貧的孩子。
他們將繼承這世界。
好教養到她就為止。
她的無聊感好精緻好過分。
她好想有個人能對她說話，
而又幾乎擔心我
　　　會做出這件冒失的事情。

坎辛頓（Kensington）在倫敦西郊。坎辛頓花園與海德公園相鄰。這是一首可以代表意象主義的絕妙小品。首

節中的意象多美，令人想起方莘早期的作品。末行的「這件冒失的事情」，指前面所說「有個人能對她說話」。沙曼（Albert Samain, 1858-1900）是法國詩人。

條約

我要和你訂一個條約，惠特曼——
我討厭你已經討厭得夠久了。
我來到你面前，像一個長大的孩子，
曾經，我有過頭腦冬烘的父親；
現在我已到交友的年齡。
是你，首先剖開了新樹木，
現在正是雕刻的時候。
同液且同根是我們——
我們之間應該有交易。

詩章第四十五

為了高麗黛
為了高麗黛，無人住好石頭蓋的房屋
切平，而且砌妥每一方石塊
讓石顏呈現井井的圖形，
為了高麗黛
沒有人在教堂的壁上繪天國之景
飾以豎琴與琵琶
或者繪聖母在接奉神諭

而光輪自裂隙迸起，
為了高麗黛
無人得見龔察加的子嗣和眾妾
畫者作畫，不為留傳千古或與之朝夕相對
只為了求售，為了匆匆脫手
為了高麗黛，逆乎自然的罪過，
你的麵包成了走味的碎片
你的麵包乾澀如紙，
吃不到山上的麥子，濃厚的麵粉，
為了高麗黛，畫者的線條變粗濁，
為了高麗黛，界限不分明，
無人能找到棲身的地方。
石匠不得近石，
織工不得近織機，
為了**高麗黛**，
羊毛不能上市，
羊群不能贏利，只為了高麗黛，
高麗黛是一種牲畜症，高麗黛，
蝕鈍了少女手中的針
且阻絕了紡者的技巧。　龍巴多
之來，不為高麗黛，
杜齊阿不為高麗黛而來，
佛朗且斯卡也不，阮伯陵也不為高麗黛，
〈飛短流長〉也不是為此而畫成。
高麗黛不能致安傑利可；不能致普瑞地斯，
不能致教堂，剖開的石上刻字：

生我者亞當。

高麗黛不能致聖嵯芬，

高麗黛不能致聖希萊，

高麗黛鏽蝕了匠人的鑿，

鏽蝕了手藝和匠人，

且齮斷紡機上的線，

無人能習織金絲線，依她的花式；

高麗黛對青色是植物病害；她使紅布刺繡不成

翠綠色覓不著孟陵

高麗黛殺死胎中的嬰孩

她阻撓青年的求愛

她置痲痺於牀上，她躺在

年輕的新娘和新郎之間

逆乎自然

他們為伊留西斯帶來了娼妓

陳幢幢僵屍於酒宴

高麗黛所命令。

龐德的反猶（anti-Semitism）是有名的。〈詩章第四十五〉是一種社會的抗議，抗議文藝復興時期的意大利，高利貸的橫行違逆了社會的風俗，戕害了自然的人性，以致百業皆廢，藝術不興，甚至夫婦牀笫之間也索然無歡了。高利貸在英文作usury；龐德詩中用其拉丁語式usura，儼若女性，因此我改作「高麗黛」，以諧其音，並擬其性。

詩中專有名詞，大都是文藝復興時期人物。龔察加為

文藝復興時期曼丘亞皇室姓氏。龍巴多（Pietro Lombardo, 1435-1515），威尼斯雕塑家兼建築家。杜齊阿（Duccio di Buoninsegna），十三世紀末迄十四世紀初西葉納畫家，一二七八至一三一九之間甚活躍。佛朗且斯卡（Piero della Francesca, 1420-1492），恩布里亞畫家。阮伯陵（Zuan Bellin），或謂即覺望尼·貝里尼（Giovanni Bellini, c. 1430-1516），疑不能決。〈飛短流長〉（La Calunnia），鮑蒂且利（Sandro Botticelli）名畫標題。安傑利可（Fra Angelico, 1387-1455），佛羅倫斯畫家。普瑞地斯（Ambrogio Predis, 1455-1509?），米蘭畫家。聖嵯芬與聖希萊，據說均為古教堂名。孟陵（Hans Memling, 1430-94），佛蘭德畫家；孟陵善用翠綠色，故云「翠綠色覓不著孟陵」。伊留西斯（Eleusis）為雅典西北方村名，神祕宗教儀式之中，常招娼妓參與。

　　但丁在《神曲》之中，曾見高利貸債主們在火中焚燒，作為違反自然與藝術的懲罰。龐德在「詩章」中再三申述：貪財為萬惡之源。〈詩章第四十五〉中所言，在〈詩章第五十一〉及〈詩章第十六〉中，又以不同的方式加以強調。龐德與艾略特的詩，均深受《神曲》影響，借用但丁故事甚多。

傑佛斯（1887-1962）
——親鷹而遠人的隱士

　　「詩是人生的批評。」一世紀前，安諾德就如此宣稱
過。但是詩人們對人生的批評，方式頗不相同。以現代詩
而言，奧登、史班德的批評，是從生活在大都市的知識份
子的角度出發的。葉慈、龐德、艾略特借古喻今，借神話
影射現實。康明思對社會的批評，是變相的個人主義的自
衛。但是另一些詩人，如佛洛斯特和傑佛斯，始終站在自
然的那一邊，遠離現代都市而批評人生。不過佛洛斯特富
於同情和耐心，洋溢著生趣和幽默感，對人生只進行一場
情人的爭執；不像傑佛斯那樣厭憎人群，欠缺耐心和幽默
感，不像傑佛斯那麼粗獷而驃悍，把結論下在前面，而獨
是其是。在悲觀的態度方面，傑佛斯屬於哈代和浩司曼的
一群，不同於這兩位英國詩人的是：哈代在絕望之中仍寓
有憐憫，而浩司曼在無奈之餘猶解自嘲，傑佛斯只有超人
的輕蔑和不耐。

　　傑佛斯所以如此，除了自身的氣質使然而外，更與早
年的教育，晚年的環境有關。據說他的祖先是蘇格蘭與愛
爾蘭的加爾文派教徒；他自己則生於賓夕維尼亞州的匹次
堡，父親是古典文學和神學教授。少年的傑佛斯隨父親去
德國和瑞士，一直跟著家庭教師讀書，後來才進瑞士的蘇
黎世大學。回到美國，他在南加州大學念醫，又去華盛頓

州立大學念森林學。

　　二十六歲那年，傑佛斯和克絲特小姐（Una Call Custer）結婚。據說他的夫人對他的影響很大。傑佛斯在一九三八年出版的《傑佛斯詩選》的〈前言〉中曾如此說：「我的天性是冷漠而渾沌的；她激發它且使它集中，賦它以視覺、神經，和同情。與其說她是一個凡人，不如說她更像蘇格蘭民間敘事詩中的女人，熱情，不馴，頗具英雄氣質——或是更像一隻鷹。」

　　終於傑佛斯和她定居在加里福尼亞州太平洋岸的蒙特瑞灣（Monterey Bay）。後來，他們的孿生男孩長大了，父子三人便在卡美爾的岩岸上蓋了一座石屋和一座「鷹塔」。蒙特瑞灣在舊金山之南，海風將絕壁上的古松吹成奇形怪狀，扭曲成趣；蒼鷹、白鷗、海豹分享雄奇而美的自然，而太平洋的浩闊永遠張在面前，吞納日月和星座。傑佛斯在同一篇〈前言〉中寫道：「在此地，我這一生初次目睹今人怎樣生活於壯麗而天然的風景之中，正如古人生活於蕭克利特斯的田園詩，或是北歐故事，或是荷馬的綺色佳一樣。此地的生活能夠免於那些過眼雲煙的不相干的累贅。居民在此皆騎馬牧牛，或者開墾海岬，而白鷗飛旋於其上，幾千年來他們如此生活，幾千年後他們亦將如此。這是當代的生活，也是亙古的生活，它與現代生活並不隔絕，它意識到現代生活且與現代生活發生關係；它可以表現生活的精神，但不致於被所以構成文化卻與詩不相涉的許多細節和雜務牽累。」

　　無論在形式或精神上，傑佛斯的作品在美國現代詩壇上，都是獨特的。在形式上，傑佛斯善鍊長句，奔放不羈

的詩行往往一揮就是二十幾個音節，那節奏，似乎介於「自由詩」與「無韻體」之間。這種長句，豪邁而且激昂，但開闔吞吐之間，極具彈性，比惠特曼的「自由詩」更有節制。傑佛斯不但在詩句上，突破了傳統英詩那種規行矩步的「抑揚五步格」；即在整首詩的篇幅上，也開拓出長篇敘事詩及中篇抒情詩的局面，而突破了短篇抒情詩的囿限。他那奔潮急湍的聯貫節奏，對於現代詩中那種期期艾艾囁囁嚅嚅的語氣，對於普魯夫洛克式的吞吞吐吐欲言又止的文明腔，是一個強烈的反動。他那明快而遒勁的風格，也是針對現代詩的晦澀而發。在語言的處理上，傑佛斯是有意向散文的自然和活潑乞援的。在《傑佛斯詩選》的〈前言〉中，作者說：「很久以前，在我尚未寫此集中任何作品以前，我就感到詩正將其力量與現實感倉猝地讓給散文；如果詩要持久，它必須恢復那種力量與現實感。當時的現代法國詩，和『現代』的英國詩（按傑佛斯可能是指第一次世界大戰以前），在我看來，簡直是澈頭澈尾的失敗主義，好像詩在害怕散文，正竭力試圖放棄肉體，俾自其征服者手中拯救其靈魂。」

在形式上，傑佛斯頗接近惠特曼，但是在精神上，兩人卻是背道而馳的。自幼即耽於希臘悲劇，及長又深受尼采和華格納影響的傑佛斯，是一個猛烈的悲觀主義者，和惠特曼那種近於浪漫狂熱的博愛胸懷，大異其趣。在前述詩選的〈前言〉中，他說：「另一基本的原則我得之於尼采的一句話：『詩人嗎？詩人太愛說謊了。』當時我正十九歲，這句話一入心中即揮之不去；十二年後，它奏效了，我決定不用詩來說謊。不是切身的感情，決不裝腔作

勢；決不偽稱信仰悲觀主義或樂觀主義，或是永不倒退的進步；流行一時的，為大眾所接受的，或是在知識份子圈內成為時髦的東西，除非自己真正相信，決不隨聲應和；同時也決不輕易相信任何事物。」

　　傑佛斯的雄心主要在他的長篇敘事詩和詩劇上。他屢將希臘悲劇處理過的題材，重新述之於詩，同時也試圖處理西班牙後裔和印地安人的民俗。但無論在他的短篇或長篇之中，人類的渺小、卑賤、邪惡，以及文明的徒勞無功，恆與其背景的自然，沉默、壯麗，而永恆的自然，形成鮮明的對照。對他而言，人類只是這個星球上一種短暫的生物現象，不但破壞了自然，抑且褻瀆了神明。他一再警告美國，不要被物質文明所淹沒，而淪為廿世紀的羅馬帝國。他最厭恨遊客和文明侵害蒙特瑞海岸；在詩中他憤然說：「橘皮、蛋殼、破布和乾凝的——糞，在岩石的角落裏。」又說：「我寧可殺一個人，也不願殺一隻鷹。」

　　傑佛斯詩中的世界觀既如是其褊狹而自信，當然免不了批評家的攻擊了。一九三〇年二月份的《詩》月刊上，理性主義的批評家溫特斯（Ivor Winters）就已指出，「忘卻自己，全然泯滅一己的人性，是他能給讀者的唯一好處」，結論是，傑佛斯的詩是一個偉大的失敗。說傑佛斯是一個失敗，當然不公平，但是在另一方面，傑佛斯的「大詩人」的地位也不很鞏固。傑佛斯能掙脫現代詩的晦澀和囁嚅，能將散文的活力和敘事詩的浩闊注入現代詩中，並以一個冷靜而有力的先知之聲君臨迷失中的美國文明，這些都是他的貢獻。但是他欠缺大詩人對人類的熱忱，和大詩人那種平衡而廣闊的心靈，以致信奉尼采而趨

極端，與鷹日近，與人日遠，竟與人類為敵。這種病態，與龐德的敵視美國一樣，是既值得同情又令人深為惋惜的。

張健曾謂我頗受傑佛斯影響。六十年代早期，在形式上，我確曾受到他的啟示。我覺得，在浩闊的節奏上，台灣詩人最接近傑佛斯的，是阮囊。

致雕刻家

以大理石與時間奮鬥的雕刻家，你們這些註定失敗的
向遺忘挑戰的勇士，
吞食可疑的報酬，知道磐石會開裂，紀錄會傾倒，
知道方正的古羅馬文字
隨溶雪而剝落如鱗，被雨水沖洗。　同樣地，詩人
解嘲似地豎起他的紀念碑；
因為人會毀滅，快樂的地球會死去，美好的太陽
會目盲而死，會一直黑死到內心，
雖然碑石已經矗立了一千年，而痛苦的思想
在古老的詩篇裏找到甜蜜的和平。

聖哉充溢之美

海鷗的暴風之舞，海豹的對吠之戲，
在汪洋之上，在汪洋之下……
聖哉充溢之美
恆君臨百獸，南面造化，使萬木生，

使山湧起，浪落下。
不可信服的歡愉之美
裝飾四唇之會合以火星，啊讓我們的愛
也會合，更無一處女
為愛而焚身而焦渴，
甚於我熱血之為你焚燒，瀕此海豹之濱，而鷗翼
在空際如織網然織起
聖哉充溢之美。

秋晚

雖然微雲們仍南向而奔，九月底的黃昏
那種安詳的秋之涼意
似乎預兆著雨，雨，年節的遞變，憂鬱的林莽
之守護神靈。　一隻蒼鷺飛過，
曳一聲荒遠可笑的長啼「庫阿克」，那啼聲
似乎加寂靜於寂靜。　十二下
翼的拍動，一次俯衝的滑翔，最後是
那啼聲，是再度翼的十二下拍動。
我仰望他逝於染秋色的太空；而鳥外
木星亮起，充一次黃昏星。
海的聲調沁入了我的情調，我乃念及
「無論人有何遭遇……這世界總算開闢得不錯。」

霧中之舟

運動會與俠行、戲劇、藝術、舞者的詼諧之姿，
和音樂的沛然之聲
能迷惑孩子們，但不夠宏偉；唯悲苦的肅然
能創造美；唯心靈
瞭然，且發育成長。

　　　　　　　　猝然一陣霧飄來，籠罩大海，
引擎聲勃勃然在其中移動，
終於，一投石之遙，在巨岩與霧氣之間，
一艘接一艘移動著黑影，
自神祕中出來，漁舟的黑影，首尾相啣，
跟隨絕壁的引導，
維持一條艱難的路線，一邊，是陰險的海濤，
一邊是花崗岩岸的浪濤。
一艘接一艘，跟著為首，六漁舟徐行而過，
自霧氣中出來，又沒入霧氣，
引擎的顫動半掩在霧中，忍耐而且小心，
緊繞著半島而駛行，
駛回蒙特瑞港的浮標。　塘鵝成隊的飛行
也不及此景望之更可愛；
星群的飛行也不比此景更宏偉；凡藝術皆喪失價值，
比起這最高度的現實：
當某些生命從事自身的業務，在同樣
肅穆的大自然的元素之中。

暑假

當太陽在吶喊而行人很擁擠，
遂想起曾經有石器時代和青銅時代，
和鐵器時代；鐵那種不可靠的金屬；
鋼生於鐵，不可靠一如其母；矗立的大都市
將變成石灰堆上的點點鐵鏽。
乃是有段時期草根刺不透廢墟，慈祥的雨水會來救護，
於是鐵器時代甚麼也沒有留下，
而這些行人祇留下根把股骨，貼在
世界思想中的一首詩，垃圾中的
玻璃碎屑，遠處山上的一個水泥壩……

手

塔沙嘉拉的附近，一個峽谷的洞中，
巨石的圓頂上繪滿了手的形狀，
在幽光裏，千萬隻手，密佈如雲的人掌，如此而已，
更無其他圖形。　沒有人能告訴我們，
這些已死的羞怯，安靜的褐色族人的原意，
是宗教，或是巫術，或是由於藝術的有閒，
描下了這些掌形；越過時間的分割，
這些謹慎的手狀符號像密封的消息，
說：「看哪，我們也曾是人類；我們有手，而非爪。
　歡迎啊，
有更聰明的手的後人，我們的繼承者，

270

盍來此美麗土地；欣賞她一季，享她的美，然後倒下
且被人承繼；因你們也是人類。」

窗前的牀

樓下朝海的窗前，我選定那張牀為理想的彌留之榻，
當我們蓋這石屋；此時它現成地等待著，
沒有人用它，除非一年睡一位遠客，來賓根本不懷疑
它未來的用意。　每每我望著它，
也不厭憎，也不熱情；毋甯說兩者兼有，而兩者
竟相等而相剋，祇遺下一種
品明的興趣。　我們能安心做完必須做完的一切；
於是有聲揚起焉如音樂，
當海石與太清的幕後，那久等的巨靈
拄杖叩地，且三呼：「來矣哉，傑佛斯！」

退潮夕

太平洋很久沒有這麼安詳了；五隻夜行的蒼鷺
在幾乎能映出其翼的平靜的退潮之上，
悄然沿岸而飛，在展息的大氣層中。
太陽已下降，海水已下降
自滿覆海藻的岩石，但遠處雲壁正上昇。　潮在低
　　語。
龐大的雲影浮在珠白色的水中。
自宇宙之幕的罅隙淡金色隱現著，於是

黃昏星猝然滑動，像一枝飛行的火炬。
似乎原來不準備給我們窺見；在宇宙的幕後
正為另一類觀眾舉行預演。

沒有故事的地方

沙芙蓮河附近的海濱山地：
曠無一樹，祇有昏黑，貧瘠的牧野，瘦削地張在
狀如火焰的巨岩之上；
蒼老的汪洋在大陸的腳下，那浩瀚的
灰色伸展著，在迤邐的白色的激動之外；
一群母牛和一頭雄牛
在極遠處，在晦闇的山坡上，難以辨認；
灰色的鴻濛中出沒鷹的幽靈：
此地是我見過的第一壯觀。
　你不能想像
人類插足於此，有任何舉動
而不沖淡這寂寞中反躬自觀的熱情。

岩石與鷹

這裏是一個象徵，象徵著
許多崇高的悲劇思想
獰視著自己的眼睛。

灰白的巨石，矗立在

海岬之上，在此處，海風
不讓任何樹生長，

曾受地震的考驗，且簽上
幾世紀暴風雨的名字，在岩頂
屹立著一座鷹。

我想，這是你的標記，
懸在未來的天空；
不是十字架，不是蜂巢。

只是這座；光明的力量，黑暗的和平；
強烈的意識加上最終的
超越一切的冷靜；

生命，伴以安詳的死，那蒼鷹的
現實主義者的怒目與飛行
聯合於這巨偉的

岩石的神祕主義，
失敗無法把它推倒，
成功也不能使它驕傲。

凱撒萬歲

不要難過：是我們的先人做的事情。

他們祇是無知而輕信，他們要自由，也要財富。
他們的子孫會盼望出現一個凱撒，
或者出現——因我們祇是嬌嫩而混雜的移民，不是鷹
　　揚的羅馬人！
出現一個慈祥的西西里暴君，盼望他
在羅馬人來到之前，抵禦貧窮和迦太基。
我們是容易統治的，一種合群的民族，
洋溢著柔情，精於機械，且迷戀奢侈品。

重整軍備

這些宏偉而致命的運動，向死亡：群眾的宏偉
使憐憫成為愚蠢；傷神的憐憫，
對整體的每一份子，對人人，對受難者——使讚美，
使我對他們所建的悲劇美的讚歎，顯得多醜陋。
那種美，像一條河的流動，或是一道緩緩聚集的
冰川，在一座高山的石顏之上，
註定要犁倒一座森林，或者像十一月之霜，
金黃，熊熊的叢葉的死之舞，
或者像一個女孩子在失貞之夜，流血而且接吻。
我願焚自己的右手在緩緩的火上，
以改變未來……但這樣做是愚蠢的。　現代人
的美，不在人身，在那
悲慘的節奏，那沉重而機動的群眾，被惡夢
牽引的群眾，群眾之舞，沿一座黑山而下。

野豬之歌

很不快樂，為了和我無關的
一些遼遠的事情，我踉蹌著
在太平洋邊，且爬上瘦削的山脊，
暮色中守望
星座們飛越過寂寥的汪洋，
而一隻黑鬣奮張的雄野豬
用長牙翻掘毛巴索山的泥土。

老怪獸議論咻咻，「地下有甜草根，
胖蠐螬，光甲蟲，發芽的橡實。
歐羅巴最好的國家已滅亡，
那是說芬蘭，
而星座們照樣飛越寂寥的汪洋。」
那黑鬣戟指的老野豬，
邊說邊撕毛巴索山的草地。

「這世界是糟透了，我的朋友，
還要再糟下去，才有人來收拾；
不如將就在這座山上躺
四五個世紀，
看星座們飛越寂寥的汪洋，」
野豬的老族長這麼說，
一面翻掘毛巴索山的荒地。

「管他什麼高談民主的笨蛋，
什麼狂吠革命的惡狗，
談昏了頭啦，這些騙子和信徒。
我只信自己的長牙。
自由萬歲，他娘的意識形態，」
黑鬣的野豬真有種，他這麼說，
一面用長牙挑毛巴索山的草皮。

此詩原題：The Stars Go over the Lonely Ocean. 並
不醒目。我擅自改為〈野豬之歌〉。真是直接了當。

嗜血的祖先

沒有關係。　讓它們去兒戲。
讓大炮狂吠，讓轟炸機
發表它褻瀆神明的謬論。
沒有關係，這正是時候，
純粹的殘暴仍是一切價值的祖先。

除了狼的齒，甚麼東西能把
羚羊的捷足琢磨得如此精細？
除了恐懼，甚麼能賦鳥以翼？　除了饑餓，
甚麼能賦蒼鷹的頭以寶石的眼睛？
殘暴曾經是一切價值的祖先。

誰會記憶海倫的那張臉，

276

如果她缺乏古矛可怖的光圈？
誰造成基督，除了希羅與凱撒，
除了凱撒兇狠而血腥的勝利？
殘暴曾經是一切價值的祖先。

千萬莫哭，讓它們去兒戲，
老殘暴還沒老得不能生新的價值。

和葉慈一樣，傑佛斯也體會到，創造和毀滅同為文化所必需，因此，反面的罪惡往往促現正面的價值。「古矛可怖的光圈」（The terrible halo of spears）指海倫引起的特洛邑戰爭。沒有那場戰爭，怎有希臘多采多姿的神話和文化？同樣地，沒有暴君希羅（Herod）與凱撒等的殘暴，怎有仁慈的基督？最後一行的老殘暴（old violence）是修辭中的所謂「擬人格」（personification）。

眼

大西洋是洶湧的護城河，而地中海
是古花園中一汪澄藍的池塘，
五千多年來兩者曾吸飲戰艦與血的
祭品，仍然在陽光中閃動；但此處，在太平洋上，
艦隊，機群，與戰爭，皆毫不相干。
目前我們和悍勇的侏儒們的血仇，
或是未來西方與東方爭雄的

世界大戰，流血的移民，權力的貪婪，殺人的鷹，
都是大天秤盤上的一粒微塵。
此地，從這多山的岸，暴風雨中，岬外有岬，
　　相續而躍如一群海豚，自灰濛濛的海霧
躍入蒼白的大洋，你面西而望，望如山的海水，
　　它是半個行星：這圓頂，這半球，這隆然突起的
水之瞳，拱起，及於亞細亞洲，
澳大利亞洲和白色的南極洲；那些是永不閉起的
　　眼皮，而這是凝視的，不眠的
地球的眸子，它所觀察的不是我們的戰爭。

　　這首作品寫於二次大戰之際。所謂「悍勇的侏儒們」
想係指日本人。本詩的構想建築在一個中心的意象上。太
平洋汪汪億萬頃，幾乎占有地球之半，頗像一隻眼睛；南
北美洲、亞洲、澳洲、南極洲環於四周，恰似永不闔上的
眼皮。

鳥與魚

每年十月，幾百萬條小魚沿岸而泳，
沿著這大陸的花崗石邊緣，
在它們當令的季節：海禽們多盛大的慶祝。
萬翼囂囂，如女巫鬧節，
蔽沒昏黑的海水。　重磅的塘鵝嘶喊，「豁！」
　　如約伯之友的戰馬
自高空潛水而下，鷺鷥群

滑長長的黑軀入水中，穿綠色的幽光，
捕食如狼。　尖叫的鷗群在旁觀，
因嫉妒與敵視而發狂，且怒詬，且疾攫。
　　　多麼神經質的貪婪！
填胃而果腹！　暴徒們的
神經猝發幾乎像人類──多可敬的禽獸──
　　　彷彿它們正當街
發現了黃金。　它比黃金更可貴，
它能夠充飢：暴動的野禽中誰憐憫魚群？
絕無鳥能憐憫。　公理與仁慈
是人類的夢想，無關鳥，無關魚，無關永恆的上帝。
可是啊──離去之前你不妨再看一眼。
這些翅膀，這些瘋狂的飢餓，這些奔波逐浪的小嶼，
　　　明快的鰷魚，
生於恐怖，只為了死於痛苦──
人類的命運，亦魚類的命運──列嶼的岩石，嶼外的
　　　大洋，和羅波斯岬
黑壓壓，在海灣之上：美麗不美麗？
那正是它們的氣質：不是仁慈，不是心靈，不是良
　　　善，是上帝的宏美。

艾略特（1888-1965）
——夢遊荒原的華胄

　　如果我們承認葉慈是二十世紀英語世界最偉大的詩人，則另一方面，我們不能不承認，艾略特曾是二十世紀最具影響力的詩宗。擁有諾貝爾文學獎和英國的大成勳章，任過劍橋和哈佛的詩學教授，接受了歐洲和美國十幾個大學的榮譽博士學位，晚年的艾略特可以說享盡了作家的聲名和學者的權威。銷了十一版的《簡明劍橋英國文學史》，將最後一章題名「艾略特的時代」。到現在為止，討論他作品及批評的專書專文，已經可以擺滿一個書架。翻開有關現代詩的任何英文著作，索引之中，必有他的名字，且必然占據最大的空間。他在美國明尼蘇達大學演說的時候，聽眾超過一萬三千人；據說，自希臘的沙福克里斯以來，那是最高的紀錄。對於一個詩人來說，這實在不算寂寞了。

　　然而艾略特也沒有浪得虛名。他是現代最成功的詩劇（verse drama）作家；他的詩劇，尤其是早期的《大教堂中的謀殺》（Murder in the Cathedral）和稍晚的《雞尾酒會》（The Cocktail Party），都非常賣座。艾略特的詩以難懂聞名，他的戲劇倒流暢易解，背景或主題雖是宗教的，劇中詩句卻具有自然的口語節奏，使觀眾忘記了那原來是詩。在這方面，艾略特從詹姆士一世時代的劇作

家（Jacobean dramatists）那裏學到不少東西。米多頓（Thomas Middleton）、竇納（Cyril Tourneur），和魏伯斯特（John Webster）教他如何鍊句並控制詩行的節奏。

但是形成他的學術地位甚至權威的，則是他的文學批評。他的批評，以詩為主要對象，在重新評判前代的作家之餘，幾乎改寫了半部英國文學史。原來英國的浪漫主義，發生於華茲華斯、柯立基、雪萊和濟慈，到了丁尼生已經集大成。丁尼生以後，漸趨褊狹，成為濫調：羅賽蒂的「前拉菲爾主義」是一變，王爾德的唯美主義又是一變。九十年代的頹廢，喬治王朝的假田園風，使浪漫主義奄奄欲絕，病態畢呈。半世紀前，年輕的艾略特在白璧德和桑塔耶那的啟發，與乎休姆（T. E. Hulme）和龐德的影響之下，竟而成為反浪漫運動的一個領導人物。他對雪萊的批評非常苛嚴。他認為拜倫和史考特在某一方面只是取悅社會的文人。他認為米爾頓寫的是死英文；在十七世紀的詩人之中，乃崇鄧約翰而抑米爾頓。在十九世紀詩人之中，他尊霍普金斯而黜丁尼生。由於他的再發現，大家重新熱烈地閱讀但丁。透過他的創作和批評，大家不但再發現古典作家，且發現那些作家非常「現代」。而這，不但是古典在影響現代，也是現代在不斷地改變古典。

「沒有一個詩人，沒有一種藝術的藝術家，能獨自具備完整的意義。他的意義，他的欣賞，在於玩味他與已死的詩人和藝術家之間的關係。你不能孤絕地予他以評價；你必須，為了對照和比較，置他於古人之中。我的意思是要把這種對比當做美學性的批評，而不僅是歷史性的批

評，一個原則。詩人必須遵從，必須依附傳統，但這種必須性不是片面的；一件新的藝術品創造成功了，它的影響同時作用於前代的一切藝術品。現存的不朽傑作，在相互的關係之間，本已形成了一個美好的秩序；但是一件新的（真正獨創的）藝術品納入這個秩序時，也就調整了原有的秩序。新作品未出現以前，現存的秩序原是完整無缺的；一旦納入了新奇的因素，為了要維持秩序。『整個』現存的秩序，不論變得多輕微，都勢必改變：於是每件藝術品對整個藝術的關係、比例，和價值，都重新獲得調整；而這，便是新舊之間的調和。凡是接受歐洲文學及英國文學中這種秩序觀念的人，當會同意一點：即現在能使過去改觀，其程度，一如過去之指引現在。」

　　這是艾略特代表性的論文〈傳統與個人的才具〉中的一段。它正好說明，艾略特雖然強調傳統，他的傳統觀並不是以古役今，而是古今之間的交互作用：古，是既有的秩序，今，是投入既有秩序使之改變因而形成新秩序的一種因素。我們可以說，艾略特的出現，也已使歐洲文學的傳統，多多少少為之改觀。

　　艾略特在創作和批評上的另一個重要發現，便是所謂「感性的統一」。他認為十七世紀末的文學有一個現象，即他所謂的「感性的分裂」，將「機智」與「熱情」分家。這種分裂的現象，據艾略特的解釋，導致了十八、十九兩個世紀處理人性時所表現的偏差：即十八世紀的囿於理性和十九世紀的放縱感情。他認為在鄧約翰及十七世紀初期的其他作家的作品裏，兩者原是統一的。而他在自己詩中，努力企圖恢復的，正是這種理性與感情的統一。席

德尼（Sir Philip Sidney）的名句：「觀心而寫」，艾略特認為觀看得還不夠深。他說：「拉辛和鄧約翰的觀察，進入心以外的許多東西。我們同時需要觀察大腦的皮層，神經系統，和消化神經纖維束。」

艾略特的詩並不多產。從一九一五年在芝加哥《詩》月刊發表的〈普魯夫洛克的戀歌〉（The Love Song of J. Alfred Prufrock）到一九四四年的《四個四重奏》（*Four Quartets*），二十多年之中，總產量不過五千行，其中八分之一還是寫給兒童看的諧詩。就憑這極少量的創作，艾略特成為世界性的現代大詩人。

一九二七年，當艾略特三十九歲那年，他歸化為英國子民，而且皈依英國國教，宣稱自己「以宗教言，為英國天主教徒，以政治言，為保皇黨員，以文學言，為古典主義者。」他的詩，無論在思想或風格上，皆可以這種轉變為分水嶺。早期的詩，以〈荒原〉為代表作，從〈普魯夫洛克的戀歌〉到〈空洞的人〉（The Hollow Men），大致上皆以現代西方文化的衰落為主題，表現第一次大戰後現代西方人在精神上的乾涸：日常生活因欠缺新生的信仰而喪失意義與價值，性不能導致豐收，死亡不能預期復活。艾略特似乎夢遊於歐洲文化的廢墟上，喃喃地自語著一些不聯貫的回憶和曖昧的慾望。不過評價極高討論最多的〈荒原〉，似乎不是一首完整而統一的傑作，晚近的批評對它漸漸表示不滿。以片斷而言，〈荒原〉不乏令人讚賞的殘章，但整首詩給人的感覺是破碎且雜亂的，同時用典太繁，外文的穿插也太多。

〈空洞的人〉標出了精神的最低潮，也顯示絕對的空

虛，似乎是為早期詩中那些虛幻人物作一次嘲諷性的哀悼。正式崇奉英國國教後，艾略特的詩中開始顯示出一種悔罪的調子，一種對於精神上甯靜之境的追求。這時他用的典大半取自聖經、崇拜儀式、聖徒著述，與《神曲》。〈聖灰日〉（Ash Wednesday）是他轉向宗教信仰的開始，情緒上既懺悔又存疑，形式上也比較緩和了些。〈三智士朝聖行〉在形式上自然而平易，有一種聖經的氣氛和樸素之美。但艾略特真正的傑作，仍推《四個四重奏》。《四個四重奏》是一組結構和主題皆接近的冥想詩，創作的時間前後近十年，也是艾略特的壓卷之作。在體裁上，艾略特使用的是獨白體。在結構上，他使用了速度互異曲式不同的五個樂章的音樂原理。在主題上，他深入而持久地探索宗教的境界，企圖把握時間與永恆，變與常之間的關係，並且修養一種無我的被動狀態，藉以在時間之流中獲致超時間的啟示。完整的形式，貫徹的主題，以及持續的形而上的思考，使《四個四重奏》成為一組異常堅實的作品。

　　時間，是艾略特作品中最重要的「縈心之念」。在他的詩中，目前所發生的一切，往往牽連到個人的種種回憶和慾望。回憶是過去，慾望是未來，因此這種糾結將不同的時間（今、昔、未來）壓縮在詩的平面上。而織入這一切糾結的圖案中的，是個人所屬的全文化的背景、宗教、神話、古典文學，也就是說，全民族合做的一個夢。一個有文化修養的心靈，幾乎一舉一動，都聯想到與他個人的經驗交融疊現的，已被經驗化了的古典意境。

　　同時，在艾略特的世界裏，內在的感情和心境很少直

接描述出來；這種情思，往往非常間接地不落言詮地反映在目之所遇耳之所聞感官經驗所接觸的，外在的事物上面。因此，對於艾略特，外在發生的一串事情，或呈現的一組物象，就形成了內在的某一種情緒。這種平行疊現的連綿不斷的發展，相當於小說中處理的意識流。艾略特自稱這種的手法為「客體駢喻法」（objective correlative）。在這樣安排下，他的詩將暗示擴至極大，且將說明縮至極小。這種化主為客，寓主於客的跳越與移位，加上時間的壓縮，和紛繁的典故，構成了艾略特的「難懂」。可是，由於意象鮮明，節奏活潑，文字精確而敏銳，艾略特的詩恆呈現一種超意義的感官上的透明，往往能使讀者在典故和說明之外，得到（或多或少的）純主觀的感受。

論者或以艾略特比擬百年前的安諾德。兩人確有不少地方相似。在批評方面，兩人都是一代的文化大師，都具有權威性，都崇尚古典的傳統，且反對浪漫的傾向。中年以後，兩人都寫了不少社會批評，且反對由科學來領導社會。在詩一方面，兩人的主題都是病態社會中病態的個人。當然，安諾德的詩對十九世紀末的影響，遠不如艾略特對二十世紀的影響深邃。

然而艾略特對於現代詩人的影響，也不完全健康。他的主知主義（intellectualism）的詩觀和詩風，於廓清浪漫主義的末流，掃除傷感的文學方面，曾有重大的貢獻，但也無形中矯枉過正，阻礙了年輕一代抒情的衝動，以致青年作者落筆時往往故作少年老成心灰意冷之狀。於是所謂現代詩，往往成了青年寫的老人詩。現代詩在情詩方面的歉收，一大半要歸咎於艾略特。另一方面，艾略特像他

的朋友龐德和喬艾斯一樣，不但學問淵博，抑且兼通數種文字，因而在作品中引經據典，出古入今，吞吐神話和宗教。一般青年作者趨附成風，但才力不足以驅遣前人遺產，遂演成駁雜破碎的局面。所以狄倫‧湯默斯一出現，艾略特的地位便開始動搖了。近十多年來，年輕一代的詩人似已漸漸擺脫了那種矯枉過正的主知，和以詩附從文化驥尾的作風。

　　艾略特自己的詩，在後人的評價上，也許會不如今人那麼推崇。他的視域並不寬廣。他的興趣，在本質上似乎仍是宗教的，因此他的注意力似乎集中在人性的兩端（在聖賢與罪人身上），而幾乎無視於中間的廣闊經驗。他在社會思想上的保守，也使不少崇拜他藝術成就的作家們感到失望，甚或憤怒。

一女士之畫像

　　　你已經犯了──
　　　和姦之罪：但那是在異國，
　　　何況那女孩已死去。
　　　　　　──馬耳他的猶太人

　　　　　一

　　　十二月的一個下午，四週是煙是霧，
　　　你讓景色自己去安排──看來是如此──
　　　說：「我特地空出這個下午來，為你；」
　　　此外是暗了的房中，四枝蠟燭，

四圍光環，投在頭頂的天花板上，
一種氣氛，像朱麗葉的墳墓，
準備了，為一切事物，要講的，或不講。
我們剛去，不妨說，去聽最近的波蘭人
傳遞那些序曲，由他的指尖和長髮。
「好親切啊，這蕭邦，我想他的靈魂
只可以復活在幾個知己之間，
二三知己，不會去觸撫那花朵，
在音樂室中那花被揉過，被盤問過。
——對話就這樣子溜滑，
在淡淡的慾望和小心捕捉的懊悔之下，
透過小提琴瘦長的音調，
融和著遠漠的小喇叭，
開始說道。
「你不知道他們對我多重要，那些朋友，
你不知道多稀罕多奇怪啊，去找尋，
這麼，這麼零零碎碎拼起來的一生，
（說真的我才不喜歡呢……你知道？你眼睛真靈！
你真是好會觀察！）
去找尋一個朋友能具備這些條件，
具備，而且能付出
這條件，友情就靠這些做基礎。
我對你這麼說，有重大的意義——
要失去這些友情——生命，多可怕！」

在曲折的小提琴

和嘶啞的小喇叭
那種歌調的圍繞下，
我的腦中升起一種單調的鼓聲，
荒謬地，自個兒的序曲敲了又敲，
游移不定的單腔單調，
至少那是一個確定的「假音符」。
──讓我們去換換空氣，菸味好悶人，
去欣賞那些碑石，
討論新鮮的時事，
校正我們的錶，向街上的鐘樓，
然後坐半個鐘頭，喝點啤酒。

二

正是紫丁香開放的花季，
她供了盆紫丁香在房裏，
她一面捻一朵，一面談心。
「啊，朋友，你不知道啊，你不知道
生命是什麼，生命就握在你手裏」；
（慢慢捻著紫丁香的細莖）
「你讓它流啊流，你讓它流掉；
年輕是殘忍的，也不懂懊惱，
看不見別人的處境，反當做笑話。」
我笑笑，只好，
且繼續喝茶。
「看這些四月的落日，總教人想起

埋葬了的一生，和春天的巴黎，
只感覺無限地安靜，發現這世界
還是好奇妙，好年輕啊，到底。」

　　那聲音又響起，像一把破提琴，
在一個八月的下午，堅持著走音：
「我一直相信，你能夠明白
我的感情，一直相信你敏感，
相信隔著鴻溝你會把手伸過來。
　　你不會受傷，你沒有阿豈力士的弱點。
你會前進，而當你已經得勝，
你可以說：許多人在這點功敗垂成。
而我有什麼呢，我有什麼啊，朋友，
有什麼好給你，你能接受我什麼東西？
除了一個人的同情和友誼，
一個人，快到她旅途的盡頭。

　　我只好坐在這裏，倒茶給朋友……」

　　我拿起帽子：我怎能懦怯地補償，
為了她對我說過的話？
每天早晨你都會見我，在公園裏
讀漫畫和體育版的新聞。
特別，我注意
一個英國伯爵夫人淪為女伶。
一個希臘人被謀殺於波蘭舞中，

另一個銀行的欠案已經招認。
我卻是毫不動容,
我始終保持鎮定,
除了當手搖的風琴,單調且疲憊,
重覆一首濫調的流行歌,
有風信子的氣息自花園的對面飄來,
使我想起別人也慾求過的東西。
這些觀念是對還是錯?

三

十月的夜色落了下來;我重新回頭,
只是微微地感到有點不對勁。
我攀上了樓梯,轉動門的把手,
且感覺似乎用四肢在地上爬行。
「原來你要出國了;你可有歸期?
不過這是多此一問了。
你也不知道何時才回國,
你會發現有好多要學習。」
我的微笑,沉重地,向古玩堆中陷落。

　　「也許你可以寫信給我。」
有那麼一剎那,我的鎮定燃起;
這,正如我所預期。
「近來,我一直常感到奇怪,
(不過開頭時誰也不知道結局!)

怎麼，我們竟沒有發展成知己。」
我的感覺像一個人，笑著笑著，一轉身，
猝然，在鏡中瞥見自己的表情。
我的鎮定融解著；我們在暗中，當真。

　　「大家都這樣說，我們所有的朋友，
大家都相信，我們的感情會接近，
好親好親！　我自己也弄不明白。
這件事只好交給命運。
總之啊，你要寫信。
也許還不晚，這事情。
我只有坐在這兒，倒茶給朋友。」

　　而我必須向每一個形象的改變
去借用表情……必須跳舞，跳舞，
如一頭狂舞的熊，
嗚嗚如鸚鵡，喋喋如猿。
讓我們去吸口空氣，這菸味像悶霧——

　　唉唉！　萬一有一個下午她死去，
灰煙濛濛的下午，玫瑰紅的黃昏；
萬一她死去，留下我在桌前，筆在掌中，
而煙霧降下來，在人家的屋頂；
不能決定，一時
不知道該怎樣感覺，懂還是不懂，
究竟是聰明或愚笨，太早或太遲……

這樣豈不也對她很相宜？

這音樂好成功，拖一個「臨終的降調」。

說到臨終——

我應否有權利微笑？

〈一女士的畫像〉是艾略特早年的第二首作品，可以代表他早期的一般風格。在主題上，它可以說是〈普魯夫洛克的戀歌〉的姐妹篇。不同的是：「普」詩的詩中人是一個未老先衰自疑是性無能者的中年人，而〈一女士的畫像〉詩中人是一個不肯接受老處女（那位女士）愛情的青年；前者引經據典，後者較為平實；前者文字比較繁複，後者文字較為口語化，表現的方式也較為戲劇化。老處女和青年人之間關係的發展，歷時約為一年，隨著季節的互異（十二月、四月、十月）而起變化。值得注意的是：詩中角色雖有二人，說話者始終是那位老處女，內心的反應則屬於那位青年人，處理手法非常細膩。副標題三行，摘自伊麗莎白時代戲劇家馬羅的作品。「你已經犯了」和「和姦之罪」中間的破折號很重要，因為它暗示了詩中人猶豫不決的心情。

波士頓晚郵

《波士頓晚郵》的讀者們

搖擺於風中，如一田成熟的玉米。

當黃昏在街上朦朧地甦醒，

喚醒一些人生命的慾望，
且為另一些人帶來《波士頓晚郵》，
我跨上石級，按響門鈴，疲倦地
轉過身去，像轉身向羅希福可點頭說再見，
假使街道是時間，而他在街的盡頭；
而我說，「海麗雅特表姐，波士頓晚郵來了。」

羅希福可想即拉羅希福可（La Rochefoucauld, 1613-
1680），法國諷刺作家，以為人類一切行為之動機不外是
自私自利。

小亞波羅先生

何等新奇！赫九力士在上，何等矛盾的調和！斯人也，
創意何等高明。

盧　先

當小亞波羅先生來訪問美國，
他的笑聲在眾人茶杯裏琤琤響起。
我想起佛拉吉連，赤楊林中那害羞的影子，
想起灌木叢中的普賴厄帕斯
張口凝視鞦韆架上的貴婦。
在佛拉克斯夫人的宮中，鮑張寧教授的寓所，
像一個不負責任的胎兒，他笑呵呵。
他的笑聲自海底沉沉傳來，
聲如海中的老人，

藏在珊瑚的島底，

是處溺者不安的屍體漂墜，在綠色的靜寂，

墜自海濤的手指。

我尋找小亞波羅先生在椅下滾動的頭顱。

　　或者在一張簾幕上露齒而笑，

髮間飄動著海藻。

我聽見人馬妖的四蹄在踐踏堅硬的草地，

當他乾澀而熱情的談話吞噬著下午。

「他真是好迷人」──「他究竟是什麼意思？」──

「他的尖耳朵……他一定心理不平衡，」

「他剛才說的話，有一點我真想質問。」

至於富孀佛拉克斯夫人和鮑教授夫婦，

我只記得一片檸檬，和一塊咬缺的甜餅。

　本詩原題是Mr. Apollinax。Apollinax的意思是son of Apollo，故譯為「小亞波羅先生」。盧先（Lucian）是二世紀希臘散文作家。普賴厄帕斯（Priapus），酒神戴奧耐塞斯與愛神阿芙羅黛蒂之子，園圃之神，亦生殖力之象徵，後轉為淫神。佛拉吉連和普賴厄帕斯，都是法國十八世紀畫家傅拉果納（Jean Honoré Fragonard）名畫「鞦韆」中的角色。鮑張寧教授（Professor Channing-Cheetah）顯然是艾略特自撰的複合字：張寧可能指美國唯心論者William Ellery Channing；至於Cheetah，原屬豹類，故譯為諧音的「鮑」。「海中的老人」應指海神普洛丟斯（Proteus）；至於珊瑚島等意象，又似乎和莎士

比亞的《暴風雨》發生聯想。第二段第三行想係影射馬拉美的〈牧神的下午〉（Afternoon of a Faun）。

　　把張寧和豹連綴在一起而鑄成新詞，正是艾略特以不類為類的慣技。張寧是文明的，豹是野蠻的；這種結合，正是小亞波羅先生的矛盾特質，因為在本詩中，小亞波羅一方面是害羞而且多智，另一方面卻又粗魯而野蠻。他的一舉一動，都反應在詩中人「我」和賓客的感想之中，且以生動的意象呈現出來。笑和海，是本詩的兩個基本意象；把本詩中海的意象和〈普魯夫洛克的戀歌〉中海的意象作一比較，將非常有趣。最後的兩行說，關於佛拉克斯夫人和鮑教授夫婦，詩中人所留下的印象，只是一片檸檬和一塊咬缺的甜餅干而已。也就是說，等於沒有什麼印象，不過是又一次的酒會罷了。顯然，這是一首諷刺詩。

　　本詩間或用韻，譯文未全遵從。

三智士朝聖行

　　　「好冷的，那次旅途，
　　揀到一年最壞的季節
　　出門，出那樣的遠門。
　　道路深陷，氣候凌人，
　　冬日正深深。」
　　駝群擦破了皮，害著腳痛，難以駕馭，
　　就那麼躺在融雪之上。
　　好幾次，我們懊喪地想起
　　半山的暑宮，成排的平房，

以及裯衣少女進冰過的甜食。
然後是駝奴們罵人，發牢騷，
棄隊而逃，去找烈酒和女人，
營火熄滅，無處可投宿，
大城仇外，小城不可親，
村落不乾淨，而且開價好高：
苦頭，我們真吃夠。
終於我們還是挑夜裏趕路，
趕一陣睡一陣，
而一些聲音在耳際唱著，說
這完全是愚蠢。

　　然後曙色中我們走進了一個溫和的谷地，
潮濕，在雪線下，草木的氣息可聞；
有一道奔流的溪水，一扇水車旋打著殘夜，
有三棵樹在低低的天邊，
還有匹老白馬在牧場上奔向遠方。
然後我們來到一個客棧，門端攀著青藤，
六個漢子在敞著的門口賭著銀子，
且賭且踢空皮酒囊子。
但是問不出什麼消息，便朝前趕路，
天暗時到達，一刻鐘也不早，
就摸到那地方；真是（可以說）恰好。

　　這是好久以前的事了，我記得。
再走一次我也願意，只是要記下，

把這點記下，

這點：帶了我們那一大段路，究竟為了

生呢，還是死？　是有一個嬰孩誕生，真的，

有的是證據，不容懷疑。　我見過生和死，

一直還以為是兩件事情；這種誕生

對我們太無情，太過痛苦，如死，如我們的死。

回是回到家裏來了，回到這些王國，

但不再心安理得，對著祖傳的教規，

對著抓住自己偶像的這一批陌生的人民。

我真是樂於再死一次。

〈三智士朝聖行〉發表於一九二七年，是艾略特中年的作品。也就在那一年，艾略特歸化為英國人，且改奉英國國教。此後他的作品便漸漸趨向宗教，趨向心靈的寧靜與形而上的思考。這首詩在體裁上屬於「獨白體」（monologue）；它所處理的，是東方三智士之一，事後追憶他們當日如何在隆冬的氣候裏，跋涉到耶路撒冷去朝拜聖嬰，以及那種經驗如何改變了他的信仰。

開頭的五行，根據十七世紀初英國神學家安德魯斯（Lancelot Andrewes）的一篇聖誕節講道詞，而略加更動。第二段的前半有幾個意象，影射新的生機，和未來的災難。所謂「有三棵樹在低低的天邊」，是影射耶穌死時的三個十字架：耶穌即釘死在居中的十字架上。所謂「六個漢子在敞開的門口賭著銀子」，可能是指當日兵卒們為決定耶穌的衣裳誰屬而擲骰子，而猶大為了三十塊銀竟出賣了耶穌。最後一段，似乎是說，耶穌之生，導致三智士

自身信仰之幻滅。因而末行說：「我真是樂於再死一次」，也就是說，願意讓自身對基督的信仰幻滅，以恢復往日異教的信仰。

〈三智士朝聖行〉是艾略特作品中最平易樸素的一首，節奏在自然的伸縮之中有一種莊嚴感。自由詩能寫到這麼順暢而不鬆懈，真是罕見。

蘭遜（1888-1974）
── 南方傳統的守護人

　　美國的南方，不但在政治和社會的形態上，有異於北方，即在文學的觀念上，也處處要和北方，尤其是新英格蘭優厚的文化傳統，一爭短長。各方面都居於劣勢的南方，在潛意識裏一直不甘向北方臣服。早在十九世紀，來自南方的詩人坡，就一直未能在文學界得意。另一位南方的詩人蘭尼爾，曾如此諷刺過惠特曼：「因為草原是那麼廣闊，所以荒淫的勾當變得應該讚美，因為密西西比河那麼長，所以每一個美國人都是上帝。」

　　一九三〇年，南方的十二位作家聯合起來，發表了一部宣言式的論文集，叫《我的立場》（*I'll Take My Stand*），副標題叫「南方與農業傳統」（The South and the Agrarian Tradition）。這十二篇文章的主要論點，是說南方的農業文化，是歐洲文化的真正繼承者，且因深深植根於泥土，所以是真能和生活方式融和無間的人文主義；至於北方，由於接受了機器，偏重了科學，已經成為畸形的混亂的工業社會，因此新英格蘭的文化大師如白璧德（Irving Babbitt）者所倡導的新人文主義（New Humanism），既不切題，也不具體。這種論調，正說明南方人的保守傾向，在社會思想上依戀農業文化，在文學思想上則採取古典態度。他們反科學，反工業文明，也反

浪漫與民主，因此在文學批評上頗接近艾略特。實際上，北方的詩人們自己，也一樣在作品裏批評北方。例如康明思和瑪蓮・莫爾，就再三諷刺過新英格蘭沒落中的傳統。艾略特的作品，和孟福（Lewis Mumford）的批評，也很容易成為南方作家攻擊北方的藉口。俄亥俄出生的北方詩人哈特・克瑞因，企圖將機器吸收進現代詩中，企圖處理布魯克林大橋、飛機和地下鐵道，像古典詩人處理城堡和帆船一樣自然。但是他失敗了，三十三歲還不到，便投墨西哥灣而死。泰特認為，他的死是現代都市生活的壓力所導致的。泰特更認為，只有「地區性」的作者，才能夠利用「歐洲與美國」的全部文學傳統；至於「全國性」的作家，不是作天真的旁觀如桑德堡，便是像哈特・克瑞因一樣，企圖從自己的頭頂心將神話注入美國。

這些南方的作家，以田納西州納許維爾的梵德比爾特大學為大本營。由於他們堅持農業社會的價值，所以他們又叫做「農村派」；由於他們在一九二二年至一九二五年間編過一本叫《亡命客》（The Fugitives）的刊物，所以在文學史上，亦以「亡命客」著稱。

蘭遜是這一派作家的領導人物。一八八八年，他生於田納西州的普拉斯基。在梵德比爾特大學畢業後，他獲得羅茲獎學金，去牛津大學研究古典文學。一九一三年，他獲得該校文學士學位；翌年，即回到梵德比爾特大學的英文系任教。蘭遜在梵大先後凡二十三年，不但成為所謂「亡命客」作家與批評家的中堅，更成為南方文壇的重鎮。一九三七年，他轉去坎延學院，任英文系教授，並創辦後來馳名文壇的《坎延評論》。

蘭遜對現代文學的兩大貢獻，是詩和批評。無疑地，他是二十世紀美國的一流詩人，然而他的詩純然來自南方，亦即基本上是英國的傳統。他的詩在字面上有一種古色古香的味道，似乎是伊麗莎白和詹姆斯一世時代的文字和思想方式，移植到田納西州以後，經過了新大陸的蛻變一樣。儘管蘭遜的詩給人一種文化悠久背景深厚的感覺，他的作品仍是現代的，且具有現代詩的繁複性與晦澀。「機智」與「反喻」（irony）是他寫詩的兩種特質。早期的現代詩，均以浪漫主義的傷感為誠；蘭遜的作品，處理的雖是浪漫主義的題材，但處理的方式卻是半古典而半嘲弄的手法。他的風格，細緻而矜持，屬於自覺的一型。他的感情盡量避免直接的鋪陳。在一本詩集的題辭中，他說：

實實在在，我有一份悲切，
我顫抖，但不像一張樹葉。

自一九二七年以後，蘭遜的作品更趨艱奧。而一九三七年以後，他的興趣也漸漸轉移到批評上去了。二十世紀二十年代末期崛起於英國的「新批評」（New Criticism），在三十年代中傳佈到美國，到了二次大戰以後，更有君臨學府的文學批評之勢。一九四○年，蘭遜出版了《新批評》一書，評論瑞恰茲，艾略特，安普森，及溫特斯四人之得失，更奠定了新批評在美國的學術地位。所謂「新批評」，旨在使文學批評針對作品本身的結構和內在的意義，而不涉及歷史的背景或作者的生平，也就是

說，對作品本身，作一種「非歷史的閱讀」（unhistorical reading）。蘭遜主編文學雜誌並任文學教授，先後已逾半個世紀，因此在文壇和學府具有重大的影響。非但南方的名作家如泰特和華倫，即北方的名詩人如羅貝特・羅威爾者，都出於他的門下。一九三八年，他出版的一本論評集《世界的實體》（*The World's Body*）曾指出，詩的任務在於表現經驗的整體或「實體」，而這是以抽象為務的科學所無能為力的。人文與科學（包括自然科學與社會科學）之爭，在詩與科學之爭中，表現得最為劇烈。蘭遜和其他南方作家的批評論點，他們的反工業社會的態度，正是最好的說明。

走廊之歌

　　——我是個紳士，衣著塵衣，想勸你
　聽話。　你的耳朵柔軟又嬌小，
　完全聽不進一個老叟的嘮叨，
　你只聽少年的低語，和歎息。
　可是，看你架上的薔薇哪，已垂斃。
　聽哪，幽靈般吟詠著的月光；
　我得馬上接走我可愛的姑娘，
　我是個紳士，衣著塵衣，想勸你。
　　——我是個少女，在美麗地等待，
　等真心的情人來，我們就接吻。
　可是葡萄藤後，哪來這灰衣人，
　說的話枯澀而微弱，像個夢魂？

放開花架，先生，不然我叫救命！
我是個少女，在美麗地等待。

　　蘭遜的詩均以南方社會為背景，這首詩也不例外。美
國南方的古屋常有寬闊的走廊，謂之piazza。〈走廊之
歌〉是一首意大利體的十四行，頗富戲劇性：前半闋
（octave）是一個老人的口吻，後半闋（sestet）則出自
一少女之口。老者實際上就是死亡的化身。所謂「塵衣」
（dustcoat），就是影射死亡，因為在英文裏，dust具有
「塵土」、「塵軀」之意。陸游不也說過「此身行作稽山
土」嗎？凡死亡所籠罩的東西，都會枯萎，所以架上的薔
薇垂斃，而月光也作幽靈的吟詠。月本來就是一個無生命
的天體。少女在閨房裏等她的情人。她的情人是來了，可
是她不知道。這灰衣的老叟，言語枯澀，狀若幽魂，怎麼
會是她等待的情人呢？這正是西方最古老的寓言之一「死
亡與少女」的主題。陳祖文先生也譯過這首詩，且有很詳
盡的詮釋。

走索者

滿心是她白皙的長臂和乳色皮膚，
他曾有一千次記起了罪惡。
獨自在擁擠的人群中浪遊著他，
念她的風信子，香脂，和象牙。

他記起那嘴：那妙異的穴洞，

扇吻的薰風啊，就來自洞中。
直到冷語盤旋而下，自腦際，
灰鴿子群，從多事的塔頂撲至。

肉體：一片白田準備給愛情，
她肉體的田中，豎著清瘦的塔影，
有百合盛開，央他去進占，
只要他肯採來佩帶，揉碎，折斷。

眼睛在說話：莫聽那峻辭冷言，
抱我的花吧，但莫抱那些利劍。
但眼睛所說的，立刻飛來鴿群
加以否定，童貞啊童貞，群鴿悲吟。

她急切的鴿群。　　太純，太乖，
攀附在他的肩頭，說，快起來，
離開我，讓我們永不再見面，
永恆的距離命令你走向遙遠。

真是困難的處境，能夠顯現
自尊，在盜賊之間，情人之間。
哦，自尊是小小的字眼，對他們！
但灰色的字眼已介入，像鋼樣冷。

終於見這對情人已完全進入
左右兩難的平衡，接受懲處；

可驚已兩相誓絕，但實際上
仍緊繫在一起，不能夠遺忘。

苛嚴似痛苦的雙星，而且旋轉
不自由的天地，繞著多星的夜晚，
燃燒著猛烈的愛，總想要親近，
但自尊將他們禁止，拆開他們。

拘謹的情人啊，他們已經沉淪！
憤然我呼喚。　但又將眉頭鎖緊，
為那些受刑而英勇的人思索，
我大發議論：人啊，你要什麼？

轉盡你的期限，吸盡這口氣，
死後是比較仁慈的時期。
你願意升天國，無肉體而居？
或是攜肉體而無自尊，去地獄？

在天國你聽說沒有人結婚，
沒有白肌被你的情慾引焚，
塑造得多美妙，你兩性的體素
崇高地耗盡，熱血也會乾枯。

偉大的情人臥在地獄，頑固
的情人被骸上的肌膚迷住；
吻時皆陶然，將對方撕了又撕，

碎片仍吻下去，永無休止。

仍然我望他們旋轉，相逐翩然。
他們的火焰並不比冰凌更光燦。
我挖掘沉寂的泥土，建造墳墓，
且刻上這詩句紀念他們的劫數：

墓　誌　銘

走索者臥其中；過客啊放輕腳步；
彼此相睇，親近，但永不接觸；
嘴唇成土，高昂的頭顱成灰，
讓他們並臥吧，危險而華美。

〈走索者〉（The Equilibrists）發表於一九二七年，
是蘭遜最有名的作品之一。詩以走索者為題，因為情人在
靈的純淨與肉的熾烈之間要維持一個平衡的狀態，正如鋼
索上的賣藝人必須避免偏右或偏左一樣。可是平衡是很難
維持的：成全了崇高的靈魂，就荒廢了沃美的肉體；滿足
了旺盛的情慾，又褻瀆了彼此的清新。登天國必須捐棄血
肉之身，全血肉之身又必須受難於地獄。難乎其為情人。
蘭遜的建議是：「彼此相睇，親近，但永不接觸」，正如
天文學上所謂的「聯星」（binary），相對環繞著一個共
同的重心旋轉。這種譬喻很有點鄧約翰的味道，因為玄學
詩人都喜歡以科學入詩。天文學上的聯星，恍惚看去似乎
是一顆星，仔細研看就發現原來是相近而不相交的雙星。

這首詩的前四段描寫肉體的誘惑，所用的是傳統的文字，可以參閱〈所羅門之歌〉第一章十三節至十四節，第四章一至七節。後面各段則援引基督教的貞潔觀，主要是影射但丁和亞瑟王的傳奇。第四段說，「莫抱那些利劍」，因為在中世紀的傳奇裏，情人相誡守身之道，往往是一柄武士之劍。相傳依修德與崔士坦（Iseult and Tristan）在旅途中夜宿，置一枝柄呈十字的武士劍在中間，以絕慾念。第十一段說，「在天國你聽說沒有人結婚」，典出馬太福音二十二章三十節。第十二段說情人吻時互撕而吻不止，其實是《神曲》地獄中為情所苦而無體可依的兩幽靈（Paolo and Francesca）的倒置景象。

她的眼睛

　　　天賦我認識的一個女人
　　　兩隻眼睛，那顏色真過分：
　　　中國的藍。

　　　而我在頭上佩戴的雙瞳，
　　　有時候綠，有時候紅，
　　　我說道。

　　　母親的眼睛陰濕而模糊，
　　　妹妹的呢也不太清楚，
　　　可憐的傻女人。

有這樣天賜的，真是稀罕：
一對眼睛，這麼澈底的藍，
又這麼新。

究竟她怎樣保護這雙瞳，
能免於暴日眈眈和咆哮的風，
毫無傷害；

難道它們從未在夜間
被毒害於人造的光線，
那樣強烈；

難道這美麗的野獸沒有心，
沒有心用痛苦烤，用淚水烹
視覺的區域？

我不要和這雙眼惹上關係，
這雙眼不仁慈，也不懂事：
天大兩個謊。

射這樣藍火焰的女人，
只怕要招來一些議論，
損她的名聲。

艾肯（1889-1973）
—— 渾沌的旋律

　　在現代詩壇上，艾肯的輩分屬於艾略特和龐德的一代。他早年的名詩〈聖陵的一生〉，出版於一九一八年，與艾略特初期的〈普魯夫洛克的戀歌〉大約同時。他的詩創作遠比艾略特多產，但是他對現代詩的影響，遠不及艾略特的深邃，他的詩人地位，也遠遜於艾略特。艾略特嘗言，散文不妨追求理想，但詩必須處理現實。艾肯一開始就不準備在詩中處理現實，他所刻意追求的，只是一種輪廓模糊，思想曖昧的虛無飄紗的境界。這是他作品的特質，也是他作品的基本弱點。

　　艾肯的詩，脫胎於法國的象徵詩派。他對音樂具有偏愛，似乎以為音律可以取代意義，而不明白音律必須附麗於意義，充其量只能加強意義罷了。文學史的經驗告訴我們，過分偏重音律的作者，很少能成為大詩人：沈約是如此，蘭尼爾（Sidney Lanier）也是如此。艾肯比他們走得更遠：他不但偏重音律，甚至企圖用音樂的技巧來創作，以致標題也儘是「序曲」、「交響曲」之類。論者或謂，艾肯的詩中有一種異常飄逸的旋律，可以比美蕭邦甚或杜步西的音樂。但是詩究竟不是音樂：對於音樂家而言，聲音本身就是意義，但對於詩人而言，聲音究竟不能脫離意義而獨立。是以艾肯的詩，每每誦之悅耳，但拆開來後，

卻如七寶樓台，不成片斷。

批評家們對於艾肯的評價頗不一致。早在一九二〇年，亞爾德斯・赫克斯里（Aldous Huxley）就諷刺艾肯為「討人歡喜的七彩煙霧的製造者」（an agreeable maker of coloured mists），但尚未找到一種思想的模式，以集中自己游移無定的含糊的感情。一九三一年，皮特森卻在他寫的艾肯傳記《渾沌的旋律》（*Melody of Chaos*）中說道：「在旋律和七色霧和心理的錯綜狀態之外，艾肯之詩最突出的優點在其思想之模式，沒有別的作家能像他這樣努力且有效地經營這種模式了。」數年前，《時代週刊》的書評欄，曾稱艾肯為「被追上了的先驅」。

艾肯在文學上的成就，並不限於詩。他對於心理學的興趣，不但表現在詩中，也流露在小說之中。他曾經出版過好幾部小說和一部自傳。他的短篇小說甚得好評，尤其是收集在《寂靜的雪，隱祕的雪》（*Silent Snow, Secret Snow*）中的幾篇。艾肯在文學批評方面亦頗有成就。他的整理狄瑾蓀遺稿並喚起文壇對她的注意，也是功不可沒的。

艾肯雖是南方人，卻喜歡住在北方，尤其是馬薩諸塞慈州的鱈岬。他出身於哈佛大學，和艾略特、李普曼等是同屆同學，也是哲學大師桑塔耶納的及門弟子。一次大戰後，他定居在英國好幾年，之後回到哈佛任教，不久又去英國，如是往返者多次。艾肯不愛教書，也不愛在公開場合活動。他曾獲一九二九年的普利澤詩獎，並擔任了兩年的國會圖書館詩學顧問。關於艾肯的詩，林以亮先生有一

篇很精當的分析，見今日世界社出版的《美國詩選》。

聖陵的晨歌

這是早晨，聖陵說，在如此的早晨，
當曙光滴進百葉窗，像露珠晶晶，
我起身，我面臨這日出，
而且做先人學做的事情。
屋頂的紫色朦朧裏，有星星
在鬱金的霧中蒼白，似將死去，
而我自己在一顆疾轉的星上，
站在鏡前，打我的領結。

爬藤的葉子敲我的窗子，
露滴向園中的白石歌唱，
知更鳥在中國樹上囀起
一連串清越的三響。

這是早晨。　我站在鏡前，
又一次打我的領帶。
而遠方，在淡薔薇的曉色裏，有波浪
在衝擊白沙的沿海。
我站在鏡前，梳我的頭髮：
小而蒼白是我的臉！——
綠色的地球斜轉於一圈大氣，
且浴於燃燒的空間。

此刻有屋子們懸在星上，
也有星子們懸在海底……
而遠方有一個太陽自沉默的殼中
灑圓暉於我的牆壁……

這是早晨，聖陵說，在如此的早晨，
我應否停步於光中，且回憶上帝？
直而穩地，我立在一顆不穩的星上，
他像是一朵雲那樣龐大而孤寂。
我願在鏡前將此刻奉獻，
只奉獻給他，為他我願梳我的頭髮。
請接受這些渺小的供獻，沉默的雲！
我將念你，當我自樓梯走下。

爬藤的葉子敲我的窗子，
蝸牛的軌跡在石面閃光，
露滴耀眼於中國樹梢，
一連串清越的雨響。

這是早晨，我醒自一牀的沉寂，
煥然我起身，自無星的夢之海底。
四壁仍環繞著我，像昨日黃昏，
我仍是我，我仍用同樣的名字。
地球隨我而旋轉，但沒有動作，
群星在珊瑚紅的太空默默地蒼白。
吹著口哨，我茫然立在鏡前，

無牽無掛，打我的領帶。

遠處的山崗有馬群在仰嘶，
且抖開長長的白鬣，
群峰在白薔薇的曙光裏閃動，
肩上有黝黑的雨滴……
這是早晨。　我站在鏡前，
再度給我的靈魂以驚異；
藍色的空氣在我的屋頂洶湧，
有許多太陽在我的腳底……

這是早晨，聖陵說，我昇自黑暗，
乘空間的風去我不知的地方，
我的錶已上緊，我的袋中有一把鑰匙，
天空被遮暗，當我自樓梯下降。
窗上有許多陰影，天上有許多雲，
星間還有個上帝；而我要去了，
一面念他，像我也可能念著黎明，
且哼著我熟悉的曲調

爬藤的葉子敲我的窗子，
露滴向園中的白石歌唱，
知更鳥在中國樹上囀起
一連串清越的三響。

中國樹（chinaberry tree, or China tree）美國南部一

315

種紫花黃菓用為裝飾的蔭樹。

隕星

一顆星隕了，又一顆星，當我們同行。
舉起手指著西方，他說——
——那太空真會揮霍星星！
它們隕落又隕落，而太空依然是太空。
又歿了兩顆，而宇宙依然是宇宙。

那麼，讓我們別吝惜自己的思想，
別吝惜自己的言語，別將它們鎖藏，好像
我們視自己的心靈是宇宙，它會改觀，
會減去顏色，當一個字隕降。
讓我們盡情揮霍，如宇宙；
丟我們所丟的，給我們能給的——
我們依然是我們。　你失去一顆行星？——
是土星隕了？　那麼讓他帶他的金環，
馳入被遺忘的一切之終站。
哦，心靈之寶庫的小小守財奴，
裹字句於歐薄荷的香料而加以收藏。
為了他日的炫耀：而你，你保存我們的愛，
好像我們的愛之世界還不夠豐富！

讓我們淡視自己的字句和世界，
揮霍它們，如秋樹揮霍它的叢葉；

在最需要贈予的地方贈予它們。
省這些下來做什麼──省給一夜寒霜？
一切莫名地凍斃，而我們化成魍魎。

派克夫人（1893-1967）
——足夠的繩索

派克夫人（Dorothy Parker）本姓羅斯蔡爾德（Rothschild），生於一八九三年，是美國的詩人與短篇小說家。她的詩，犀利，明快，富於感傷與自嘲的味道，在半世紀前的美國詩壇曾風行一時，從者甚眾。那些短短的抒情小品，大半發表於《紐約客》；後來收集在三個集子裏：《足夠的繩索》、《黃昏砲》、《死與稅》。〈輓歌〉便是《足夠的繩索》的第一首。她的短篇小說《男女之間》見「近代文學譯叢」之五，卜銘灝先生譯的《愛之謎》。

西班牙內戰期間，派克夫人曾前往任通訊記者。死於一九六七年。

輓歌

丁香花開得照樣地芬芳，
儘管我如今已心碎。
如果我將它拋擲到街上，
誰會說這關係著誰？
如果有一人騎馬而馳去，
我何必黯然傷神？

有淚水滋味的嘴唇，人說，
最宜於用來接吻。

守望著晨星的兩隻眼睛
似乎比平時有光采；
伸向黑暗的兩條手臂
通常會比較潔白。
難道我應該拒絕那過客，
繫我的前額以垂柳，
當人人都說空虛的胸脯
是更加柔軟的枕頭？

一顆心鏗鏗然墜下地來，
別以為它從此就休止。
鎮上每一位合適的男孩
都可以將碎片收拾。
如果有人吹口哨而走過，
難道我因此會傷心？
讓他去猜想我是否說謊，
讓他去半疑半信。

簡歷

剃刀太痛苦；
河流又潮濕；
硝酸太玷汙；

毒藥會抽搐。
用槍怕犯法；
上吊會鬆掉；
瓦斯太可怕；
你還是活下去好。

不幸巧合

你海誓說你對他傾心
　　又發抖，又哀怨
而他山盟說他的熱情
　　廣闊，無邊又無限
小姐，把盟誓記住
　　必定有一邊是謊言

雙行

女孩子要是戴眼鏡，
男人就少來獻殷勤。

康明思（1894-1962）
——拒絕同化的靈魂

　　一九六六年的春季，我在西密歇根大學開了一班「英詩選讀」。某次，講到康明思的作品，我問班上一位學生，康明思是何等人物。

　　「三十幾歲的青年詩人吧，我想。」

　　康明思的詩，那種至精至純的抒情性，的確給人一種年紀輕輕的感覺。本質上，康明思是二十世紀的一大浪漫詩人。年輕人的激情，以及對於純粹價值的信仰，正是浪漫特質的表現。浪漫文學在本質上可以說就是年輕人的文學。可是二十世紀前半期的文學思想，無論在白璧德或是艾略特的影響之下，都是反浪漫的。從艾略特到奧登一脈相傳的現代詩，背負著深厚的文化，懷抱著玄學派的知性，簡直是中年人的文學。康明思是現代詩壇的潘彼德，一個頑皮得近乎惡作劇的問題少年。一直到六十七歲去世為止，他似乎一直都不曾長大。艾略特則是現代詩壇的普魯夫洛克，似乎從來不曾年輕。康明思詩中的情感非常明朗，艾略特的則非常曖昧。康明思詩中的情人是年輕的，那愛情，是浪漫的，那情人，總是狂熱地肯定著愛，精神上的以及肉體上的愛。艾略特筆下的情人總是未老先衰，或是虛應故事，談到愛情，總是顧左右而言他，令人懷疑他性無能。總之，在艾略特的世界裏，愛情只是一個弱

點，一種困擾，並無光榮可言；但是對於康明思，它是一種神恩，靈魂賴以得救，肉體賴以新生。美國的青年那樣迷康明思，甚至到他紐約寓所的窗下去彈琴唱歌，不是沒有原因的。

康明思和艾略特的相異之點，當然不止這些。在思想上，艾略特儼然以西方的耶教文化為己任，他嚮往的是一個以人文價值與古典傳統為基礎的，井然有序的同一性質的社會；康明思則是一位獨來獨往的個人主義者，他反對權威和制度，反對一切有損個人尊嚴及自由的集體組織。愛和自由，是康明思的兩大信仰。艾略特論詩，首重「無我」（impersonality）或「泯滅個性」，那意思是說，一位詩人應該捨己就詩，而不是屈詩從己，也就是說，一首詩中的感情是一種非個人的存在，而不是詩人生平的紀錄。這種觀點，和康明思那種崇尚自由發揚個性的風格，是截然不同的。

康明思的作品，大致上可以分成抒情詩和諷刺詩兩大類。前者包括一些精美絕倫的情詩和自然詩（poems of nature）。愛情和春天，是康明思不斷歌頌，不斷加以肯定的東西。他肯定愛，因為愛使人自由，且賦生命以意義。他肯定春天，因為春天是活力的起點，也就是自然界的愛。照說在詩的傳統之中，這些原是被寫得最俗最濫的主題，可是在康明思的筆下，愛也好，春天也好，都變得那樣美好，那樣新，給人「第一印象」的感覺，那愛，恆若初戀，那春天，恆若稚童的第一次經驗。最奇怪的是：那樣強烈的感情或感覺，所用的表現方式，竟是那樣純淨，純淨得近乎抽象之美。反對康明思的人，常說他愛玩

弄印刷術上的文字遊戲。事實上，康明思的情詩可以說是現代英美詩中最純淨的藝術品。像〈愛情更厚於遺忘〉一類的詩，用最簡單的字句，表現最原始的情緒，要說清澈那真是一清見底，了無雜質。一個詩人習用的字彙，（vocabulary）是組成作品表面的質感（textural sense）之一大因素。例如龐德字面的龐雜，瑪蓮·莫爾的精細，蘭孫的古拙，佛洛斯特的俚俗，奧登的知識份子腔，金斯堡的潑辣等等，都和他們習用的字彙，有密切的關係。大致上，康明思雖愛自鑄新字，或賦舊字以新義，他的字彙卻是極小的，恐怕只有奧登字彙的一半甚至三分之一。這正是康明思的一個特點，一個似相反實相成的對比性（paradox）：一方面，他是現代詩中最富於試驗性的作者之一，另一方面，他那些清純尖新的抒情詩又饒有伊麗莎白朝小品的韻味。他的抒情詩，具有秀雅（grace）和激情（passion）：前者無愧於班江生，後者何讓濟慈。

　　至於頌讚春天和自然一類的詩，則往往為讀者揭開一個充滿神奇近乎童話的世界，其中的一切都那樣生機盎然，洋溢著希望和諧趣。例如在〈春天像一隻也許的手〉裏，春天裝飾原野，我們稍一分神，這裏飄起一縷清芬，那裏便冒出一朵鮮麗，就像冥冥中有一隻手在布置自然的櫥窗一樣。那隻手，原來就在似有若無之間，所以叫做「也許的手」。又如在〈天真的歌〉一詩中，春天剛到，就來了一個賣汽球的小老頭子，口哨聲誘來了打彈子的男孩、跳繩子的女孩。同樣地，一個不留神，那小老頭子的跛足忽然就變成了山羊腳，原來他是希臘的牧神，象徵田園生活的半人半羊的牧神，所偽裝的。這真給讀者一驚又

一喜，令人聯想到克利、米羅，和畢卡索的繪畫。儘管批評家再三指出，現代詩人的世界應該以大城市的生活為中心，康明思，像佛洛斯特、狄倫‧湯默斯、傑佛斯等作家一樣，仍然堅持大自然的富麗和它對人性的啟示。他厭惡工業社會的功利主義，更憎恨科學的畸形發展。對於他，人與自然之間的和諧，是一種至高的快樂。在〈我感謝你神啊為了最最這可異的日子〉裏，他說：

　　我曾經死去，今天又復活，
　　這是太陽的誕辰；這也是
　　生命和愛和翅膀的誕生：

　　　　康明思另一類的作品，諷刺詩，因為涉及西方社會背景和文化傳統，所以比較難為中國的讀者所接受。在諷刺詩的藝術上，康明思是一位大家。他的武器，包括微妙的機智和沉猛的反喻（irony）與詬罵（invective）。康明思的敵人和假想敵是很多的；大致上來說，凡是虛偽的、麻木的、褊狹的、沾沾自喜的，以及扼殺個人自由的一切，都是他輕嗤或厲斥的對象。他最痛恨沙文主義的信徒，故步自封的學究腐儒，附庸風雅的文化遊客，最痛恨侵略家、獨裁者、假道學，和廣告商。康明思對於蘇俄的侵略暴行，曾經再三冷嘲。在一首利如短鏃而貌若童歌的小詩中，他說：

　　哦，但願能在芬蘭
　　現在俄國在此地）

輕輕地搖
安逸地橫

衝直

闖

　其實這是西洋詩中的「戲和體」（parody）。康明思
的原文是：

o to be in finland
now that russia's here）

swing low
sweet ca

rr
y on

後四行的正常寫法是Swing low, sweet carry on。原來這
四行戲擬的本文，是美國南部黑人間流行的一首安魂曲，
開頭的一句就是：「輕輕地搖，安逸的馬車」（Swing
low, sweet chariot）。至於前二行，則顯然脫胎於英國十
九世紀大詩人白朗甯的名句：「哦，但願能在英國，現在
國內是四月」！（Oh, to be in England/Now that April's
there,）白朗甯的〈海外念故國〉一詩，原是一首柔美撩

人的懷鄉小品。百年來，英美讀者諷誦已久，所以一讀到康明思的「哦，但願能在芬蘭」，自然而然會期待下一句的「現在國內是四月」。突如其來，「俄國」竟取代「四月」而出現；這一驚，立刻激起讀者的不快，那感覺，正如享受香軟的甜點時，忽然嚼到一粒砂石一樣。美好的傳統，淪為醜惡的現實，正是康明思諷刺詩中「震駭效果」（shock effect）的祕訣。另一首名詩〈同志們死去，因為那是命令〉（kumrads die because they're told），則正面諷刺共產黨員，說他們不怕死，但是怕愛，因為

> 每一個同志都是一份
> 絕對不折不扣的仇恨。

當然，康明思的鋒芒也不放過美國人自己的罪惡和愚蠢。在〈我歌讚奧拉夫〉一詩中，他厲斥西點出身的上校和一群士官如何以眾凌寡，迫害無辜的奧拉夫。在〈劍橋的太太們〉一首裏，他譏諷道：「劍橋的太太們住在附設傢具的靈魂裏，不美麗，且有安逸的頭腦。」在〈大事記〉一詩中，康明思挖苦那些背著照相機袋著旅行指南的美國遊客，囂張，浮躁，對一切都想攀附，但任何事都淺嘗輒止；到了威尼斯，他們在岸上大呼gondola（平底舟），舟子則在船上應他們signore（先生），結果辛辛那提城變成Cincingondolanati，真是令人發噱。康明思的一首短詩，只有兩行，則泛指無行的政客：

> 一個政客只是一張屁股，

誰都坐過，除了大丈夫。

在英文裏，「坐在屁股上」就是「坐著」的意思。康明思的原意是：你看他坐在那兒，其狀儼然，其實他朝秦暮楚，身分千變萬殊，什麼都是，就是不成一個漢子。此外，說政客只是一張屁股，也寓有徒見其坐而言，不見其起而行的貶意。「屁股」一字當然不雅，可是原文arse本來就是一個俗字眼，想作者是有意如此。不要看康明思寫抒情詩時像一個天使，寫起劇烈的諷刺詩來的時候，他常會在要害的地方爆出一句俚語，一個髒字，或是一派江湖上的腔調。這些粗字眼，襯在文雅得近乎感傷的上下文之間，顯得特別有力。也許有人奇怪，怎麼同樣的一枝筆，能唱得那樣溫柔，又能夠罵得那樣猛烈。事實上，頌揚美好的，和攻擊醜惡的，原是一件事情。同樣的組合，也見之於拜倫之身。

給讀者印象最深的，是康明思獨一無二的形式。在這方面，在文字的運用和句法的安排上，康明思是最富於試探性也最善變的現代詩人。他的用字，通常有三種方式。第一是組合新字，例如manunkind一字，原來是mankind（人類），加上否定字首un之後，就有了雙關的意義，既可解為「人不類」，又可解為「人不仁」。第二是拆開舊字，特別是在換行的地方，例如，為了要和mute押韻，他曾將beautiful拆成beaut和iful而分置兩行。第三是變換字的詞性，例如在he sharpens say to sing（他把說磨利成唱）一句中，他便把兩個動詞當做名詞使用，而效果奇佳。如果將上句還原成正常的文法，改為he sharpens

329

speech to song，就遠不如say和sing那麼高亢而流暢了。
又如在whatever is less alive than never begins to yes
（一切比絕不更無生氣的東西都開始說是）一句中，康明
思便把副詞never變成名詞，又把原來是虛字的yes用作了
動詞。

　　至於康明思句法的安排，通常有兩個特點。第一是控
制節奏的速度，可以快，也可以慢。要快的時候，他往往
綴聯數字，一氣呵成，例如在〈野牛比爾〉一詩中，描摹
神槍手出手之快，便有這樣的句子：

　　打　一二三四五　隻鴿子就像那樣子

慢的時候，他就把字句拆得散散的，拚命換行，例如〈日
落〉的後半段：

　　　　　　而一陣高
　風
　正牽動
　那
　海
　以

　　夢

　　寐

第二是句法的倒裝、穿插，和交錯的進行。為了加強效果，康明思往往打破傳統敘述的次序，將字句或整個倒裝，或部分穿插，或一明一暗地交錯安排。例如在〈或人住在一個很那個的鎮上〉一詩的首段，便有這樣兩行：

anyone lived in a pretty how town
（with up so floating many bells down）

第二行，如果理順了，應該是with so many bells floating up and down，但是康明思的排列顯然更繽紛有趣，能表現許多鐘上下搖動此起彼落的情調。又如〈小情人，因為我的血會唱歌〉一詩的第二段，有這樣的句子：

——but if a look should april me,
some thousand million hundred more
bright worlds than merely by doubting have
darkly themselves unmade makes love.

後三行依散文的次序，原是Love makes some hundred thousand million more bright worlds than themselves have darkly unmade merely by doubting.至於所謂交錯的進行，則往往利用括弧來區分主客之勢，括弧內是客，括弧外是主，是敘述的主要脈絡。但是由於括弧的巧妙運用，主客之勢往往可以互易，因此敘述的線索，出陰入陽，隱者顯之，顯者隱之，交疊成趣。這種技巧，令我們想起了畢卡索的陰陽人面。讀者如能仔細玩味〈春天是一

隻也許的手〉，當可體會康明思的用意。此外，如〈我歌讚奧拉夫〉、〈小情人，因為我的血會唱歌〉、〈或人住在一個很那個的鎮上〉等作品，也提供相同的手法。

　　一八九四年十月十四日，康明思生於美國馬薩諸塞慈州的劍橋鎮。他的父親原是哈佛大學英文系的講師，後來變成有名的牧師。一九一六年，他獲得哈佛大學文學碩士學位。當時第一次大戰方酣，美國尚未介入，康明思自動投效諾頓・哈吉士野戰救護隊，去法國服役。由於法軍新聞檢查官的誤會，康明思竟在法國一個拘留站中監禁了三個月。據說當時審詢的法國軍官問他：「你恨德國佬嗎？」康明思只要回答說「是的」，就可以釋放了。可是他竟說：「不，只是我很愛法國人罷了。」這次不愉快的經驗，後來紀錄在他有名的小說《巨室》（*The Enormous Room*）之中，成為與《西線無戰事》、《告別武器》等書齊名的一次大戰重要文獻。

　　從拘留站出來後，康明思立刻加入美國的陸軍，正式作戰。戰後，他去巴黎習畫，成為一位職業畫家，往返於巴黎紐約之間。同時，他那獨創的新詩也漸漸揚名於國際。一九五四年，六十歲的康明思接受母校哈佛大學的聘請，回去主持極具權威的「諾頓講座」，發表了六篇「非演說」。一九六二年，這位「六十八歲的青年詩人」終於告別了這世界。

　　但是康明思並沒有真正死去，在他那些永遠年輕，年輕得要從紙上跳起來的詩裏。沒有人比康明思更恨死了。對於康明思，哀莫大於心死，那些沒有心腸沒有頭腦的人，只是維持「不死」（undead）罷了，並沒活著。他

說：「在一切講究標準化的時代，要表示個人一己的態度，幾乎已無可能。如果有一億八千萬人（指美國人口）要保持『不死』，那是他們的喪事，可是我正好喜歡『活著』。」曾經有人誤會康明思仇視黑人。他答辯說：「一個人，只因為他是黑人而喜歡他，對他是一種侮辱，正如只因為他不是白人而討厭他一樣。任何一個人都是獨特的——否則他就像人人一樣，不是個人了。」甚至有人誤會他是共產黨人，這對於獨來獨往的康明思，真是一個重大的誤會。康明思不是共產黨人，正如他不是任何黨人一樣；康明思是一個世界公民，一個自尊的個人，他是梭羅一流的人物。一九三三年，康明思訪問蘇俄，在那個國度的所見所聞，令他很不滿意。事後他出版了一本遊記《艾米》，詳為記述。但是誰要是因此認為康明思是一位美國至上的狹義的愛國主義者，那就大錯了。康明思對於他本國文化的病態，也是勇於批評的。他在紐約格林尼治村一個巷子裏的一座古屋的底層，住家凡三十年，但是家中沒有收音機和電視機。他認為，這兩樣東西是摧毀現代生活的象徵，並且解釋說，他所以不要這兩樣東西，「與其說是因為大家一天到晚開著收音機和電視機，還不如說是因為大家既不聽也不看。」

康明思對於現代詩的貢獻是不可磨滅的。無疑地，他是少數可以傳後的現代詩人之一。儘管有無數作者摹倣他獨特的詩風，現代詩壇上並無第二個康明思。例如菲律賓詩人維利亞（José Garcia Villa）就有意效顰，但總不如他。沙比洛說康明思「對文字的駕馭，勝過喬艾斯以降的任何詩人……每個人都喜歡讀他的詩。」他的哈佛同班同

學，小說家杜斯・巴索斯（John Dos Passos）說：「在我想來，康明思在他個人感情的範圍，也就是抒情的範圍之中，真是我們這時代的創造者之一。他用匪夷所思的翻新字句，和花邊細工一般精緻的毫釐必爭的準確敘述，將自己的創造記錄了下來；那樣準確的敘述，真是對我們不斷的挑戰。」關於康明思作品的缺點，例如他的感傷和裝腔，和他在詩中所使用的過分個人化的象徵，批評家布拉克麥爾（R. P. Blackmur）在《把語言當做手勢》（*Language as Gesture*）一書中，有極詳盡的分析。

諾曼在一九五八年出版的《魔術的創造者：康明思》（*The Magic Maker: E. E. Cummings*, by Charles Norman），是公認的一本好評傳。

天真的歌

在恰恰——
春天　　當世界正泥濘——
芬芳，那小小的
跛足的賣汽球的

吹口哨　　遠　　而渺

艾迪和比爾跑來
扔下打彈子和
海盜戲，這是
春天

當世界正富於奇幻的水塘

那古怪的
賣汽球的老人吹口哨
遠　　而　　渺
蓓蒂和伊莎白舞蹈而來

扔下跳房子和跳繩子的遊戲

這是
春天
那個
　　　山羊腳的
賣汽球的　　吹口哨
遠
而
渺

　　本詩描摹春之生意與神奇，既現代，又古典。有山羊
腳的賣汽球的，是春之牧神變的。

野牛比爾

野牛比爾是
死翹翹啦
　　　　以前他總是

　　　　騎一頭　水平銀色的

　　　　　　　　　　　　大雄馬

打　一二三四五　隻鴿子就像那樣

　　　　　　　　　　好小子

他可真帥

　　　　我只想問一句

可喜歡你這藍眼睛的男孩

閻王爺

　　野牛比爾（Buffalo Bill）是美國西部有名的嚮導和鎗
手，本名是柯地（William Frederick Cody, 1846-
1917）；墓在丹佛郊外山頂，可以俯瞰遠近平原，並附設
野牛比爾博物館。一九六六年七月，譯者曾遊其地。一九
六九年我去丹佛教書，更常去該處。

春天像一隻也許的手

　　春天像一隻也許的手
　　（小心翼翼地來
　　自無處）布置著
　　一面櫥窗，好多人向窗裏望（當
　　好多人瞪眼望
　　布置，而且調換，安排
　　小心翼翼地，那兒一件奇怪的
　　東西，一件不奇怪的東西，這裏）而且

換每一件東西，小心翼翼地

春天像一隻也許的
手，在一面櫥窗裏
（小心翼翼地，移來
移去，移新的和
舊的東西，當
好多人瞪眼，小心翼翼地望
移一片也許的
花來這兒，挪
一吋空氣去那兒）而且

什麼也沒有撞壞

我喜歡自己的肉體

我喜歡自己的肉體，當它跟你的
在一起。　它變成好新的一樣東西。
肌腱更美好，神經更豐盛。
我喜歡你的肉體。　喜歡它做的事情。
喜歡它的如此如彼。　喜歡撫玩你
的背脊和你的骨架，和顫動的
充實而滑膩的那種感覺，我要
再一遍而且再一遍而且再一遍
親吻，我喜歡將你的這樣那樣都親吻，
我喜歡，緩緩地揉弄，你傳電的茸茸

那種麻手的卷鬚，以及無以名之的
布滿你舒開的肌膚的那種東西
⋯⋯兩眼睜大了愛情的殘食，

也許我就是喜歡那種激奮，
激奮於我的下面你那樣新

　　這首詩收在一九二五年出版的詩集《以及》之中。原
是一首不拘腳韻的鬆散的十四行；譯文不得已增加一行，
變成了十五行。說也奇怪，這首十四行在語法上竟然類似
白朗甯夫人《葡萄牙人十四行集》的第四十三首。末行原
文無句點，譯文從之。

我從未旅行過的地方

我從未旅行過的地方，欣然在
任何經驗之外，你的眼神多靜寂：
你至柔的手勢中，有力量將我關閉，
有東西我摸不到，因為它太靠近

你至輕的一瞥，很容易將我開放，
雖然我關閉自己，如緊握手指，
你恆一瓣瓣解開我，如春天解開
（以巧妙神祕的觸覺）她第一朵薔薇

若是你要關閉我，則我和

我的生命將闔攏，很美地，很驟然地，
正如這朵花的心臟在幻想
雪片啊小心翼翼地四面下降；

世界上沒有一樣感覺能夠相當
你強烈的柔軟的力量：你的柔軟
有一種質地驅使我，以它的本色，
形成死亡和永恆，以每一聲噓息

（我不懂你身上究竟有什麼能關閉
而且開放；我心中有樣東西卻了解
你雙眼的聲音比一切薔薇更深沉）
沒有誰，即使是雨，有這樣小的手

或人住在一個很那個的鎮上

「或人」住在一個很那個的鎮上
（有這麼升起許多的鐘啊下降）
春天啊夏天啊秋天啊冬天
他唱他的不曾，他舞他的曾經

女子和男子（也有的少，也有的小）
一點兒也不為「或人」煩惱
他們播種他們的不是，收成他們本身
太陽啊月亮啊星子啊雨水

孩子們猜到（只有幾個小孩
而且忘了下去當他們長了上來
秋天啊冬天啊春天啊夏天）
「沒有人」愛「或人」愈愛愈深

當時由現在，樹由樹葉
她笑他的歡愉，她哭他的悲戚
鳥由雪，動搖由靜止
「或人」的任何是她的一切

「有人」和他們的「每一人」做夫婦
笑他們的哭，跳他們的跳舞
（睡去啊醒來啊希望啊然後）他們
說他們的永不，睡他們的夢

星子啊雨水啊太陽啊月亮
（只有雪能夠開始說清楚
怎麼孩子們老是忘記要記住
有這麼升起許多的鐘啊下降）

有一天「或人」死了，我想
（「沒有人」彎腰去吻他的臉龐）
好事的人葬他們，頭靠著頭
漸漸靠漸漸，曾經靠曾經

一切靠一切，深邃靠深邃

愈來靠愈來，他們夢他們的酣睡
「沒有人」靠「或人」，泥土靠四月
願望靠幽靈，如果靠肯定

女子和男子（又噹又叮）
夏天啊秋天啊冬天啊春天
收成他們的播種，去他們的來
太陽啊月亮啊星星啊雨水

　　這首詩充滿了文字的魔術，譯成中文，很不討好。
「或人」（anyone）是一個典型的小可憐人物，「沒有
人」（noone）根本是烏有先生。但將兩個英文字併在一
起，以虛為實，倍增情趣。

柏拉圖告訴他

柏拉圖告訴
他；他不能
相信（耶穌
告訴他；他
不肯相信
而（老
子
一定也告訴
過他，而雪門
（是呀

341

夫人）
將軍；
甚至
（信不
信
由你）你
告訴過他；我告訴過
他；我們都告訴過他
（他完全不相信，不相信）
先生）還得靠
日本經手的一片
老第六
街的
電梯
打進他的頭頂心；才
打醒了他

紐約第六街的電梯賣給了日本，經製成了武器，用在
二次大戰。

對永恆和對時間都一樣

對永恆和對時間都一樣
愛情無開始如愛情無終
在不能呼吸步行游泳的地方
愛情是海洋是陸地是風

（情人可痛苦？　一切神靈
驕傲地下降時，都穿上必死的肉體
情人可快樂？　即使最小的歡欣
也是一宇宙，誕生自希冀）

愛情是一切沉默下的聲音
是希望，找不到相對的恐懼
是力量，強得使力量可憫
是真理，比星還最後，比太陽還第一

──情人可有情？　好吧，挾地獄去天堂
管他聖人和愚人說什麼，一切都理想

本詩是一首莎士比亞體的十四行。康明思寫過不少此
體。

詩

哪，最近的，甚至比你的命運

和我的（或任何不可感的真理）
更近，閃著這夏夜的奇蹟

她那億兆顆祕密可撫摸地生動

──這一切神奇，我和你

（因僅僅可信的事物而盲目）
只能夠想像我們永不能知悉的
這一切神奇，不可思議地都是我們可觸覺的──

怎麼有的世界（我們奇怪）要懷疑，
就在一顆非常下墜的星
（哪：看見沒有？）隱去的
美好而可怖的那特別的一瞥，

懷疑至大的渾沌的創造可能
不比一個單獨的吻更數不清

　　康明思死於一九六二年九月三日。這首詩是前兩個月
寄給芝加哥《詩》月刊的，也許就是他最後的作品之一。

鮑庚（1897-1970）
—— 虹色在明翼上

　　鮑庚女士是美國有名的女詩人兼批評家。一八九七年，她生於緬因州，後來在波士頓大學讀書。一九四五年至一九四六年，她主持國會書館的詩講座。自一九三一年起，她一直為《紐約客》主持詩的批評。她曾先後在芝加哥及愛奧華大學等校講詩。一九五五年，她的《詩集》和亞當絲女士的《詩》平分巴林根詩獎。一九五九年，她又獲得美國詩人學院頒贈的五千元獎金。

　　鮑庚女士的詩以精確與清晰見稱，其中似乎兼受意象主義和玄學詩派的影響。她的批評文集《美國詩的成就》（*Achievement in American Poetry*），出版於一九五一年，薄薄的一冊，見解非常犀利。

唐璜之歌

　　當美破裂而跌落四散，
　　我才不悲哀，只是罕納。
　　當愛情脆得像貝殼片片，
　　我一遍也不留下做紀念。
　　我不交一個男人做朋友，
　　如果他知道愛情不能久。

我不交一個女孩做情人，
如果她看出愛情已不存。
智者懷疑的，愚者信仰——
到底，愛情害何人上當？

夜晚

在荒寒的群島
與藍色的河口，
誰在呼吸，必呼吸
海港的長風，
誰在飲水，必長飲
不斷的漲潮；

貝殼與海藻
伴隨海潮的鹹刷，
而晴夜的星斗
揮動向西的光芒
墜到陸地的後方。

脈搏緊守著岩石
一陣一陣地衝來，
而無雲的晴空
海水反映
天穹一寸寸地西沉；

——哦，別忘記
在你漸深的夜裏
除了心血來潮
還有更多東西在鼓動。

蜻蜓

你幾乎是無中生有，
但已經夠長出
龐然的大眼瞳
和透明的雙翼；
足夠作無休止的運行，
無盡的飢餓，
緊握的愛情。

兩棲於水與大氣之間，
你厭倦於地面。
光觸及你，幻化為浮漾的虹色，
在你的細軀與明翼。

兩度的誕生，你這水盜，
你劈入盛暑之中，
疾不可數，疾不可捕，
你投入陰影之中，
被陰影吞掉。

你射入了白晝
但最後，當風掃平了芳草，
對於你，心機和意念皆終止，

你遂落下，
隨夏季蛻落的其他殼皮。

羅馬噴泉

從青銅泉上，我看見
泉水噴出，無缺陷，
直噴到空中才息下，
再不能上升，才降下。

青銅最深的顏色，
人力所造的本質，
筆直噴射到空中，
形成了透明的痛風。

哦，好像用手臂與鐵錘
善於努力敲打，
敲出完整的形像，
回應呼嘯與結巴，
當迸發的噴勢生動，
捶在噴泉的池上
在夏日空際的風中

納許（1902-1971）
——無中生有的諧詩

如何打招呼

> Candy
> Is dandy
> But liquor
> Is quicker.
>
> Pot
> Is not.
> Verse
> Is worse.

　　納許此詩，原來只有四行。後來大麻流行，他又加了二行。至於Verse/Is worse，則是我自擬加上的，乃指今日少人讀詩。

烏龜

> 烏龜過日子靠兩塊甲板，
> 簡直看不出是女是男。

我看烏龜哪真是聰明
處此困境卻生個不停。

輓歌

納且市有一位美女娉婷，
衣服上總是有許多補釘。
有人開腔說，
這樣的衣妝怎麼能行，
她慢吞吞地說：俺一癢，就搔個不停。

艾伯哈特（1904-2005）

——田園風的玄想

　　艾伯哈特已經成為第二代的美國現代詩人中的重鎮。他的詩似乎可以分成兩類：一類以戰爭為主題，另一類以人的地位和命運為主題，比較富於哲理的意味。他的戰爭詩充滿了非戰的思想和悲天憫人的胸襟，顯然是繼承歐文的傳統。艾伯哈特和沙比洛（Karl Shapiro）都是在二次大戰成名的詩人；當時父伯哈特在海軍裏擔任高砲教官，曾將高砲在夜間的射擊寫成〈一種有節制的流星群〉。他的哲理詩顯然受了佛洛斯特的影響，但往往流於散文化，談玄說理失之直接，而且「欠缺控制題材的力量」（Geoffrey Moore評語）。艾伯哈特每每在田園式的玄想中，插入一些不甚調和的詞句，並影射笛卡兒或巴斯卡。他自己曾說：「詩人的用意在於深入自己的感官，以澄清自己對生命的了解，擴大它，隱蔽它，使它蛻變，誘之以隱喻，且以靈活，狡黠，繁富的方式在讀者心中激起騷動。」儘管如此，艾伯哈特的作品在表現的成敗上卻不整齊。他那繁富的題材和技巧，米爾斯（Richard Mills, Jr.）在一九六二年秋季號的《芝加哥評論》中，分析甚詳。

　　此處所譯的六首詩，都是他公認的佳作，〈土撥鼠〉一首，尤其是他的代表作，幾乎成為一切現代美國詩選中

必選之作。

　　一九〇四年，艾伯哈特生於美國北部的明尼蘇達州。他在達特默斯學院取得學士學位後，又去英國劍橋大學念書，獲碩士學位，最後並在哈佛大學研究院研究。他曾先後在華盛頓和普林斯頓等大學教書。一九五四年，他的母校達特默斯學院頒給他榮譽文學博士學位。一九五六年，他便回到母校去，任英文系教授兼「駐校詩人」。一九三〇年到一九三一年，他曾任泰國王子的私人教師。一九六〇年，國會圖書館聘他為詩學顧問。一九六三年到一九六六年，他復受聘為該圖書館的美國文學榮譽顧問。此外，他獲得的榮譽，還有雪萊紀念獎、海烈特‧孟羅紀念獎，和巴林根獎等。

土撥鼠

　　六月間，在金黃的田裏，
　　我看見一隻土撥鼠陳屍。
　　他陳屍於野；我五感震動，
　　而心靈越出了赤裸的脆弱。
　　低伏著，在生機勃勃的夏季，
　　他的形體開始無覺的變化，
　　使我的五感搖顫得多朦朧，
　　看造物多殘暴，在他的軀中。
　　逼近去觀察他蛆蟲的力量
　　和他那生命鼎沸的鍋釜，
　　半帶厭憎，半帶奇異的同情，

我撥他，以一枝憤怒的木棍。
高溫昇起，成一股火焰，
生機勃勃，縈迴於天空，
旺盛的元氣，在太陽光中，
陰暗的戰慄卻透過我全身。
木棍的作用無善亦無惡。
於是我默然立在白晝之中
守望那鼠屍，像原來一樣；
懷著對於真知的崇敬，
嘗試要自抑，保持沉靜，
要降伏血流中的狂熱；
直到我兩膝跪倒在地上，
面對腐敗的景象而欣然祈禱。
於是我離去；但我又回來，
在秋季，目光峻厲，我看見
土撥鼠已經淘盡了元精，
只留下崢嶸，濕脹的屍身。
但殘年已經喪失了意義，
而曳著思想累累的鐵鍊，
我喪失了愛，也喪失了憎，
我被禁在智慧的冷壁之中。
又一個夏季占據了原野，
龐大而熾熱，滿溢著生命，
當我無意間又來到舊地，
只留下稀稀鬆鬆的毛鬚，
只留下骨架，曝白於日光，

美麗得彷彿一具建築；
我凝神而望，像幾何學家，
把一截樺樹枝砍成手杖。
而如今，已然是三年過去。
土撥鼠任何跡象都不留。
我獨立在旋轉的夏日之中，
我的手按在枯槁的心上，
且想起中國，想起希臘，
想起亞歷山大在他的帳篷；
想起蒙田在他的塔上，
聖泰麗莎在她瘋狂的悲傷。

土撥鼠是寫實，也是象徵，象徵一切生命的必然腐
朽，枯槁。從土撥鼠的身上，作者意識到自己的行將衰
萎；他的反應始而是憤怒，不願面對殘忍的死，繼而是欣
然，因自己仍然活著而感到慶幸，終而是冷靜，是迷惘。
最後他從土撥鼠的腐朽，想到人類文化的新陳代謝和歷史
的悠久。所謂「篇終接混茫」，正是此意。作者自稱，
〈土撥鼠〉是他在一九三三年秋天的作品，當時他感覺如
有神靈附體，不到二十分鐘便全篇完成。

空襲的猛烈

你總以為，這樣猛烈的空襲
會激發神的慈悲；但無限的空間
仍寂靜無聲。　祂俯視驚歪的臉。

354

歷史，甚至不知道這是什麼意義。

你總感覺，過了這麼多的世紀，
神終於會讓人懺悔，但他仍殺人，
如該隱，只是殺意化成千身萬身，
不比原始的殘暴進步少許。

人是否因自見愚蠢而變得愚蠢？
神的定義是否冷漠，超人的謎？
好鬥的人之靈魂，是否不變的真理，
而中有獸焉，貪婪地虎噬，狼吞？

我說的是梵・魏特林和阿夫利歐，
單上的兩個名字，面貌我已遺忘，
他們已經夭亡，在校時他們剛剛
分清楚什麼是撥彈桿，什麼是彈帶扣。

　　一九四四年夏天，作者以海軍預備軍官的身分派駐維吉尼亞州的水壩頸城，任空戰機槍教練官。後來他班上學生的名字，不斷出現在陣亡的名單上，令他非常難過，且感到戰爭的殘酷與無聊。這首詩先寫前三段，過了一兩個星期，艾伯哈特才續上末段。前三段的激昂和末段的低迴，因此形成了對比。加上了末段，全詩才具有立體感和動人的現代意識。

癌細胞

今天我見到一幅癌細胞圖，
形體猙獰而姿態危險。
長得比試管大，而且在發展，
形體猙獰而姿態危險，
想外界發展，結幫在陰笑。
看來像藝術自身，藝術家的頭腦，
有力搖撼，並變出新形式。
有人見到這些釘狀物會反胃；
似乎未來的世界也就要來到。
他們的語言無比生動，
有毒，閃耀，不規則的群星，
宇宙謀害性命的居心，
激昂的癌細胞的狂熱之舞。
哦，善計算的眼睛只見現象，
想像力的獨創。我與它們
共飛於累積豐裕的時間，
我自身的惡意採用它們快而又美
的手勢，迅捷又瘦削：在其暴動中
我見到藝術家創作之立場，
大漲大落的確定形式。

我想達芬奇當會超然不為私利，
樂於精確地描繪，用尖頭鉛筆。

七葉樹

男孩子間歇地但堅持地成群
揮杖而來，可靠一如秋天，
來圍攻這龐然的七葉樹。

有一種法，約束他們的不法。
慾望在他們心中，若燦佩符籙，
最好的便是那些攀得最高的。

不願向地面拾現成的落栗。
揮叫囂的手臂縱向更高的枝柯，
去加緊造化之功，為了取樂。

我曾見他們結隊走下了大街，
袋中塞滿了栗子，脫皮或有皮。
只有黃昏能阻撓他們的願望。

有時我奔出去，滿懷憤怒，
將男孩們逐走，我捉到一隻手臂，
很可能，因自念竟成立法者而失笑。

曾經，我自己也是這樣的小把戲，
也曾在袋中摩挲這樣的戰利品。
但是我仍然要評論這時代，

且想起我們，神的家園上的不法之徒，
竟擲我們的想像到穹蒼之外，
希冀一個可握之善，自未知之境。

死亡同樣會逐我們離開這場景，
當開花的大世界還沒有破綻，
而握在我們的念中，也不過一小把。

佛羅倫斯表親

就在眼前，一塊跳躍的大理石，
由一位祖先賜我。
撫它的雙手保留了九十年頭
她能得此，是靠了史雲朋的愛戀之年

這女人高碩的風姿
像羅馬人甚於希臘人，
向舊袋的碎片中尋找，
她能找到的不屈精神。

她看見古代的光彩圍繞
請來補修腰身的醫生
她終於選擇。於是理性
的清光立起，健壯高昂。

以純粹君臨的高雅

她賜我一塊神殿的破片，
說，這是我親手索取來
並把希臘人的神思贈我。

我想這女人的精神
為我一生所見最高昂，
比我所有大理石更強壯，
她自身就是神思的夢想。

全憑一剎間如此之聖典
發出愛情的純粹力量，
耐力，毅力，與安詳，
她那羅馬心腸對我的夢想。

我但願能保留她高貴的德行，
她強烈個性的血液，還有心靈
如嘎那時代最優的心靈，甚於
在我上升的歲月找跳躍的白石。

焚舟日，彗星夕

當潮水已經退下
而海面一片安寧，
我們曳破舟到岸邊，
在八月的一個晴日。
我們都相信，如古人，

一艘舊船的生命
應給予合式的葬禮，
不可留屍體在地上。

有人便點起火來，
向舊而破缺的甲板，
復傾洋油於其上
以一種穆肅的安祥，
測量死亡的步伐；
有人用紅色的杯子
將奠酒攜來海邊，
每個人握一杯奠酒。

於是那船長站起來，
將奠酒潑在船頭，
濺起多少火星，
且託付她，以猛烈的
呼喊和熾熱的祈禱，
給不朽的物質變化。
而清純為體的大氣
接納了她的高雅和迷人。

黃昏遂降臨在海上，
當焚舟的全體同伴
都坐在粗糙的石上，
看潮水如何上漲

且捲走殘爐和餘屍；
當天色終成昏黑，
一條大彗星湧現在天空，
帶一顆星在尾下。

　　本詩原名〈一日之內而舟焚而彗星出〉（A Ship
Burning and A Comet All in One Day），寫的是艾伯哈
特的切身經驗，說他家的一條小艇，年久無用，在外叔祖
的建議下，眾人為它舉行隆重的火葬儀式。火葬既畢，晚
潮上漲，將焚餘之舟捲入海中；當晚空中竟出現彗星，一
若鬼舟之亡魂升天。一日之間而目睹兩件奇事，作者乃成
此詩。

魏爾伯（1921-）
—— 囚於瓶中的巨靈

　　在美國老年一代的詩人之中，魏爾伯是非常傑出的一位。在現代詩的後起之秀中，他的聲名幾與一九六七年六月成為《時代週刊》封面人物的羅貝特‧羅威爾相伴。他的詩，含蓄、精美、妥切，顯示出作者文化的素養，敏銳的感受，以及對於文字本身的狂熱喜愛。他對意象和音律兩者同樣重視。他常讓貌似無心的諸多意象交織成一種視覺的意義。他更認為，詩的意義一部分藉聲音以傳，因此恆留意選擇可以暗示意義的字眼。例如在下列的詩句中，為了加強意義，他特別選用了fell一字：他說，樹頂吹落了一個鳥巢

　　　down forty fell feet.

此地，fell不但用作動詞「墜落」，更用作形容詞「致命的」；一字兩用，經濟而又有力。
　　像羅貝特‧羅威爾一樣，魏爾伯認為嚴格的形式是一種便利。他說，「巨靈有力量，因為他被囚於瓶中。」他又說，「詩並非寫給任一個人看……詩是一種企圖，企圖表現一種尚未完全感受到的知識，企圖說出尚未完全看清楚的關係，企圖創造或發現世界的模式。詩是與混亂的一

種衝突，而不是一個人對另一個人的通信。」

　　魏爾伯於一九二一年生於紐約市，一九四二年畢業於
安默斯特學院。二次大戰時，他隨三十六步兵師前往意大
利、法國，和德國。戰後，他進入哈佛大學的研究院，於
一九四七年獲得英國文學碩士學位，並出版第一本詩集
《美者恆變》（*The Beautiful Changes*）。魏爾伯曾先後
在哈佛和威爾斯利學院教書；二〇〇九年轉至安莫斯特學
院任教。一九五六年，他的第三本詩集《現世萬物》
（*Things of This World*）獲得普利澤詩獎。他曾將莫里哀
的劇本《厭世者》譯成英文，並為伯恩斯坦的歌舞喜劇
《憨第德》創作抒情歌詞。一九七一年五月，魏爾伯曾去
丹佛大學演講，詳情可參閱我收入《焚鶴人》中的〈現代
詩與搖滾樂〉一文。

美者恆變

　　　涉過秋之牧場會發現四面
　　　全是安女王花邊，散布像
　　　睡蓮；它從
　　　路人身邊盪開，變成
　　　湖上的乾草，正如你至輕之影
　　　投在吾心底，成傳說之藍苣蓿花。

　　　美者恆變，正如森林也變，
　　　只因一條蜥蜴的膚色為它調整；
　　　正如一隻螳螂，安置

在一片綠葉上，就融
入了它，使樹葉更綠，且證明
一切綠意都比所有人所知更深。

你的雙手握玫瑰的樣子，說明
它們不僅是你的；美者恆變
就像如此，
總望永遠分辨
萬物與萬物本身，為了再發現
剎那間將它觸及的一切輸給奇蹟。

Queen Anne's Lace即wild carrot：野（紅）胡蘿蔔。

魔術師

球會跳躍，但愈跳愈低。　它不是
一個輕鬆的東西，且憎恨自己的彈性。
它愛的是墮落，而地球就像這樣墮落，
落自燦爛，在我們的心靈，
落定了，而且被忘記。
要一個天藍色的魔術師，五隻紅球耍著，

才能將我們的沉重拋起。　看，在空中
五球滾動，在他旋轉的手上旋轉，
學習輕鬆之道，然後變成了天體，
摩來擦去在他的指尖，
守住它們的軌道滾動，

旋成了一個小小的天國，在他耳際。

但是，無中生有，創造一個天堂
總比重獲人間要容易，仍然僅僅
在旋轉的世界中，以穩定而高貴之姿，
他將那天國愈收愈緊，
一球接一球召之下降，
且將它換一把帚，一隻盤，一張桌子。

哦，桌子在他的腳趾上旋轉，掃帚
豎起，在他的鼻端，而盤子搖滾
在掃帚尖上！　嚇，可真棒，采聲四起：
男孩都頓腳，女孩們
都尖叫，鼓聲如雷吼，
於是一切都落下，他鞠躬，說後會有期。

如果魔術師現在倦了，如果那掃帚
重歸於塵土，如果那桌子開始下降，
在日常的黑暗中再度下降，雖然盤子
已經平臥在桌子面上，
為了他，我們狠狠拍手，
為了他曾經超越了這世界沉重的擔子。

　　　　　　　　　　　　——一九五〇年

　　〈魔術師〉是一首寓言體的小詩。表面上，它描寫一
個走江湖的怎樣獻藝，且贏得孩子們的驚羨，實際上它似

乎是隱射亞當夏娃失樂園的典故。所謂球「愈跳愈低」，
所謂球「不是一個輕鬆的東西……它愛的是墮落……落自
燦爛，在我們的心靈，落定了，而且被忘記」等等，所指
的其實就是我們這地球，也就是我們的世界。對於一個孩
子，這地球是神奇而活躍的，但是，當一個孩子日漸成
年，這地球就漸漸喪失了彈性，愈跳愈低，甚至終於完全
不動了。

　　第二段似乎把魔術師影射為造物主。第三段則又回到
現實，似乎是說，幻想一個美好的世界，比起重新發現並
接受人間要容易多了。在英文裏，「人間」，「大地」，
和「地球」原是同一個字earth，可惜在譯文裏，「人間」
就照顧不到其他兩個意義了。原文「重獲人間」作earth
regained，似乎是針對米爾頓的《復樂園》（*Paradise
Regained*）作翻案文章。召下天國，且換成一帚，一盤，
一桌，正所以從幻想回到現實。第四段似乎說現實是可以
享受的，只是為時不長罷了。到第五段，我們才恍然大
悟，最後連魔術師也倦了，再英勇的人也會死去（「掃帚
重歸於塵土」，蓋亦莎士比亞「金童玉女最後都無助／如
煙囪刷子，歸於塵土」之意）。儘管如此，他還是值得我
們鼓掌喝采的。

詠藝術館

　　善良的，灰色的，藝術之保衛者
　　穿海綿的鞋子巡視著畫廊，
　　無所偏私地守護著，雖然

對土魯斯也許有一點疑心。

有一個警員在此倚壁假寐，
憩息在一張喪禮的椅上。
戴嘉的舞女以腳尖旋舞，
在他頭髮分梳的線上。

看她迴旋多翩然！　典麗在此，
但同樣顯然，也可見緊張。
戴嘉對兩者同樣地喜愛：
美，加上了力量。

艾德嘉・戴嘉曾經買過
一幅精采的艾爾・格瑞科，
他把那畫靠在牀邊的牆上，
睡時，將褲子掛在那畫上。

——一九五〇年

　　土魯斯（Toulouse-Lautrec）及戴嘉（Edgar Degas）
均印象派大畫家。艾爾・格瑞科（El Greco）為文藝復興
時期原籍希臘的西班牙大畫家。

下場

零零碎碎地，夏季死盡；
一朵雛菊獨生在田野邊緣；
最後的燒痕，如一圈圍巾，

披在灰色的界石上面。

一切呼聲都清瘦而乾脆；
田野已喃喃唸過夏之彌撒；
像一具萎縮的柩車，一隻蟋蟀
沿一片枯乾的草葉爬下。

此心

此心玩到最純時，像蝙蝠
獨自在洞中到處飛撲，
只憑著一種無意識的聰明，
認定不要嚇得撞石窟。

它無須遲疑或者去亂找；
冥冥然它知道障礙在何處，
所以能穿梭，急撲，低沉，高翔
航程完美，越過至暗的空無。

我這明喻豈非也十全十美？
此心像一隻蝙蝠。誠然。除非
在十分中肯的運思之中，
高明的失誤也可能把洞穴改對。

──一九五六年

賽克絲敦夫人（1928-1974）
—— 溺水的女人

　　賽克絲敦夫人（Anne Sexton）是美國最傑出的詩人之一，恐怕也是美國最引人注目的女詩人。她出身於新英格蘭的世家，清教徒的文化背景和她不馴的個性形成強烈的對照，而且反映在她的詩裏。罪惡、死亡、生命的痛苦，甚至瘋人院的經驗，都是她詩的主題；但是由於形式上一種安詳的透明感，讀者竟能接受她的猛烈的世界。以女性特有的同情與敏感，安・賽克絲敦將她的「傷口縫合為詩」（Geoffrey Hartman在Kenyon Review上說她turn wounds into words.）羅貝特・羅威爾曾說：「她是一個寫實主義者；在形容純屬她個人的經驗時，她幾乎具有帝俄時代（小說家）的那種充沛與精確。」

　　一九二八年，賽克絲敦夫人生於馬薩諸塞州的牛頓城。十九歲那年，她和一個男孩子離家私奔。開始，兩人住在紐約北部的一個農莊上，她的丈夫則一面上大學；後來，她的丈夫進入海軍，便遷去波士頓和舊金山。二十多歲的時候，她曾在圖書館裏工作，又因為生得婀娜多姿，也做過時裝模特。她自己的名字是安・哈維（Anne Harvey）；她有兩個女孩子，和丈夫住在馬薩諸塞州一小鎮上，夏天便去鱈岬和緬因州休假。

　　賽克絲敦夫人在念中學時曾經寫過一陣子詩，後來就

停止了，一直到二十八歲那年，才重新執筆。在波士頓大學，她曾經做過名詩人羅貝特·羅威爾的學生。她出版的兩本詩集，是一九六〇年的《去貝德倫尚未全歸》（*To Bedlam and Part Way Back*）和一九六二年的《我的那些小美麗》（*All My Pretty Ones*）。兩本詩集都是自傳性的。第一本尤其驚心動魄，因為其中一些作品處理的是她在瘋人院中的經驗。貝德倫（Bedlam）建於一四〇〇年左右，是英國最古老的一家瘋人院，所以「去貝德倫尚未全歸」的意思是說：她罹了精神病，雖經住院醫療，迄今尚未完全復原。她的作品廣被收入全國性的各種詩選，並獲得「美國文藝學院」的文學研究獎。她曾為哈佛大學及國會圖書館作誦詩錄音，並曾參加灌製「美國現代詩寶庫」的唱片。一九六七年，她獲得普利澤詩獎。一九七四年，自殺身亡。

外國來信

> 我永遠認得你一直是老人，
> 我心愛的溫柔白頭淑女，你會怪
> 我深夜不睡，讀你的舊信，
> 似乎這些國外郵戳是為我而蓋。
> 最早你在國外投郵，披著皮大衣，
> 內穿新裝，那是一八九〇年冬季。
> 我得知倫敦在市長日很沒趣，
> 而你在導遊下見識到賊，在東區
> 的陋街，抓緊手提袋，途中去

開膛手傑克在分解傳聞的骨骸。
這星期三在柏林，你說，你要去
俾士麥故居參觀義賣。而我
似見你是小女孩在太平盛世，
早在我三個世代前寫信，我用心
抵達你的信箋，呼吸前朝……
但人生是詐，是沙包藏有小貓，
時間的沙包，你因死亡而留空，
好遠啊你踏著鎳板的溜冰鞋，
在柏林的溜冰場，跟你的伯爵
溜過我面前，軍樂隊正奏著
史特勞斯的華爾滋。我終於
愛你，穿摺衣的老嫗，一手難伸。
你讀過《羅安格林》，起一身雞皮，
當你真練習過古堡的生活
在漢諾威。今夜你的舊信把歷史
縮成猜測。伯爵已經有妻，
你則是跟我們同住，未嫁的阿姨。
今夜我讀到冬天如何繞著
史瓦伯古堡怒號，德語在你牙床
變得如何沉悶。鼠輩踩響
石板的那種音調。在我的年紀你戴耳機。

這是星期三，五月九日在盧森附近，
在瑞士，六十九年前，我得知
你首次爬上聖哈爾瓦多山，

由這條岩徑，你鞋底的洞，
你這美國女孩，鐵石其內
嬌軀其外。你讓伯爵安排
你下一次爬山。你們一塊
帶著阿爾卑斯木棍，火腿三明治
賽澤礦泉水。你一直無畏
叢林的荊棘，或矮灌木堆，
也不為難攀的絕壁或是
俯臨盧森湖的懼高症。伯爵不穿
外套還出汗，而你涉行山頂的雪。
他握著你手吻了你。轟轟然你們
坐火車下山，趕搭船回去；
或其他郵戳：巴黎，維洛納，羅馬。

這是意大利。你學了其母語。
得知你步過羅馬七丘的主丘，
漫遊歷代宮殿的廢墟；
從七月起你就獨對羅馬之秋，
你在我這年紀，人家把你包好送走，
你最好的帽子蓋著臉。我哭了，
因為我才十七歲。現在我長大了，
得知你買學生票才進得了
梵蒂崗的內堂，當時你
和別人一樣歡呼，像我們
慶祝七月四日。十一月某週三
你見一只氣球，畫成了銀球，

升上古羅馬的廣場，高過古帝王。
借偶來的微風內閃動現代的牢房。
你受自己新英倫良心所鼓足，
與藝人，栗子小販，一般信徒。

今夜我要加倍地愛你；
讀懂你早年，維多利亞中葉的臉。
今夜容我放言而且打斷
你的信件，警告你戰爭將起，
伯爵會死去，而你會收回
你的美國，取緬因州的農場
過正經的日子。跟你說你會
來波士頓的郊區，看漂亮的
孩子們跳搖滾樂，並感覺你左耳
在週五的交響樂會關閉。告訴你，
你會踮著穿皮靴的雙腿跑出廳去，
因怪聲而搖擺，直奔擁擠的街旁，
讓眼鏡直跌到地上，
頭髮糾結，一面攔住路人，
喃喃訴你如何錯愛，一面雙耳失聲。

　　賽克斯頓夫人曾任時裝模特，後入神經病院多年，並未痊癒。羅貝特・羅威爾做過她老師，對她作品頗有好評。一九六七年她獲得普利澤詩獎。此詩寫她的阿姨，因畸戀之壓力而忽然失聰，當屬美國「獨白」（confessional poetry）派之懺悔自白。

星夜

那並不能阻止我感到一種急切的需要，需要——我是否
該說——宗教。於是我在夜間出去畫星。

梵谷致弟書

市鎮並不存在，
除了有一影黑髮的樹溜
上去，像溺水的女人，溜進炎熱的夏空。
市鎮沉沉。　夜煮沸十一顆星。
啊星光星光夜！　我願
像這樣死去。

夜在移動。　星子們全是活的。
就連月亮，也在橙色的鐐銬中凸起，
為了推開孩子們，如神，自它的眼睛。
隱形的古蟒吞下了星子們。
啊星光星光夜！　我願
像這樣死去：

溜進夜那條盲闖的黑獸，
吸上去，被那條巨龍，自我的
生命迸裂，沒有旗幟，
沒有腹，
沒有驚呼。

死者所知

獻給母親，一九○二年三月生，一九五九年三月歿
和父親，一九○○年二月生，一九五九年六月歿

都走了，說著走出了教堂，
拒絕加入去墓地的僵硬行列，
讓死者獨自坐在柩車上。
這是六月。　我厭倦於做勇者。

我們駕車去鱈角。　我休養自身，
當融融的太陽自天空下降，
當海水揮舞像一扇鐵門，
而我們相觸。　有人在另一種國度死亡。

情人啊，風刮進來，像陣陣石塊，
從心臟發白的海水，當我們相撫，
我們便完全進入愛撫。　無人孤獨。
男人殺人為此，或與此相當的事物。

死者又怎樣呢？　他們赤足而眠，
在石舟之中。　死者比海水
更像頑石，比停止的海。　死者
拒絕祝福，喉，眼，指節骨。

余光中翻譯作品

濟慈名著譯述
約翰‧濟慈著
定價380元

　　濟慈以「十四行詩」馳名於世，尤以初試啼聲的〈初窺柴譯荷馬〉，以及感嘆生命稍縱即逝的〈當我擔憂〉最為人稱道。此外，「頌體」中的〈希臘古甕頌〉、〈夜鶯頌〉、〈秋之頌〉等詩作，更為大家耳熟能詳；長詩則充滿豐沛的元素，有以希臘神話為背景的《亥貢亮之敗亡》、《蕾米亞》，也有以中世紀傳說為主題的《聖安妮節前夕》。早夭的濟慈，與永恆對壘，不論長詩、頌體或十四行詩，均為英國文學史上寫下最典麗的篇章。

　　余光中伏案數年迻譯濟慈詩作，並以深廣的視角對「頌體」、「長詩」、「書信」等做鞭辟入裡的導讀，引領讀者領會濟慈作品的奧義。詩作與書信外，本書附錄中，更收錄余光中〈弔濟慈故居〉、〈想像之真〉、〈如何誦讀英詩〉等詩文。感性與知性同存，為本書駐下完美的註腳。書後附濟慈原詩，中英對照，更能體會余光中譯筆之高妙。

梵谷傳

伊爾文・史東著
定價600元

梵谷的畫生前沒人看得起，死後沒人買得起。

梵谷的藝術，高度上傳宗教，廣度遍及人性，深度則逕探生命的焦點。他對我們的震撼，正在神人相接的焦點。

詩人之中唯霍普金斯的〈星光夜〉（The Starlight Night）能與梵谷的同名傑作相比。霍普金斯的其他詩篇如〈斑斕之美〉（Pied Beauty）與〈歡頌秋收〉（Hurrahing in Harvest），情緒之高昂、意象之繁富、節奏之亢奮，幾與梵谷之畫不謀而合。

梵谷一生有兩大狂熱：早年想做牧師，把使徒的福音傳給勞苦的大眾，卻慘遭失敗；後來想做畫家，把具有宗教情操的生之體驗傳給觀眾。他說：「無論生活上或繪畫上，我都可以完全不靠上帝，可是我雖然病著，卻不能沒有一樣比我更大的東西，就是我的生命，我的創造力……在一幅畫中我想說一些像音樂一樣令人安慰的東西，在畫男人和女人的時候，我要他們帶一點永恆感，這種感覺以前是用光輪象徵，現在我們卻用著色時真正的光輝和顫動來把握。」

王爾德喜劇・余光中翻譯作品

　　王爾德的劇作已然流傳整整一世紀。機智而又妙語如珠的王爾德，下筆絕無冷場，出口絕無濫調。劇中不時出現驚世駭俗的怪論，雋語警句如同天女散花，飄逸不滯，毫無冷場。配上余光中大師譯筆，乾淨俐落，以生花譯筆完整呈現王爾德的微言大義，反話能夠正解，歪理偏可妙悟，讓人讀劇如看戲，擊節稱賞，讚不絕口。不僅為讀者，也為演員與觀眾精妙重現原劇神髓。

溫夫人的扇子
定價220元

　　溫德米爾勳爵與妻子感情甚篤，更是上流社會公認的好男人，然而歐琳太太出現之後，溫夫人發現自己不再認識自己的丈夫。因為深愛而導致蒙蔽，將兩人的關係帶向毀滅，關鍵時刻伸出援手的卻是眾所鄙夷的那個壞女人……
　　王爾德精心設計「道德曖昧之境」，輕易戳破了善惡截然二分的價值觀。

不要緊的女人

定價200元

易林華斯伯爵，英國上流社會的重量級人物。在一次的邀約聚會中，認識了從美國來的海斯特‧武斯利小姐，並被其特立獨行與聰慧的見解吸引，於是他與友人定下約定，在短期之內會將武小姐追到手。另一方面，由於公事繁重，易伯爵也聘請了年輕的銀行小職員傑若為秘書，並準備好好栽培傑若，只是他萬萬沒想到，在聚會上遇到他二十年前所拋棄的情人竟是傑若的母親……

理想丈夫

定價240元

齊爾敦爵士的事業與家庭皆幸福美滿，他是受人尊敬的出色政客，同時也是美麗妻子的理想丈夫。然而，當舊識薛芙麗夫人出現，並威脅要公開過去那不可告人的秘密，一向鎮定自若的齊爾敦亂了陣腳，只能求助風流倜儻的好友高凌。高凌對道德與愛情有獨到見解，卻發現自己陷入了更大的麻煩……

不可兒戲

定價220元

傑克住在鄉下，為了逃避兩個女人，乃佯稱有個浪子弟弟在城裏，須要常去城裏照顧；亞吉能住在城裏，為了逃避兩個女人，也偽託有個病人朋友在鄉下，須要常去鄉下陪守。這種種倒影回聲交織成天羅地網的對比，而就在這骨架上，情節推移，事件發展，一波波未平又起，激起問妙答的浪花。

余光中作品集25

英美現代詩選

譯者	余光中
責任編輯	鍾欣純
創辦人	蔡文甫
發行人	蔡澤玉
出版	九歌出版社有限公司
	臺北市八德路3段12巷57弄40號
	電話／25776564・傳眞／02-25789205
	郵政劃撥／0112295-1
九歌文學網	www.chiuko.com.tw
印刷	晨捷印製股份有限公司
法律顧問	龍躍天律師・蕭雄淋律師・董安丹律師
初版	2017年7月
定價	**420元**

書號	0110225
ISBN	978-986-450-135-9

國家圖書館出版品預行編目(CIP)資料

英美現代詩選 / 余光中編譯. -- 初版. -- 臺
北市 : 九歌, 2017.07
　　面 ；　公分. -- (余光中作品集 ; 25)

ISBN 978-986-450-135-9(平裝)

873.51　　　　　　　　　　106009134